OLIVIA ANDERSON

Wiedersehen in Maple Creek

Unter dem Pseudonym Olivia Anderson vereint die deutsch-österreichische Bestsellerautorin Gerlinde Friewald ihre Passion für Geschichten über Liebe und Freundschaft sowie ferne Länder, die ihr durch einen besonderen Bezug ans Herz gewachsen sind. Gerlinde Friewald ist in verschiedenen Genres der Unterhaltungsliteratur beheimatet und fasziniert mit spannungsgeladenen Inhalten, facettenreichen Figuren und einer feingezeichneten Sprache. Ihre Leidenschaft und ihr Wissen gibt sie als Dozentin für Kreatives Schreiben weiter. Mit ihrer Familie lebt sie im Süden Wiens in Österreich.

Molly und ihr Freund Jackson führen ein turbulentes Leben in New York – mit angesagten Jobs, einer schicken Wohnung und vielen Partys. Dann aber erhält Molly einen Brief, der alles verändert: Ihre Tante Gynnie, bei der sie als Kind ihre Sommerferien verbracht hat, ist gestorben und hat sie im Testament bedacht. Molly ist die Erbin ihres Hotels, dem Maple Lake Inn. Kurzerhand fliegt Molly mit Jackson nach Maple Creek. In der kanadischen Einsamkeit folgt allerdings die Ernüchterung: Maple Creek ist nicht nur viel verschlafener als in Mollys Erinnerungen, auch hat das Maple Lake Inn schon bessere Tage gesehen. Schweren Herzens entscheidet sie sich das Hotel renovieren zu lassen, bevor sie es verkauft. Das erste Zusammentreffen mit dem Zimmermann Nat verläuft jedoch alles andere als harmonisch. Für ihn ist Molly eine eingebildete Großstadttussi, für sie ist er ein raubeiniger Hinterwäldler. Und die Unstimmigkeiten zwischen den beiden werden nicht besser, als Molly für vier Wochen nach Maple Creek zurückkehrt, um Tante Gynnies Haus auszuräumen. Aber je länger Molly sich in Maple Creek aufhält, umso nachdenklicher wird sie. Denn aus der Ferne wirkt ihr New Yorker Großstadtleben gar nicht mehr so glamourös.

OLIVIA
ANDERSON

Wiedersehen in Maple Creek

ROMAN

more
Immer mit Liebe

MIX
Papier | Fördert
gute Waldnutzung
FSC® C083411

ISBN 978-3-98751-005-2

More ist eine Marke der Aufbau Verlage GmbH & Co. KG

1. Auflage 2022

Umschlaggestaltung Grit Bomhauer
graphische Adaption www.buerosued.de, München
unter Verwendung von Motiven von © Tony Anderson
Satz Greiner & Reichel, Köln
Druck und Binden CPI books GmbH, Leck, Germany
Printed in Germany

www.aufbau-verlage.de

Kapitel 1

Gekonnt schlängelte sich Molly durch die Menschenmassen auf dem Bürgersteig, sprang im richtigen Augenblick nach rechts und schlüpfte durch den Eingang in das Foyer des Wohnhauses.

Der Concierge begrüßte sie mit einem Lächeln. »Guten Abend, Miss Jensen.« Er deutete mit dem Kopf zur Tür. »Rushhour?«

Obwohl es sich zweifellos um eine rhetorische Frage handelte, antwortete Molly. »Gehwege und Straßen sind hoffnungslos verstopft.« Sie formte mit den Fingern ein Herz. »Aber selbst dafür liebe ich New York. An keinem anderen Ort auf der Welt möchte ich leben. Ist Jackson schon zu Hause?«

»Nein, Mister Coleman ist noch nicht eingetroffen.«

Molly verdrehte die Augen. »Wir sind heute auf eine Geburtstagsparty eingeladen. Ich bin schon spät dran, aber Jackson kommt sicherlich wieder erst im allerletzten Augenblick. Kann ich die Post haben?«

Der Concierge lächelte abermals, griff unter den Tresen und zog einen kleinen Stapel Briefe hervor. »Willy hat in der Tagesschicht ein gesondertes Schreiben von FedEx für Sie übernommen. Der große Umschlag ist es.«

Molly warf einen Blick darauf und zog die Brauen hoch.

»Danke, Chris. Bis später.« Sie nahm die Briefe an sich und ging zum Lift. Während sie in den sechsundzwanzigsten Stock hochfuhr, betrachtete sie den Umschlag. Er wirkte formell. Eine getarnte Werbung schloss sie aus. Werbung via FedEx zu versenden, sprengte das Budget jeder Kampagne. Ihr Blick fiel auf den Poststempel: Kanada. Wer schrieb ihr aus Kanada?

Nur äußerst selten befand sich in ihrer Post eine Überraschung. Sie wusste, wann die laufenden Rechnungen kamen, genauso wie ihre abonnierten Zeitschriften. Neben Werbesendungen erhielt sie noch regelmäßig das Programm eines kleinen Theaters und den Newsletter des Wohnhauses. Sämtlicher Kontakt mit Freunden und Bekannten lief zeitgemäß über das Internet. Niemand schickte mehr eine Postkarte oder einen Brief.

In Windeseile änderte sie ihre Planung. Sie hatte genau eine Stunde Zeit, um sich für die Party zurechtzumachen. Eigentlich war die Vorbereitung bereits minutiös getaktet: sofort unter die Dusche, danach in die Küche, um ihren Energysmoothie zuzubereiten, wieder ins Badezimmer, das hoffentlich bereits etwas angetrocknete Haar föhnen und Make-up auflegen, zum Abschluss ankleiden.

Auf ihren täglichen Smoothie wollte sie keinesfalls verzichten, aber wenn sie sich die Haare nicht wusch, sondern sie hochsteckte, sparte sie mehr als zehn Minuten ein. Diese gewonnene Zeit wollte sie nutzen, um den Brief zu öffnen.

Ungeduldig wartete sie, bis der Lift endlich anhielt und die Tür zur Seite glitt. Die Lifttür war noch nicht ganz geöffnet, als Molly schon hindurchschlüpfte und den Gang entlang zu ihrem Apartment eilte.

Jackson und sie lebten in einer – für Manhattaner Verhältnisse – großen Wohnung mit weitläufigen Glasfronten vom Boden bis zur Decke, hohen Innentüren und geschickt platzierten Säulen als Raumteiler. Jackson bevorzugte einen kühlen, modernen Einrichtungsstil, der sich mit vielen Chromelementen und den vorherrschenden Farben Schwarz und Weiß bemerkbar machte. Molly hatte mit ihrem Gespür für Details das Ihre dazu beigetragen, die Wohnung dennoch wohnlich wirken zu lassen. Es hatte nicht viel gebraucht: hier eine kuschelige Decke und Zierkissen, dort einige Kerzen und vor allem viele Pflanzen, die sie mit Hingabe pflegte.

Während Molly die Wohnungstür aufschloss, warf sie einen Blick auf ihre Armbanduhr. Sie hängte die Jacke in die Garderobe und stellte ihre Schuhe in den Schrank, dann lief sie mit der Post ins Wohnzimmer und ließ sich auf die Couch fallen.

Bevor sie den Brief öffnete, hielt sie inne und betrachtete noch einmal den Umschlag. Ein mulmiges Gefühl beschlich sie. Entgegen ihrem sonst gelassenen Naturell war sie richtiggehend aufgeregt. Sie öffnete das Kuvert und zog den Inhalt heraus. Es handelte sich um ein zweiseitiges Begleitschreiben und säuberlich geheftete Papiere in einer Klarsichthülle. Ihre Anspannung zog schlagartig an.

Hastig überflog Molly den Inhalt des Briefes. Er war von einem Anwalt Namens Jim Ryder unterzeichnet. Sie blätterte zurück, las nochmals, nun genau, dann zog sie die Papiere aus der Hülle und ging Seite für Seite durch.

Wie hypnotisiert fixierte sie eine Weile das letzte Blatt. »O nein«, flüsterte sie und erschrak über ihre eigene Stimme, die in der Stille seltsam widerhallte.

Unvermittelt schossen Bilder aus der Vergangenheit durch ihren Kopf. Erst zeigten sie sich verschwommen, als betrachtete sie alles durch ein beschlagenes Fensterglas, dann wurden sie klarer. Die weiß gestrichene Veranda mit den Korbsitzmöbeln, die in kleinen

Grüppchen beieinanderstanden und auf den See ausgerichtet waren, das Wäldchen auf der anderen Seite des Seeufers, der breite Steg, der sicherlich fünfzehn Meter weit ins Wasser reichte. Das Wasser selbst war so klar, dass man jeden Stein am Grund des Bodens erkennen konnte, bis es schließlich tiefer wurde und man nur noch in ein sattes Blaugrün blickte, das immer dunkler wurde, je weiter man zur Mitte des Sees kam. Die Sonne brachte die Farben zum Strahlen – das Blau des Wassers, die schneeweiße Veranda, die grünen Bäume.

Ja, an die Farben erinnerte sie sich besonders. Sie waren intensiv und kräftig gewesen, voller Leben und Energie. Und wie aus dem Nichts erklang Tante Gynnies fröhliche Stimme: »Molly! Es gibt Apfelkuchen mit Sirup! Aber lauf jetzt bloß nicht wieder zum Händewaschen ins Haus. Ein bisschen Schmutz im Magen hat noch keinem Menschen geschadet.« Die Gäste auf der Terrasse hatten gelacht.

»O nein!«, flüsterte Molly noch einmal und spürte, wie ihre Augen feucht wurden. Sie presste die flache Hand auf den Mund, um nicht laut aufzuschluchzen, aber es half nichts. Sie gab einen leidvollen Ton von sich, dann begannen die Tränen zu fließen. Sie schlang die Arme um ihren Körper und krümmte sich zusammen.

»Warum weinst du?«

Molly schreckte hoch und blinzelte. Sie hatte Jackson nicht kommen hören. Wie lange saß sie überhaupt schon hier und weinte? »Ein Todesfall«, brachte sie mit belegter Stimme hervor.

Jackson setzte sich neben sie und nahm ihre Hand. »Wer ist es?«

Molly wischte sich die Tränen von den Wangen und richtete sich auf. »Meine Tante Gynnie.«

»Ich habe den Namen noch nie von dir gehört.«

Molly zuckte mit den Schultern. »Ich habe sie einfach … vergessen.« Gedankenverloren wiederholte sie: »Einfach vergessen …«

»Na ja, wenn du keinen Kontakt zu ihr hattest, ist das nicht verwunderlich. Man denkt nun mal nicht an jeden entfernten Verwandten. Es erstaunt mich eher, dass du in Tränen aufgelöst hiersitzt.«

»Aber ich hatte Kontakt zu ihr! Es ist nur ewig lang her. Als Kind habe ich jeden Sommer bei ihr verbracht. Die Zeit bei Tante Gynnie war … toll.«

Jackson stieß ein Murren aus. »Dann müssen wir wohl zum Begräbnis. Das gehört sich. Wann findet es statt?«

So war Jackson, sachlich und die Dinge rasch auf den Punkt bringend. Molly schüttelte den Kopf. »Das Begräbnis muss längst vorbei sein. Ich bin nicht verständigt worden.« Sie zeigte auf die Unterlagen, die sie auf dem Couchtisch abgelegt hatte. »Wir müssen trotzdem nach Maple Creek. Ich habe … geerbt.« Sie griff sich an die Schläfe. »Tante Gynnie hatte keine Kinder, und wie in dem Schreiben steht, keinen anderen Erben benannt. Eigentlich würde mein Vater als ihr direkter Verwandter alles bekommen, doch da auch er bereits verstorben ist, fällt die Hinterlassenschaft an mich.«

»Und was ist *alles?*«

»Das Mountain Lake Inn.« Noch konnte Molly keinen klaren Gedanken fassen, aber sie bemerkte, wie Jackson langsam ungeduldig wurde. Also setzte sie zu einer Erklärung an, auch wenn es ihr schwerfiel. »Tante Gynnie war Inhaberin eines kleinen Hotels in Maple Creek, es liegt direkt an einem See. Eine wunderbare Gegend, die Berge im Hintergrund, die Bäume reichen teilweise bis zum Ufer …, geriet Molly trotz ihrer Trauer ins Schwärmen. »Ein Ort wie in einem Märchen. Ich bin dort sehr glücklich gewesen.«

Jackson war offensichtlich bei den Wörtern »Erbe« und »Hotel«

hängen geblieben. »Du hast also tatsächlich ein kleines und feines Hotel an einem See geerbt?«

»Es sieht so aus, ja.«

»Und wo liegt dieses Maple Creek?«

»In … Kanada.«

»In Kanada?« Jackson blickte sie ungläubig an. »Deine Eltern stammten beide aus Washington D.C. Was hat die Schwester deines Vaters nach Kanada verschlagen?«

»Ich weiß es nicht, und ich habe auch nie darüber nachgedacht«, entgegnete Molly kühl. Es traf sie, dass Jackson in keiner Weise auf ihre Erinnerungen und Gefühle einging. Er könnte sie doch zumindest fragen, was sie empfand, oder sie einfach in den Arm nehmen und trösten. Immerhin hielt er ihre Hand. Das war für Jackson schon ein intensives Zeichen seiner Anteilnahme.

Er schien ihre Distanz nicht zu bemerken. »Dann müssen wir wohl oder übel nach Kanada fliegen.« Demonstrativ hob er den Arm und tippte auf seine Armbanduhr. »Du solltest dich jetzt aber langsam zurechtmachen. So wirst du doch nicht zur Party wollen?« Er musterte sie.

Irritiert starrte Molly ihn an. In manchen Belangen konnten zwei Menschen nicht unterschiedlicher sein als sie und Jackson. Schon einige Male hatte sie sich gefragt, wie ihre Beziehung verlaufen würde, könnten sie mehr Zeit miteinander verbringen. Die Antwort gefiel ihr ganz und gar nicht. Es war schon gut, dass sie beide viel arbeiteten und die spärliche Freizeit häufig mit Freunden verbrachten. Auf diese Weise gestaltete sich ihre Partnerschaft sehr harmonisch.

»Ich wäre heute kein unterhaltsamer Gast. Die Nachricht verwirrt mich, und ich bin traurig. Es ist nicht leicht, das alles zu begreifen. Stört es dich, wenn ich zu Hause bleibe?«

»Wo denkst du hin? Überhaupt nicht. Ich gehe gern allein auf die Party. Vor allem, wenn ich rechtzeitig davon erfahre. Mit ›rechtzeitig‹ meine ich im Übrigen nicht eine halbe Stunde davor.« Die Ironie in Jacksons Stimme war unüberhörbar. Ruckartig stand er auf und verließ das Wohnzimmer.

Molly sah ihm nach, dann erhob auch sie sich. Sie kannte Jackson gut genug, um zu wissen, was die nächsten Tage bringen würden, wenn sie jetzt nicht mit zur Party ging. Er würde nur das Notwendigste mit ihr reden, noch länger als sonst im Büro bleiben und – was für Molly am schlimmsten war – ihr allmorgendliches Kaffeedate in der Küche bewusst versäumen. Dieses Ritual bedeutete ihr sehr viel. Im Grunde war es die einzige Zeit des Tages, wo sie wirklich in Ruhe miteinander plaudern konnten. Sie sprachen über die Arbeit, das anstehende Abendprogramm, und manches Mal führten sie einfach nur Smalltalk. Es waren fünfzehn Minuten, die nur ihnen gehörten. Bei dem schnellen Leben in New York und der Arbeit – Jackson war Broker, und sie arbeitete als Redakteurin bei einem Modemagazin – war das wertvolle Zeit.

Sie würde den Abend schon irgendwie überstehen. Vielleicht tat ihr die Ablenkung sogar gut. Bliebe sie zu Hause, würde sie ohnehin nur grübeln, weinen und in Erinnerungen schwelgen. An das schlechte Gewissen, Tante Gynnie vergessen zu haben, durfte sie erst gar nicht denken.

Kapitel 2

Die drei Männer hatten sich in Jim Ryders Büro eingefunden. Jim saß mit einer Zigarre in der Hand zurückgelehnt in seinem Stuhl und kraulte mit der anderen Hand den Kopf seines Hundes, der neben ihm auf dem Boden saß. Verstohlen warf er einen Blick auf Nats undurchdringliche Miene. Es würde nicht leicht werden, ihn zu überzeugen. Aber er musste es ein letztes Mal versuchen. Bei Morris machte er sich keine Sorgen. Sie hatten ebenfalls bereits darüber gesprochen, und er stand auf seiner Seite.

Grundsätzlich bedeutete es für Morris als Immobilienmakler und für Nat als Inhaber der hiesigen Zimmerei ein Geschäft, sogar ein gutes. Die persönliche Komponente wog in diesem speziellen Fall jedoch schwer. Vor allem Nat war durch seine enge Beziehung zu Gynnie zu sehr mit dem Hotel verbunden. Dazu kamen seine ureigenen Sichtweisen auf bestimmte Dinge, die wohl nur mit viel Überzeugungsarbeit und guten Argumenten umzudrehen waren.

Jim räusperte sich. »Molly Jensen hat mich telefonisch kontaktiert. Sie hat die Papiere erhalten und kommt in den nächsten Tagen zu uns nach Maple Creek. Morgen gibt sie mir Bescheid, wann genau sie anreisen wird. Sie muss in der Arbeit noch ihren Urlaub abstimmen.« Jim blickte von Morris zu Nat. »Sie ist Gynnies Nichte, und wir müssen sie tatkräftig unterstützen. Es wird bestimmt nicht einfach für sie, den Anblick zu verkraften. Sie hat das Hotel anders in Erinnerung.«

Morris nickte. »Das ist doch selbstverständlich. Ich bereite die notwendigen Informationen für sie vor, und wenn sie will, stehe ich ihr zur Verfügung. Viele Möglichkeiten hat sie nicht, wie sie mit dem Hotel verfahren kann. Verkaufen oder verpachten. Dass sie hierherzieht und das Hotel übernimmt, schließe ich aus. Auf jeden Fall sollte sie das Haus renovieren lassen, bevor ich in Aktion trete, aber darüber haben wir bereits letztes Mal gesprochen.«

»Gänzlich verfallen lassen wäre auch noch eine Variante, oder gleich abreißen«, warf Nat ein. Er hielt die Arme verschränkt. Sein Gesicht zeigte nach wie vor keine Regung.

»Das wäre weder für Molly Jensen noch für Maple Creek sinnvoll«, antwortete Jim. In Gedanken dankte er Morris für den Versuch, das Gespräch sofort in die richtige Bahn zu lenken, auch wenn er gescheitert war. Nats Einwand war vorauszusehen gewesen.

»Sie kann mit dem Maple Lake Inn machen, was sie will. Und wer es schafft, einen wunderbaren Menschen wie Gynnie einfach komplett aus seinem Leben zu streichen, wird sich auch nicht um ein Hotel Sorgen machen«, entgegnete Nat.

»Du weißt genau, dass Gynnie ihrer Nichte keine einzige Minute böse war, weil sie sich nie bei ihr gemeldet hat. Gynnie war allein wichtig, dass es ihr in New York gut geht. Sie war stolz auf Molly und hat die Umstände verstanden. Außerdem rede ich nicht von persönlichen Befindlichkeiten, sondern von rein finanziellen Belangen.«

»Gynnie war der gutmütigste Mensch, den ich gekannt habe, natürlich hätte sie sich nie beschwert oder ein schlechtes Wort über Molly gesagt«, konterte Nat. Jims sachlichen Hinweis ließ er unkommentiert.

Jim hob den Zeigefinger und schüttelte ihn. »Gynnie konnte ihre Meinung sehr wohl kundtun, bei Bedarf auch lautstark und nachhaltig.«

Morris schmunzelte. »Das stimmt. Denkt nur an die Auseinandersetzungen mit meiner Frau. Gynnie war die Einzige, die ihr hin und wieder so richtig die Meinung gesagt hat.«

»Und dir hat es jedes einzelne Mal eine diebische Freude bereitet, gib es zu.«

Morris zuckte mit den Schultern. »Ich enthalte mich der Stimme.« Sein Schmunzeln wurde breiter.

»Zurück zum Thema«, sagte Jim nach einem Moment des Schweigens. »Nat, du bist der Einzige, der die Arbeiten am Hotel in der richtigen Form bewerkstelligen kann. Damit meine ich, so wie Gynnie es gewollt hätte. Jemanden von außerhalb zu beschäftigen würde nicht nur höhere Kosten für Molly Jensen bedeuten, sondern bestimmt auch dem Aussehen des Hotels schaden. Du kennst das Maple Lake Inn wie kein Zweiter und hast ein Herz dafür.«

Nat seufzte. »Okay, du kannst mich vorschlagen. Ich sage euch aber gleich, es geht mir ausschließlich um Gynnie. Ich mache das nur für sie. Möchte Jensen ein anderes Unternehmen beauftragen, ist das für mich in Ordnung. Dann habe ich wenigstens nichts mit ihr zu tun.«

Jim nickte. Innerlich atmete er auf. Er hatte die richtigen Worte gewählt. »Das reicht mir für den Anfang.« Er beugte sich vor und fixierte Nat. »Du hast Gynnie sehr gerngehabt, sie war wie eine Mutter für dich. Ich kann verstehen, dass du dich über Molly Jensens Verhalten ihr gegenüber ärgerst. Für dich ist es etwas Persönliches. Es geht uns aber nichts an, vergiss das bitte nicht. Ob Molly Jensen ihre Tante einmal täglich angerufen und oft besucht hat oder ob sie gar keinen Kontakt miteinander hatten, muss uns egal sein. Wäre Gynnie noch am Leben, würde sie ihre Nichte mit offenen Armen empfangen. Und so sollten wir das auch halten. Ich kann mich nicht mehr an Molly als Kind erinnern. Am Telefon hat sie ausgesprochen nett geklungen.«

»Gynnie hat oft von ihr gesprochen. Meinst du nicht, sie hat es getan, weil sie sie vermisst hat?« Nat wollte noch nicht lockerlassen.

»Hat Gynnie auch nur einmal etwas Negatives über Molly gesagt? Oder hast du irgendeinen Groll gespürt?«

Nat schüttelte den Kopf. Er stützte sich an den Armlehnen des Stuhls ab und stand auf. »Ich werde die Arbeiten mit meiner Zimmerei übernehmen, wenn es notwendig ist. Den roten Teppich rolle ich für Molly Jensen aber bestimmt nicht aus. Ich muss wieder zur Arbeit. Gib mir Bescheid, Jim, wenn sie kommt. Dann halte ich mich bereit.«

Jim wartete, bis er die Haustür zuschlagen hörte, dann sagte er: »Nat hat Gynnies Tod am schwersten von uns allen getroffen. Diese extreme Abneigung gegen Molly Jensen kann ich trotzdem nicht nachvollziehen.«

»Vergiss nicht, er hat sich in den letzten Monaten rührend um Gynnie gekümmert und sie mehr oder weniger beim Sterben begleitet. Das hinterlässt Spuren. Wie du richtig gesagt hast, ist es für ihn etwas Persönliches. Ich kann es schon verstehen. Molly Jensen als Mensch ist ihm egal, für Gynnie hätte er sich jedoch gewünscht, dass sie hier gewesen wäre. Du bist ein guter Kerl, Jim, und ich kann mir lebhaft vorstellen, was Gynnie dir vor ihrem Tod aufgetragen hat. Aber Nat wird das schon machen.«

Jim horchte auf. Er hatte einen ganz anderen Eindruck: Nat lenkte seinen Groll sehr wohl speziell auf Molly Jensen. Warum, wusste er nicht. Vielleicht konnte Nat seine Trauer besser verarbeiten, wenn er auf eine dritte Person wütend war. Er formulierte den Gedanken nicht aus, sondern sagte: »Davon kannst du ausgehen, dass Gynnie mich ins Gebet genommen hat. Ich soll dafür sorgen, dass es Molly an nichts fehlt und sie es in Maple Creek so einfach und angenehm wie möglich hat. Ich hoffe nur, der Junge verhält sich dementsprechend.«

»Ein Junge ist Nat schon lang nicht mehr. Er ist ein erwachsener Mann. Wie alt ist er jetzt, dreißig, fünfunddreißig?«

»Zweiunddreißig. Ich weiß es so genau, weil ich Lucy in dem Jahr kennengelernt habe, als er zur Welt gekommen ist. Ich habe sie damals zum ersten Mal nach Maple Creek mitgenommen, und sie war ganz begeistert von dem Kleinen. Selbst hatten wir ja später nicht das Glück, Kinder zu bekommen.«

»Wie lang ist es her, seit Lucy …?«

»Fast fünfzehn Jahre.«

»Du müsstest nicht allein sein, Jim.«

»Das sagst du mir immer wieder.«

»Weil es die Wahrheit ist. Ein bisschen Glück schadet niemandem. Und auch du wirst nicht jünger.«

Jim lachte. »Ich fühle mich in der zweiten Blüte meines Lebens. Aber du hast recht, wir werden nicht jünger, und es wäre in der Tat schön, die kleinen Freuden des Lebens teilen zu können.«

»Ja, die Zeit vergeht schnell«, antwortete Morris nachdenklich. »Nächstes Jahr feiern Elisabeth und ich unseren zwanzigsten Hochzeitstag. An ihr Jawort erinnere ich mich, als hätte sie es gestern ausgesprochen. Bis heute weiß ich nicht, ob es ein Segen oder ein Fluch war.« Er grinste.

»Auf jeden Fall hast du einen Orden verdient, Morris.«

»Nicht nur einen, das kann ich dir versichern. Aber ob du es glaubst oder nicht, ich kann mir ein Leben ohne Elisabeth nicht vorstellen.«

Kurz sahen sich die beiden Männer erstaunt an, dann begannen sie zu lachen.

Kapitel 3

Ich kann Ihnen versichern, dass wir in spätestens einem Monat mit Minimum fünfzehn Prozent über dem Schnitt liegen. In drei Tagen bin ich zurück, dann stoßen wir darauf an. Ich melde mich bei Ihnen.« Jackson stieß sein Broker-Lachen aus und beendete das Gespräch, dann wandte er sich Molly zu. »Sorry, aber die Arbeit verfolgt mich selbst bis nach Kanada. Gibst du mir noch einmal eine Zusammenfassung?«

Seit sie am Flughafen ins Taxi gestiegen waren, hatte Jackson telefoniert. Molly war es ganz recht gewesen. So konnte sie ungestört aus dem Wagenfenster blicken, die vorbeiziehende Landschaft in sich aufnehmen und an Tante Gynnie denken. Dabei kamen der Reihe nach kleine Erinnerungen hoch. Bald würden sie Maple Creek erreichen, und sie spürte, wie ihre Aufregung zunahm.

Sie riss sich von der Umgebung los und sah Jackson vorwurfsvoll an. »Du hast mir kein einziges Mal wirklich zugehört. Habe ich recht?«

»Sei nicht sauer. Diese Reise kostet mich insgesamt vier Tage. Ich hatte den Kopf voll damit, in der Arbeit alles unter Dach und Fach zu bringen.«

»Schon in Ordnung. Wir fahren jetzt direkt zu dem Anwalt, der mir den Brief geschickt hat und das Erbe von Tante Gynnie verwaltet. Er hat bereits mit dem ansässigen Immobilienmakler Kontakt aufgenommen und war auch so nett, für uns ein Zimmer in einer Pension etwas außerhalb von Maple Creek zu buchen.«

»Wir müssen in einer Pension übernachten, weil dein Hotel seit einem halben Jahr geschlossen hat. Du siehst, zum Teil habe ich aufgepasst.«

Unwillkürlich zuckte Molly bei der Erwähnung *ihres Hotels* zusammen. Obwohl mittlerweile einige Tage vergangen waren und sie alles Notwendige in die Wege geleitet hatte, war sie noch immer verwirrt und schaffte es nicht, ihre Gefühle zu ordnen. Im Augenblick durchlebte sie ein buntes Potpourri aus Trauer, Unruhe und Wehmut.

»Wie ich es verstanden habe, musste Tante Gynnie krankheitsbedingt vor einem halben Jahr schließen. Ich weiß nicht einmal, wie sie ihre letzten Monate verbracht hat, geschweige die vielen Jahre davor. Es sind so viele Fragen offen. Ach Jackson, denkst du wirklich, es ist richtig, sofort den Verkauf einzuleiten?«

Jackson deutete mit dem Kopf auf das Wagenfenster. »Kannst du dir vorstellen, mehr Zeit als zwingend notwendig hier zu verbringen? Seit wir in das Taxi gestiegen sind, sehe ich nur Bäume und wieder Bäume und noch mehr Bäume. Würdest du das Hotel vermieten, müsstest du immer wieder hierherkommen, um nach dem Rechten zu sehen. Werden die Menschen nicht kontrolliert, betrügen sie, das ist so. Und ständig würde es etwas zu tun geben: Reparaturen, Neuanschaffungen und so weiter. Die Verantwortung läge beim Eigentümer, also bei dir.«

»Du hast ja recht, trotzdem kommt es mir irgendwie falsch vor. Es ist, als würde ich ein Stück meiner Vergangenheit –« Molly brach mitten im Satz ab. »Da! Das Ortsschild von Maple Creek.«

Jackson stieß einen Seufzer aus. »Willkommen im Niemandsland.«

»Warte, bis du das Hotel und den See gesehen hast. Es ist wirklich wunderschön.«

Jackson warf ihr einen skeptischen Blick zu, erwiderte jedoch nichts.

Als das Taxi vor einem großen, aber schlicht wirkenden Holzhaus anhielt, verdichtete sich sein Blick. Er beugte sich vor und fragte den Taxifahrer: »Sind Sie sicher, dass wir hier richtig sind? An der Adresse sollte eigentlich das Büro eines Anwalts sein.«

Der Mann nickte. »Jim Ryder, Rechtsanwalt, Carolstreet 11 in Maple Creek. Jeder, der hier in der Gegend wohnt, kennt ihn. Sein Haus, sein Büro. Ich stamme aus der Gegend, nur zur Info.« Er öffnete die Autotür, stieg aus und ging zum Kofferraum, um das Gepäck zu holen.

Molly und Jackson stiegen ebenfalls aus.

Während Jackson das Gepäck entgegennahm und den Fahrer bezahlte, sah Molly sich um und suchte nach einem Anhaltspunkt, nach irgendetwas, an das sie sich erinnern konnte, aber alles hier erschien ihr fremd.

Der Taxifahrer lächelte Molly an, dann nickte er Jackson zu, wobei er ihn wie schon am Flughafen von oben bis unten beäugte.

Molly hätte schwören können, dass der Mann nicht nur den Kopf senkte, sondern ihn auch schüttelte. Was er dachte, konnte sie sich lebhaft vorstellen.

»Wollen wir?« Jackson machte einige Schritte auf das Gartentor zu, betrachtete die altmodische Klingel und drückte auf den Schalter mit der Aufschrift »Büro«. Im Inneren des Hauses ertönte eine Glocke.

Kurz darauf wurde die Eingangstür aufgezogen. Ein großer,

kräftiger Mann in Jeans und einem karierten Hemd mit hochgekrempelten Ärmeln erschien im Türrahmen. Neben ihm tauchte der Kopf eines Hundes auf. »Die Gartentür ist offen, kommen Sie herein.«

»Danke«, rief Molly, während Jackson das Tor öffnete und ihr den Vortritt ließ. Als sie vor dem Mann stand, reichte sie ihm die Hand. »Molly Jensen, hallo.«

»Ich bin Jim Ryder.«

Molly beugte sich vor zu dem Hund und ließ ihn an ihrer Hand schnüffeln, dann kraulte sie ihn hinter dem Ohr. »Und du?«

»Das ist Cicero.« Jim zog die Brauen hoch und schüttelte auch Jacksons Hand. »Und Sie?«

»Jackson Coleman. Ich bin Mollys Lebensgefährte.«

»Angenehm. Jim Ryder.«

Molly fiel auf, wie auch der Anwalt Jackson verstohlen musterte. Jackson wirkte, das musste sie zugeben, mit seinem anthrazitfarbenen Anzug, der dunkelblauen Krawatte und den eleganten Schuhen aber auch wirklich wie ein exotischer Vogel in der Arktis. Grundsätzlich mochte sie seine schicken Businessoutfits durchaus, doch gab es Anlässe, bei denen Jeans und Pulli einfach besser passten. Eine Reise nach Kanada war ohne Zweifel ein solcher Anlass.

»Kommen Sie, gehen wir in mein Büro.« Jim schloss die Haustür hinter Molly und Jackson und bog rechts in ein Zimmer ab. Cicero folgte ihm auf dem Fuß.

Jims Büro war genau so, wie Molly es sich spontan bei Jims Anblick vorgestellt hatte: geräumig, im Zentrum ein großer Schreibtisch aus dunklem Holz voller Papiere und Akten, zwei überfüllte Bücherregale. Es roch nach altem Papier und Zigarrenrauch. Zwischen den Akten auf dem Schreibtisch entdeckte sie einen großen Aschenbecher, darin lag eine zur Hälfte gerauchte Zigarre.

Während Jim sich setzte, zeigte er auf die beiden Stühle vor seinem Schreibtisch. »Nehmen Sie bitte Platz.«

Cicero wartete, bis Molly sich gesetzt hatte, und stellte sich neben sie. Automatisch streckte sie ihre Hand aus und begann ihn wieder zu streicheln.

»Mögen Sie Hunde, Miss Jensen?«, fragte Jim.

»O ja, und wie.«

»Das dachte ich mir. Cicero sucht sich immer genau aus, wem er seine Zuneigung schenkt. Für mich ist er wie ein Messgerät für den menschlichen Charakter. Nun gut …« Er zog eine Akte von einem Stapel und schlug sie auf. »In den Papieren, die ich Ihnen geschickt habe, steht im Wesentlichen alles vermerkt, und am Telefon haben wir bereits den Ablauf besprochen. Das Wichtigste: Haben Sie sich schon entschieden, wie Sie mit dem Maple Lake Inn verfahren wollen?«

»Ja. Ich lebe und arbeite in New York, um das Hotel könnte ich mich nicht entsprechend kümmern. Ich möchte es verkaufen«, antwortete Molly.

»Es besteht auch die Möglichkeit, es zu vermieten.«

Molly dachte an Jacksons Worte. »Ich müsste immer wieder nach Maple Creek kommen, um nach dem Rechten zu sehen. Außerdem kenne ich mich in der Hotelbranche nicht aus.«

»Früher haben Sie doch auch viel Zeit hier verbracht und Ihre Aufenthalte sehr genossen, wie ich hörte. So groß wäre der Aufwand nicht. Sie könnten auch einen Verwalter bestellen, mich zum Beispiel.«

Jims Worte irritierten Molly. »Ich … ja, das stimmt. Als Kind war ich jeden Sommer in Maple Creek. Woher wissen Sie das? Kennen Sie mich aus dieser Zeit?« Das letzte Mal war sie vierzehn Jahre alt gewesen. Danach hatten sich ihre Sommer drastisch verändert. Anstatt mit anderen Kindern herumzutollen und im See zu baden, war sie von ihren Eltern in Lern- und Weiterbildungscamps geschickt worden, und noch später hatte sie die Ferien genutzt, um zu reisen.

Jim lehnte sich zurück. »Ich habe Sie damals sicherlich bei Gynnie gesehen, jedoch offen gestanden keine Erinnerung an Sie. Aber Gynnie hat oft und gern über Sie gesprochen, daher meine Kenntnis.«

Augenblicklich schloss sich eine kalte Hand um Mollys Herz. Sie senkte die Lider und spürte, wie ihre Augen nass wurden. »Ich habe Tante Gynnie zuletzt gesehen, als ich achtzehn Jahre alt war. Mit Freunden habe ich damals eine Reise nach Kanada unternommen, und in diesem Zuge sind wir drei Tage bei ihr geblieben.« Die kalte Hand drückte zu. Molly wusste nicht, was sie noch sagen sollte. Am liebsten wäre sie aufgesprungen und an die frische Luft gelaufen. Kaum konnte sie den Drang, loszuweinen, unterdrücken.

Jim schien ihre Gefühle zu erahnen. »Machen Sie sich keine Gedanken, Miss Jensen. Gynnie wusste genau, wie das Leben einer jungen Frau verläuft. Sie hat das verstanden.« Er lächelte. »Sie war doch selbst ein Wirbelwind, der nur durch Zufall hier gelandet und geblieben ist. Ihre Tante hat mir selbst erzählt, wie lang es gedauert hat, bis sie sesshaft geworden ist und ihren Platz auf dieser Welt gefunden hat – in Maple Creek.«

»Eigentlich weiß ich sehr wenig über Tante Gynnies Leben. Ich erinnere mich an sie als ungemein herzlichen und heiteren Menschen. Sie war nie verheiratet, hatte keine Kinder, aber viele Freunde. Das war's. Meine Eltern haben nie viel über sie gesprochen. Es wäre schön, mehr über sie zu erfahren. Ich habe wunderbare Sommer bei ihr verbracht.« Verlegen fuhr sich Molly durchs

Haar. Was erzählte sie da? Normalerweise ging sie weniger freimütig mit ihren Gedanken um. Es musste an Jims einfühlsamen Worten liegen.

»Vielleicht finden wir einen ruhigen Moment, dann erzähle ich Ihnen mit Freude mehr über Gynnie. Wir waren sehr gute Freunde.«

Ein Poltern vor der Bürotür hielt Molly von einer Antwort ab. Die Tür wurde, ohne anzuklopfen, aufgezogen, und ein Mann betrat den Raum. Er wirkte wie eine etwas jüngere und schmächtigere Ausgabe von Jim. »Hallo zusammen. Ich bin Morris von Morris Immobilien.« Er sah Jim fragend an. »Bin ich zu früh?«

Jim winkte ihn heran. »Nein. Wie immer genau im richtigen Augenblick. Den Papierkram erledigen wir später. Das sind Molly Jensen und ihr Lebensgefährte, Jackson Coleman.«

Morris reichte beiden die Hand und betrachtete Molly ungeniert. »Sie haben dieselbe Nase mit den Sommersprossen darauf, wie Ihre Tante sie gehabt hat. Wollen wir los?«

Jackson räusperte sich. »Wohin?«

»Na, zum Maple Lake Inn natürlich«, antwortete Morris. »Oder wollen Sie sich das Hotel nicht anschauen?«

Eine neuerliche Gefühlswelle erfasste Molly. In Kürze würde sie das Maple Lake Inn wiedersehen. Sie freute sich darauf, zugleich verspürte sie Angst. Wie würde sie reagieren? Das schlechte Gewissen hing wie ein Damoklesschwert über ihr und ließ sich nicht zur Seite schieben. Sie hatte es nicht verdient, das Hotel zu erben. Und nun wollte sie es auch noch so rasch wie möglich verkaufen. Warum waren manche Dinge richtig, wenn man sie von der logischen Seite betrachtete, fühlten sich dennoch völlig falsch an?

Ach, Tante Gynnie, es tut mir so leid. Wie gern würde ich die Zeit zurückdrehen. Dann könnte ich vieles anders machen, dachte sie und spürte, wie sich Cicero fester an ihr Bein schmiegte. Die Wärme des Hundes und seine Berührung beruhigten sie. Es schien wirklich, als spüre er ihren Schmerz und wolle sie trösten.

Kapitel 4

Jackson hatte Molly in Jims Wagen den Beifahrersitz überlassen und hinten Platz genommen. Seit sie aus Jims Büro gegangen waren, hatte er kaum ein Wort gesagt. Er schien sich unwohl zu fühlen, aber darum konnte sich Molly jetzt nicht kümmern. Sie saß kerzengerade und blickte wie gebannt durch die Windschutzscheibe.

Jim warf einen kurzen Seitenblick auf sie und fragte: »Suchen Sie etwas, was Sie wiedererkennen?«

»Ja. Woher wissen Sie das?«

»Oh, ich habe nur geraten. Sie starren durch die Scheibe wie eine Katze auf das Mauseloch. Nichts für ungut.«

Molly lächelte. Jim war ein Fremder, doch fühlte sie sich in seiner Gegenwart wohl. Mehr als das, sein offener und natürlicher Umgang mit ihr erinnerte sie an die unbeschwerten Sommer bei Tante Gynnie. Genau diesen Gedanken sprach sie aus. »Da draußen erscheint mir alles fremd, aber Sie erinnern mich an meine Zeit in Maple Creek.« Sie zuckte mit den Schultern. »Ich weiß, es klingt seltsam, doch Sie sind ganz anders, als ich Sie mir vorgestellt habe. Auch die Situation habe ich mir anders ausgemalt.«

»Sie meinen anders, als Sie es von New Yorker Anwälten gewohnt sind? Vielleicht etwas legerer?«

»Ganz genau das meine ich. Aber wirklich, Mister Ryder, Sie erinnern mich an Tante Gynnie, oder besser ausgedrückt: an ihre Art.«

»Ich werte das als Kompliment.« Jim deutete mit dem Kinn nach vorn. »Da ist schon die Einfahrt zum Mountain Lake Inn.«

Molly sah das hölzerne Hinweisschild, und die Erinnerung kam schlagartig hoch. Früher war es weiß gestrichen gewesen mit schwarzen Buchstaben, die sich scharf abgezeichnet hatten. Jetzt allerdings wirkte es richtiggehend verfallen. Es stand schief, und die weiße Farbe war einem fleckigen Grau gewichen. Die schwarzen Buchstaben zeigten keine klaren Umrisse und hoben sich kaum mehr vom Hintergrund ab.

Jim lenkte den Wagen in die Einfahrt, und Molly hielt den Atem an. Auf dem einst blitzsauberen Fahrweg zum Hotel lagen heruntergefallene Äste und anderer Unrat. Sie wollte fragen, ob sich seit der Schließung vor einem halben Jahr niemand mehr um das Grundstück gekümmert habe, doch der Anblick des Gebäudes, das nun vor ihnen erschien, ließ sie nur bestürzt nach Luft schnappen.

Es befand sich in einem schrecklichen Zustand. Die rote Farbe blätterte an vielen Stellen großflächig ab, zwei Drittel des Daches waren mit einer Plane abgedeckt, wahrscheinlich war es undicht. Die Sträucher rund um das Hotel sahen verwildert aus, ihre Äste wuchsen in alle Richtungen.

Tante Gynnie hatte immer sorgsam darauf geachtet, dass die Natur nicht überhandnahm. Sie hatte die Sträucher zwar in ihrer natürlichen Form belassen, aber so zurechtgeschnitten, dass sie das Gebäude nicht berührten. »Es wäre schlecht für das Mauerwerk. Denk daran, wenn du selbst vielleicht einmal ein Haus hast«, hatte Tante Gynnie ihr erklärt.

Jim hielt den Wagen an, knapp hinter ihnen blieb Morris stehen. Sie stiegen aus.

Molly brachte kein Wort heraus. Hätte sie jemand nach ihrem Befinden gefragt, wäre kein vernünftiger Satz über ihre Lippen gekommen. Es schmerzte zu sehr, das Hotel in diesem Zustand zu sehen. »Ich gehe … zur Veranda«, flüsterte sie stockend und lief auch schon los. Sie musste für einen Augenblick allein sein, um sich zumindest ein wenig beruhigen zu können.

Der Kiesweg um das Haus herum sah nicht besser aus als die Zufahrt. An manchen Stellen waren die Steine verschwunden, und die Erde darunter lag frei. Überall wucherten Gräser und Unkraut. *Das kann doch innerhalb eines halben Jahres nicht dermaßen verwildern,* durchfuhr es Molly. Sie bog um die Ecke und erstarrte aufs Neue.

Die Veranda wirkte noch desolater als der Rest des Hauses. Der weiße Anstrich war fast nicht mehr vorhanden, ein Seitenpfosten war eingeknickt. Sie ging weiter und betrachtete die Treppe, die zur Veranda führte. Zwei Stufen waren eingebrochen. Von ihrer Position aus erkannte sie, dass auch einige Balken des Verandabodens beschädigt waren. Sie hätte sich nicht getraut, die Treppe und die Terrasse zu betreten.

Hinter sich hörte sie den Kies knirschen, und sie drehte sich um.

»Sie haben das Hotel ganz anders in Erinnerung, nicht wahr?«, bemerkte Jim leise.

»Was ist hier geschehen? Das kann doch nicht alles innerhalb so kurzer Zeit passiert sein«, sprach Molly ihren Gedanken von gerade aus.

Jim schüttelte den Kopf. »Das Hotel hat zwar erst seit einem halben Jahr geschlossen, aber schon davor war Gynnie nicht mehr imstande, das Haus in Schuss zu halten. Es ist ihr in den letzten

Jahren nicht besonders gut gegangen. Als der Verfall begonnen hat, sind die Gäste immer weniger geworden, und ihre treuen Stammgäste von früher … nun, die sind langsam weggestorben oder konnten aufgrund ihres Alters nicht mehr reisen.« Er räusperte sich. »Ich hatte überlegt, Sie am Telefon zu informieren, konnte es aber nicht über mich bringen.«

Molly nickte. »Es ist … schrecklich.« Ihr Blick wanderte über den See und zurück zum Ufer, wo in Sichtweite ein Häuschen stand. »Und Tante Gynnies Haus?«

»Das ist in Ordnung. Wir haben alle gemeinsam darauf geachtet, dass sie es in jeder Hinsicht so schön wie möglich hat. Um das Hotel konnten wir uns leider nicht auch noch kümmern.«

»Natürlich …«

»Das ist eine Bruchbude«, hörte sie Jackson hinter sich sagen. Es war der erste vollständige Satz, den er seit Langem gesprochen hatte.

Jims Kopf ruckte hoch, und eine Zornesfalte erschien zwischen seinen Augenbrauen. Molly war sicher, es kostete den Anwalt all seine Beherrschung, Jackson nicht anzubrüllen.

»Wenn ich einen Vorschlag machen dürfte?« Morris, der bis jetzt in gebührendem Abstand gewartet hatte, stellte sich zu Molly und Jim. »In diesem Zustand lässt sich das Maple Lake Inn nur mit großem Verlust veräußern. Das Gebäude hat so kaum einen Wert, und die Grundstückspreise sind nicht sehr hoch hier in der Gegend. Sie sollten es renovieren lassen, Miss Jensen, und dann erst anbieten.«

Wieder nickte sie. »Wie sieht es innen aus?«

»Deutlich besser«, antwortete Jim. »Bei uns holt sich die Natur rasch zurück, was ihr gehört, wenn wir nichts dagegen tun. Die Räumlichkeiten sind davor geschützt. Vor knapp zehn Jahren hat

Gynnie alle Leitungen und die Heizung komplett erneuern lassen. Sämtliche Möbel wurden laufend ausgetauscht. Die Räume müssen nur in Schuss gebracht werden. Es handelt sich im Vergleich zum Außenbereich um Kleinigkeiten. Eine komplette Wartung ist natürlich auch notwendig.«

Jackson kam näher. »Wer könnte eine solche Renovierung durchführen? Gibt es ein vernünftiges Bauunternehmen in der Nähe? Man braucht ohne Zweifel verschiedene Fachkräfte.«

»Nat, nur Nat«, antwortete Jim lakonisch.

»Und wer ist Nat?«

»Er besitzt die hiesige Zimmerei, ist aber ein Allrounder und hat Kontakte zu anderen Handwerkern. Bei uns läuft das Hand in Hand.«

Jackson fixierte Molly. »Für eine Reparatur dieses Ausmaßes benötigen wir mehrere Angebote. Ein ›nur Nat‹ ist zu wenig.«

»Es gibt aber nur Nat«, bekräftigte Jim.

Molly bemerkte, wie sich zwischen ihrem Freund und dem Anwalt die gegenseitige Abneigung hochschaukelte. Beschwichtigend fragte sie: »Mister Ryder, könnten Sie mir bitte Nats Kontaktdaten geben? Dann setze ich mich mit ihm in Verbindung.«

Augenblicklich entspannten sich seine Züge. »Ich rufe ihn gleich für Sie an.« Er zog sein Handy aus der Gesäßtasche und ging einige Schritte zur Seite. Das Gespräch dauerte keine Minute lang. Er steckte das Handy weg und kam wieder zurück. »Nat ist sofort da.«

»Hat er nichts zu tun?«, fragte Jackson skeptisch.

Kurz musterte Jim ihn abschätzig. An Molly gerichtet sagte er: »Nat arbeitet gerade unweit von hier auf einer Baustelle. Wir haben vergangene Woche schon darüber gesprochen. Er weiß, dass Sie heute hier sind, und hat sich bereitgehalten.«

»Danke.« Molly lächelte. Sie wusste, es wirkte verzagt.

Morris klopfte ihr sacht auf die Schulter. »Uns ist natürlich seit Längerem klar, dass mit dem Hotel etwas geschehen muss. Wie Jim gerade gesagt hat, haben wir uns bereits darüber unterhalten. Viele Möglichkeiten gibt es aber leider nicht: Sie können das Haus renovieren, weiter verfallen lassen oder abreißen.«

»Es darf auf keinen Fall abgerissen werden«, antwortete Molly leise. Sie musste mehrmals schlucken, um den Knoten in ihrem Hals loszuwerden, der sich schlagartig gebildet hatte.

»Wir hatten gehofft, dass Sie so denken. Das Hotel ist uns allen wichtig, doch es ist Ihr Eigentum und somit Ihre Entscheidung.«

Molly straffte die Schultern und streckte die Wirbelsäule durch. »Ich bin sehr lange nicht mehr in Maple Creek gewesen, aber das Hotel gehört hierher, und zwar in einem ordentlichen Zustand.« In Gedanken fügte sie »Das bin ich Tante Gynnie schuldig« hinzu und sah Jim fest in die Augen. »Ich kann das Maple Lake Inn nicht behalten, aber es soll wie früher erstrahlen und in gute Hände kommen. Ich habe gespart, und das Erbe meiner Eltern ist angelegt. Es wird hoffentlich ausreichen, und mit dem Verkauf fließt das Geld wieder zurück.«

»Nat macht faire Preise.«

»Und ob ich die mache.« Ein Mann war unbemerkt um die Ecke des Hotels gebogen und schritt direkt auf Molly zu. Er wischte sich die Hände an seinen Jeans ab und begrüßte sie mit Handschlag. »Ich bin Nat.«

»Molly Jensen.« Während Nat sich Jackson zuwandte, musterte sie ihn verstohlen. Er war noch größer als Jim, und selbst durch den weiten Pullover traten seine Muskeln hervor. Seine Gesichtszüge kamen ihr seltsam vertraut vor.

Während Nat Jackson ebenfalls die Hand reichte, betrachtete er ihn ohne Zurückhaltung. Besonders Jacksons Schuhe hatten es ihm offenbar angetan, an ihnen blieben seine Augen mehrere Sekunden hängen.

Jim übernahm. »Miss Jensen möchte das Maple Lake Inn renovieren lassen. Dazu braucht sie deine Expertenmeinung.«

»In zwei Tagen fliegen wir wieder zurück nach New York. Bis dahin benötigen wir ein schriftliches Angebot von Ihnen. Vermerken Sie darin auch den Fertigstellungstermin, und vergessen Sie nicht den prozentualen Abschlag im Falle der Nichteinhaltung. Ich weiß nicht, welche Sätze in Kanada üblich sind«, mischte sich Jackson ein.

Nats Augenbrauen zogen sich zusammen. Kurz presste er die Lippen aufeinander, dann sagte er betont ruhig: »Bei mir läuft es so ab: Ich schreibe bis morgen alles zusammen. Der Preis unter dem Strich wird bezahlt. In vier Wochen werde ich fertig sein, das ist garantiert. Ich kenne den Zustand des Gebäudes.« Einen Moment lang schien er zu überlegen. »Und ich brauche jemanden, der mir für die laufenden Entscheidungen vor Ort zur Verfügung steht.«

»Und wer soll das sein?«, fragte Jackson.

»Vorzugsweise die Inhaberin, aber es geht natürlich auch jemand, der in ihrem Auftrag entscheidet. Ständige Rückfragen werden notwendig sein. Aus der Entfernung kostet mich das zu viel Zeit, und ich will mich im Nachhinein auf keine Diskussion einlassen müssen. Etwas anderes kommt in diesem speziellen Fall für mich nicht infrage.«

Jackson schüttelte den Kopf. »Wie stellen Sie sich das vor?«

»Sie können sich gern einen anderen von außerhalb suchen. Ich würde es sowieso nur für Gynnie machen, zu ihrem Andenken.« Nat wandte sich zum Gehen.

Molly räusperte sich. »Sie haben meine Tante besser gekannt?«

»Sie war eine Freundin, eine sehr gute Freundin. Gynnie hatte viele Freunde. Sie alle haben sich um sie gekümmert und sie auch zu ihrer letzten Ruhestätte begleitet.«

»Ich habe es erst nach dem Begräbnis erfahren.« Warum rechtfertigte sie sich vor diesem Mann?

»Das war mein Fehler. Obwohl wir mit Gynnies Ableben gerechnet hatten, war es doch ein Schock für uns alle. Und das Begräbnis kam so rasch. Ich hätte Sie informieren müssen. Es tut mir leid. Ich denke, Sie hätten Gynnie sehr gern verabschiedet«, warf Jim ein.

»Ja, das hätte ich«, bestätigte Molly und strich sich über die Stirn. Dann sah sie Nat an. Seine Augen hatten dasselbe Blaugrün wie der See. Wieder flammte in ihrem Kopf eine verschwommene Erinnerung auf, aber sie konnte sie nicht zuordnen. Sie musste sich irren. Würde er sie von früher kennen, hätte er doch bestimmt etwas gesagt. Wahrscheinlich suchte sie einfach zu verzweifelt nach Anhaltspunkten aus der Vergangenheit. Verlegen hüstelte sie. Rasch wollte sie zurück zum eigentlichen Thema finden. »Ich bin Redakteurin bei einer Modezeitschrift. Grundsätzlich bin ich durch meinen Job flexibel. Ich muss zwar erst bei meiner Chefin nachfragen, aber vielleicht kann ich vier Wochen von Maple Creek aus arbeiten. Dann würde ich Ihnen rund um die Uhr vor Ort zur Verfügung stehen.«

»Du solltest die Herren zuerst fragen, ob es hier überhaupt Internet gibt«, bemerkte Jackson und bedachte Molly mit einem Blick, der seine Unzufriedenheit über ihre Idee allzu offensichtlich ausdrückte.

»Es reicht nur bis zum Mond, wir leben dahinter. Aber wir kommunizieren recht gut mit Rauchzeichen«, antwortete Nat.

Jim hob die Hand, um die beginnende Auseinandersetzung

zu stoppen. Er wandte sich an Molly. »Sie könnten die Zeit auch gleich dafür nutzen, Gynnies Hausstand aufzulösen. Das Häuschen gehört zum Hotel und wird mit verkauft.«

Molly verspürte einen Stich. Der Gedanke, in Tante Gynnies Sachen herumzuwühlen und ihre Habe in Kisten verpacken zu müssen, bereitete ihr ein unangenehmes Gefühl. »Morgen Nachmittag kann ich Ihnen Bescheid geben, Nat«, sagte sie.

»Bis dahin habe ich auch die Kostenaufstellung. Fünfzehn Uhr, wieder hier vor dem Hotel?«

»Ja, okay.«

Nat zeigte auf das Gebäude. »Ich sehe mir jetzt alles an, innen und außen. Jim, hast du die Schlüssel dabei?«

Jim nickte und zog einen Schlüsselbund aus seiner Jackentasche. »Natürlich. Hier hast du sie.«

»Soll ich Sie begleiten, Nat?«, fragte Molly.

»Nein. Ich gehe allein.« Er nickte ihr zu, drehte sich, ohne ein weiteres Wort zu sagen, um und entfernte sich.

Kapitel 5

Nat atmete tief durch und ballte die Hände zu Fäusten. Den Zustand des Gebäudes kannte er genau und wusste, welche Arbeiten notwendig waren, um das Maple Lake Inn wieder instand zu setzen. Vor allem der letzte Herbst mit kräftigen Stürmen und der extrem harte Winter hatten im Außenbereich einiges angerichtet.

Tatsächlich war er nur verschwunden, um nicht weiter mit Molly Jensen und ihrem Freund sprechen zu müssen. Auch Jims ermahnende Blicke hatten ihn gestört.

Er schloss die Eingangstür auf und betrat das Foyer mit der kleinen Rezeption. Die Zimmerschlüssel hingen ordentlich aufgereiht auf dem hölzernen Bord, das Gynnie vor langer Zeit eigens von ihm hatte anfertigen lassen. Als Überraschung hatte er den Namen des Hotels in das Holz eingebrannt. Ihre ehrliche Freude darüber würde er nie vergessen. Wie vermisste er ihren Frohsinn und die positive Einstellung, die sie bis zuletzt behalten hatte. Genauso wie ihre Hingabe an das Maple Lake Inn nicht vergangen war.

Selbst in den letzten Wochen ihres Lebens war sie nicht davon abzubringen gewesen, ihr Lebenswerk zu besuchen. Als sie es schließlich nicht mehr geschafft hatte, den Weg von ihrem Haus zum Hotel allein zurückzulegen, hatte Nat sie beinahe jeden Tag abgeholt und begleitet.

Von ihm gestützt war sie die Gästezimmer und sämtliche andere Räume – von der Küche bis zum Lesezimmer – abgegangen, dann hatten sie sich in den Frühstücksraum gesetzt, Kaffee getrunken und miteinander geredet. Ihre Worte klangen noch immer in ihm nach. »Das Maple Lake Inn verhält sich solidarisch, es zerfällt im Gleichklang mit meinem Körper. Wir gehören nun einmal untrennbar zusammen. Aber seine Heizung ist intakt, genauso wie mein Herz, also trinken wir unseren Kaffee hier.«

Während dieser Gespräche war sie oft auf ihre Vergangenheit eingegangen und hatte Nat viel über ihre Kindheit und Jugend erzählt. Es war gewesen, als habe sie ihr Leben Revue passieren lassen. Auch Molly war Thema gewesen. Gynnie hatte ihm mehrmals versichert, dass er sich keine Sorgen zu machen brauche. »Molly wird sich um das Hotel kümmern. Du wirst schon sehen, alles wird gut werden, Nathan.«

Automatisch stieß Nat einen grimmigen Laut aus. Und ob er sich Sorgen machen musste. Für Molly war das Maple Lake Inn unwichtig, egal was sie gerade gesagt hatte. Sie wollte nichts mehr, als die Angelegenheit so rasch wie möglich hinter sich zu bringen. Sie konnte kein Gefühl der Verbundenheit mit Gynnie und dem Hotel verspüren, sonst hätte sie in der Vergangenheit anders gehandelt.

Natürlich hatte er Mollys Betroffenheit über den Zustand des Gebäudes bemerkt. Wahrscheinlich war sie aber einfach nur entsetzt darüber gewesen, dass sie erst einmal Zeit und Geld investieren musste, bevor sie das Haus gewinnbringend verkaufen konnte.

Er brauchte nur ihren Freund Jackson anzusehen und wusste Bescheid. Allein wie er vorsichtig einen Fuß vor den anderen gesetzt hatte, damit seine eleganten Schuhe nicht schmutzig wurden, hatte Nat wütend gemacht. Jackson zeigte seine Abneigung offen – gegen das Hotel, Jim, ihn und gegen Mollys Aussage, dass sie versuchen werde, vier Wochen lang hierzubleiben. Die ganze Angelegenheit war diesem Mann zuwider, und bestimmt würde er Molly maßgeblich beeinflussen.

Zu allem Überfluss war Jim ausnehmend freundlich, beinahe liebevoll zu Molly gewesen. Dachte Jim denn gar nicht daran, wie Molly sich ihrer Tante gegenüber verhalten hatte? Aber so war er. Gynnie hatte Molly nichts nachgetragen, also war er der Meinung, er müsse ihr auch nicht kritisch gegenüberstehen. Doch das stimmte nicht. Molly hatte etwas Unverzeihliches getan. Aus Ignoranz, Desinteresse oder sonst einem Grund war sie einfach gegangen und nicht wieder zurückgekommen.

Einen Menschen zu verlieren traf die zurückgebliebene Person unweigerlich zutiefst. Es war ein Schmerz, den man kaum mit Worten beschreiben konnte. Er nahm einen mit voller Vehemenz ein, und man meinte, es gebe keinen Ausweg. Am Anfang war er allgegenwärtig, und nur langsam wurde es besser. Man versuchte ein Lächeln und konnte wieder beginnen, sich über etwas zu freuen. Aber dann sah man etwas oder hörte ein bestimmtes Geräusch, und schlagartig zog es einen wieder hinunter in die endlosen Tiefen der Erinnerung. Er selbst kannte das Gefühl gut. Dreimal hatte er es auf unterschiedliche Weise erlebt: Seine Mutter war gestorben, als er acht Jahre alt gewesen war, seine Schwester hatte Maple Creek verlassen, knapp nachdem er seinen zwölften Geburtstag gefeiert hatte. Und das Mädchen, in das er sich zum ersten Mal mit sechzehn Jahren heimlich und über alle Maßen verliebt hatte, war für immer verschwunden. So hatte er zumindest gedacht, denn nun war Molly wieder hier und erkannte ihn nicht einmal mehr. Aber das war gut so.

Kurz hatte er gemeint, in ihren Augen eine Erinnerung aufflammen zu sehen, aber es war nur Einbildung gewesen. Diesen Umstand wollte er ihr jedoch nicht ankreiden. Er hatte sich stark gewandelt. Als Junge war er zart und für sein Alter klein gewesen, zudem hatte Gynnie ihn immer Nathan genannt.

Molly hingegen hatte sich bis auf die Tatsache, dass sie vom Mädchen zur Frau gereift war, kaum verändert. Selbst ihre Art erkannte er wieder. Sie war höflich und zuvorkommend, sogar in unangenehmen Situationen, drängte sich nicht in den Vordergrund, und bestimmt konnte sie auch heute noch sehr fröhlich sein.

Dank Gynnie war Nat immer auf dem neuesten Stand von Mollys Handeln gewesen. Vielleicht hätte sie sich zurückgehalten und wäre achtsamer mit ihren Informationen über Molly umgegangen, wenn sie von seiner Verliebtheit gewusst hätte, aber er hatte damals nur mit einem einzigen Menschen darüber gesprochen: seiner Schwester.

Automatisch verzog Nat die Mundwinkel. Egal wie sympathisch und liebenswert Molly auch heute noch sein mochte, er wollte sie nicht gernhaben. Es reichte für sein ganzes Leben aus, was er vor vielen Jahren für sie empfunden hatte. Das würde ihm keinesfalls noch einmal passieren. Lang genug hatte er gebraucht, um sie zu vergessen.

Er musste nur auf Distanz bleiben und immer an Mollys Verhalten Gynnie gegenüber denken, dann war er gefeit davor, sie wieder in sein Herz zu schließen.

Kapitel 6

Ich finde es nicht richtig, dass wir die Angelegenheit ohne Widerstand hingenommen haben. Was bildet sich dieser Waldläufer eigentlich ein? Er hat uns regelrecht befohlen, bei der Renovierung anwesend zu sein. Entweder wir sind da, oder er lehnt den Auftrag ab. Er hat ja leicht reden als einziger Betrieb weit und breit. Außerdem wussten sie alle vorher Bescheid, die hatten sich abgesprochen.« Jackson lehnte am Türrahmen und sah Molly beim Packen zu.

Unzählige Male hatten sie seit ihrer Rückkehr aus Kanada darüber gesprochen. Molly wollte nicht schon wieder alles durchkauen. Nats negative Einstellung ihnen gegenüber war offenkundig gewesen, und auch sie hatte sich über seine Art geärgert. Sie war kein schlechterer Mensch, nur weil sie in New York lebte und ein anderes Leben führte. Dass sie sich jahrelang nicht um Tante Gynnie gekümmert hatte, stand auf einem anderen Blatt. Aber das wiederum ging Nat nichts an. Auch ohne seine strafenden Blicke hatte sie ein schlechtes Gewissen deswegen. Damit musste sie ganz allein fertigwerden.

»Natürlich haben sie miteinander gesprochen und sind die Möglichkeiten im Vorfeld durchgegangen. Maple Creek ist ein kleiner

Ort, jeder kennt jeden, und sie waren alle mit Tante Gynnie befreundet. Außerdem hat Jim sogar offen gesagt, dass sie darüber geredet haben. Das ist doch völlig normal, andersherum würde ich es eigenartig finden. Meinst du, ich soll auch etwas Schönes einpacken?«, fragte sie, um vom Thema abzulenken.

Jackson stieß einen abfälligen Ton aus. »Mit deiner ältesten Freizeitkleidung bist du noch immer zu gut gekleidet für *die dort*. Ich kann mir nicht vorstellen, dass du ein Cocktailkleid brauchen wirst.«

Der Schuss war nach hinten losgegangen. Molly wiegte den Kopf und ging in den Schrankraum. Mit einem schnörkellosen schwarzen Kleid und einem grauen Kostüm kam sie zurück. »Nur zur Sicherheit ...« Sie seufzte, als sie Jacksons Miene sah. »Mir gefällt das auch nicht. Vier Wochen in Maple Creek zu verbringen steht bestimmt nicht auf meiner Wunschliste. Aber was sollte ich sonst tun? Das Hotel in diesem Zustand zu verkaufen wäre nicht nur schwer, es würde auch den Preis zu sehr drücken. Das hat nicht nur Morris gesagt, du bist ebenfalls dieser Meinung.«

»Wir hätten vielleicht eine andere Baufirma beauftragen sollen.«

»Du hast dich doch erkundigt. Sie befinden sich alle zu weit entfernt. Die Aufschläge für die Anreise und die Unterbringung wären viel zu hoch. Schon die Grundpreise lagen über Nats Angebot.«

»Ja, ich weiß. Alles Blutsauger.« Jackson lachte trocken auf. »Geldsauger wohl eher. Ich hätte Bauunternehmer werden sollen.«

Molly ging zu Jackson und gab ihm einen Kuss auf die Wange. »Wir bringen die vier Wochen hinter uns, dann kehrt wieder das normale Leben ein.« Sie versuchte ein Lächeln. »Du hast es bei dem Deal deutlich besser getroffen als ich. Einen ganzen Monat lang sitze ich in einem kleinen Ort im Nirgendwo fest, soll eine bauliche Entscheidung nach der anderen treffen, obwohl ich keine

Ahnung davon habe, und muss das Haus meiner Tante räumen. Zugegeben, die Arbeit ist ein Lichtblick. Ich freue mich auf den Artikel, den ich in Maple Creek schreiben werde.«

»Stimmt, ich möchte nicht mit dir tauschen.« Jackson verzog die Mundwinkel. »Was ist eigentlich so besonders daran, dort zu schreiben? Mir würde an deiner Stelle die Inspiration fehlen.«

»Ich habe es dir doch erzählt. Nora ist sofort darauf angesprungen und hat mich beauftragt, einen Artikel über eine Auszeit in der Natur – wie sie es nannte: ›*Back to the nature for two weeks*‹ – zu schreiben. Sie hat gemeint, ein malerisches Örtchen an einem See sei wie geschaffen dafür. Ich solle das Feeling in mich aufsaugen – ebenfalls O-Ton – sowie natürlich Freizeitmöglichkeiten und so weiter ausfindig machen.« Molly ging zurück zum Bett, schob ihren Koffer ein Stück zur Seite und setzte sich. »Ich mag meinen Job und bin zufrieden, das weißt du. Aber es ist wirklich eine feine Sache, einmal etwas anderes zu schreiben als Produktplatzierungen, verpackt in Lifestyle-Artikeln, zumal es sich außerdem auch endlich einmal um einen mehrseitigen Auftrag handelt. Ich würde gern zumindest ab und zu aufregendere Storys ergattern.«

»Und *Back to the nature* ist aufregend?«

»Nein, nicht wirklich, aber etwas Neues für mich. Wenn ich den Artikel gut hinbekomme, erhalte ich in Zukunft vielleicht interessantere und variantenreichere Aufträge.«

»Ich wusste nicht, dass du das willst.«

»Wer möchte nicht weiterkommen und neue Herausforderungen erhalten? Ich könnte mich entfalten.« Kurz schwieg Molly, bevor sie weitersprach. »Ich rede nicht so gern darüber.«

»Es wäre auch Nörgeln auf hohem Niveau.«

Jackson brachte die Sache auf den Punkt. Immerhin arbeitete sie für eines der angesagtesten Modemagazine New Yorks. Sie hatte hart dafür gekämpft, es so weit zu bringen. Andere, die sich ebenso ins Zeug legten, schafften diesen Sprung nicht. Als Journalistin mit Hingabe sehnte sie sich dennoch nach neuen Inspirationen und anspruchsvollen Aufgaben, die sie erfüllten.

»Hast du nicht Lust, mich zumindest einmal zu besuchen? Vielleicht genau in der Mitte, dann erscheint mir die Zeit nicht so lang«, schlug Molly vor. Seit sie ihren Aufenthalt in Maple Creek fixiert hatte, lag ihr die Frage auf der Zunge. Bis jetzt hatte sie sich nur davor gescheut, sie auszusprechen. Tatsächlich rechnete sie nämlich mit einer Absage von Jackson, und das würde sie trotz ihrer festen Annahme enttäuschen.

Jackson antwortete ausweichend: »Ich kann es dir noch nicht versprechen, im Job ist gerade viel los. Aber ein Flug ist schnell gebucht.« Er grinste schief. »Du musst mir allerdings versprechen, diesen Nat von mir fernzuhalten. Ich habe keine Lust auf ein Abendessen mit einem solchen Urmenschen. Und ich gebe auch gleich zu Protokoll, dass mir der Anwalt ebenso wenig liegt.«

»Jim ist doch ausgesprochen nett.«

Jackson schnaubte verächtlich auf. »Dem hat es doch gar nicht gepasst, dass ich an deiner Seite gewesen bin. Ich möchte wetten, wärst du ohne mich aufgetaucht, hätten sie dir etwas aufgeschwatzt, und Nats Angebot wäre deutlich höher ausgefallen. Ja, ich war ihnen gar nicht recht. Die stecken doch alle unter einer Decke.«

Jackson ließ nicht locker. Er hatte sich wohl darin verbissen, dass Jim, Nat und Morris sie unfair behandeln oder gar betrügen wollten.

»Was hätten sie mir aufschwatzen sollen? Und ich glaube nicht, dass Nat mehr verlangt hätte.« Molly hatte einen gänzlich anderen Eindruck gewonnen. Jackson war nicht ihr Retter in der

Not gewesen, er hatte sich sogar als hinderlich erwiesen. Aber das konnte sie ihm natürlich nicht sagen.

Jim und vor allem Nat, der auch ihr skeptisch entgegengetreten war, hatten ihn offensichtlich nicht leiden können. Jackson war unfreundlich gewesen, und gepaart mit seinem Auftreten hatten sie ihn auf der Stelle in eine Schublade gesteckt und entsprechend behandelt. Umgekehrt war es im Übrigen nicht anders gewesen.

Darüber, wie die vier Wochen in Maple Creek mit Nat verlaufen würden, sorgte sie sich selbst. Bei Jim hingegen machte sie sich keine Gedanken, sie sah ihn sogar bereits als ihren Anker und Rückhalt, wenn etwas schieflaufen würde.

»Ich traue diesen Leuten nicht. Pass auf jeden Fall auf, und sei achtsam. Im Zweifelsfall ruf mich an«, unterbrach Jackson ihre Gedanken.

»Das mache ich, versprochen.«

Jackson war offenbar gerade voll in Fahrt, weil er sich weiter aufregte. »Und was hatte der Hund im Büro während der Besprechung verloren? Du weißt, ich mag Hunde, aber das war doch völlig unpassend. Was sage ich, Büro? Wohl eher eine Raucherhöhle.«

»Ich fand Cicero ausnehmend süß. Jim führt eine Anwaltskanzlei auf dem Land, da ist es anders als in der Großstadt. Und du rauchst doch selbst gern mal eine Zigarre.«

»In einem Zigarrenklub. Dort ist es angebracht und gehört dazu. Alles hat seine Zeit und seinen Ort.« Jackson löste sich vom Türrahmen und machte einen Schritt auf Molly zu. »Du solltest jetzt fertig packen, sonst versäumst du noch deinen Flug. Nicht auszudenken, wie Nat darauf reagieren würde, könnte er erst einen Tag später mit der Arbeit beginnen. Ohne dich macht er bestimmt keinen Finger krumm.«

Molly sah auf ihre Uhr und sprang auf. »Du liebe Güte. Ja! Hilfst du mir bitte und holst meine Schuhe aus der Diele?«

»Wenn du mir sagst, welche.«

Molly überlegte: »Zwei Paar Turnschuhe, die weißen und die blauen, graue Sneakers, aber nicht die ganz neuen, meine festen hohen Schnürschuhe, Gummistiefel, ein Paar Flipflops, egal welche, schwarze und beige Ballerinas und meine schwarzen Manolos.« Sie zuckte mit den Schultern. »Man kann nie wissen.«

»Du wirst einen zweiten Koffer benötigen.«

Molly zeigte auf eine Reisetasche, die neben dem Bett auf dem Boden stand. »Ich habe an alles gedacht. Die Schuhe kommen da rein.«

Kapitel 7

Molly sah Jim schon von Weitem. Er hatte es sich nicht nehmen lassen, sie vom Flughafen abzuholen. Sie winkte und ging auf ihn zu.

Er begrüßte sie mit einem herzhaften Händedruck. »Schön, dass Sie hier sind, Miss Jensen. Wie war der Flug?«

»Unspektakulär. Ich habe die aktuelle Ausgabe der Zeitschrift, für die ich arbeite, von vorn bis hinten durchgelesen. So eigenartig es klingt, normalerweise blättere ich sie zwar durch, bin jedoch meilenweit davon entfernt, die Artikel zu lesen.«

»Das kann ich gut verstehen. Ich sehe mir weder Anwaltsfilme noch Anwaltsserien im Fernsehen an.«

»Es gibt aber wirklich einige sehr gute.«

Jim zwinkerte ihr zu. »Wie fanden Sie Ihre Zeitschrift?«

»Ehrlich? Ich dachte: ›Wie kann jemand nur so viel Geld dafür ausgeben?‹ Die Zeitschrift ist nämlich nicht billig.« Sie schmunzelte. »Meine Aussage fällt doch hoffentlich unter die Schweigepflicht?«

»Ich bin Ihr Anwalt. Also muss ich den Mund halten. Keine Sorge.«

Während sie zu Jims Wagen gingen, fragte er: »Haben Sie Hunger? In Maple Creek gibt es zwar nur ein Lokal, die Sycamore

Tavern, es ist Restaurant und Bar in einem, aber der Inhaber, Tom, wartet mit einer hervorragenden herzhaften Küche auf. Seine Steaks sind legendär.«

»Ich habe das Mittagessen versäumt und bin tatsächlich hungrig. Würden Sie mir das Lokal zeigen?«

»Ich zeige es Ihnen nicht nur, ich lade Sie mit großer Freude zu einem Einstandsessen ein.«

»Danke. Ich nehme gern an und freue mich darauf.« Molly freute sich wirklich auf den gemeinsamen Abend mit Jim. Schon bei ihrem ersten Besuch hatte sie sich in seiner Gegenwart wohlgefühlt. Das Wiedersehen jetzt bestätigte diesen Eindruck. Jim war ein wortgewandter Mann mit einer guten Portion Humor. Dabei wirkte er kein bisschen überheblich, sondern verhielt sich umgänglich, fast fürsorglich ihr gegenüber. In New York traf man im Regelfall auf einen ganz anderen Anwaltstyp.

»Was halten Sie davon, wenn wir direkt zu Tom fahren?«, fragte Jim, nachdem sie eine ganze Weile lang geschwiegen hatten. »Wir essen gemütlich, und danach bringe ich Sie zu Gynnies Häuschen. Sie richten sich ein, und morgen geht es los. Ich habe übrigens meine Haushaltshilfe einmal durch das Haus fegen lassen. Ich wollte nicht, dass Sie als erste Handlung in Maple Creek einen Großputz durchführen müssen.«

Kurz betrachtete Molly Jim von der Seite. Sie war richtig gerührt. »Vielen Dank! Das ist … echt total nett von Ihnen. Ehrlich, danke.«

»Keine Ursache.« Er wiegte den Kopf, als müsse er etwas überlegen. Schließlich sprach er weiter: »Um ehrlich zu sein, musste ich das Versprechen abgeben, mich gut um Sie zu kümmern, wenn Sie in Maple Creek sind. Es soll Ihnen an nichts fehlen. Und seit ich Sie kennengelernt habe, mache ich das doppelt und von Herzen gern.«

»Wem haben Sie versprochen, sich um mich zu kümmern?«

»Als es Gynnie immer schlechter ging, hat sie mich ins Gebet genommen. Sie wollte, dass für Sie alles so angenehm wie möglich abläuft. Dazu gehörte für Gynnie vor allem, dass Sie sich wohlfühlen in Maple Creek.«

Molly brauchte einen Moment, um sich zu fangen. Unwillkürlich schluchzte sie auf.

»Ja aber, Kindchen, was ist denn los?« Jim nahm seine Hand vom Lenkrad und tätschelte ihren Unterarm.

Molly schluchzte noch einmal auf. »Ich habe die Fürsorge überhaupt nicht verdient.«

»Nicht verdient? Was meinen Sie denn damit?«

»Jahrelang habe ich mich nicht um Tante Gynnie gekümmert. Nicht einmal angerufen habe ich sie. Dabei hatte ich sie wirklich sehr gern. Ich weiß nicht, wie es geschehen ist. Mein Leben hat sich mit dem Studium und später mit dem Umzug nach New York so rasch verändert. Ich war rund um die Uhr beschäftigt und habe Tante Gynnie einfach vergessen. Sie hingegen hat sogar am Ende noch an mich gedacht. Ich fühle mich schrecklich.«

Kurz schwieg Jim. Schließlich sagte er: »Meinen Sie nicht, dass Gynnie das alles ganz genau gewusst hat? Dass Sie sie nicht bewusst gemieden haben, sondern einfach andere Dinge im Kopf hatten? Es ist das Privileg der Jugend, voranzuschreiten und sich in das Leben zu stürzen. Dabei bleibt naturgemäß etwas auf der Strecke. Außerdem müssen die Alten die Jungen ziehen lassen, wenn Sie wissen, was ich damit meine. Gynnie wusste es auf jeden Fall.«

»Aber ich hätte doch wenigstens hin und wieder zum Telefon greifen können, zum Geburtstag, an Weihnachten. Es ist unverzeihlich.«

»Gynnie ist Ihnen nicht böse gewesen, das kann ich Ihnen versichern. Sie selbst hat bewusst nie bei Ihnen angerufen, weil sie Ihren Weg nicht stören wollte. Ich weiß, das klingt vielleicht seltsam, aber so ist Gynnie nun einmal gewesen. Ich hoffe, dieses Wissen hilft Ihnen ein wenig.« Jim hielt am Straßenrand an und zeigte auf ein lang gestrecktes Gebäude. »Kommen Sie, verschwenden wir keine Zeit. Ein herzhaftes Steak und ein Tom's Maple vertreiben so manchen trüben Gedanken.« Er öffnete die Wagentür und stieg aus.

Molly folgte ihm. »Was ist ein Tom's Maple?«

»Campari, Vermouth, ein wenig Soda und ein Schuss Ahornsirup. Tom hat früher in Toronto als Barkeeper gearbeitet und den Tom's Maple eigens und eigentlich nur für die Eröffnung der Sycamore Tavern kreiert. Als dann alle danach gefragt haben, hat er ihn in sein Programm aufgenommen. Somit hat Maple Creek seinen eigenen Cocktail.«

»Ich bin schon gespannt, wie er schmeckt. Stammt Tom ursprünglich auch aus der Gegend?«

»Nein. Die Liebe hat ihn hierhergebracht. Seine Frau Laurie kommt aus Maple Creek. Sie steht in der Küche, und Tom macht die Bar. Die beiden sind ein wahres Dreamteam.«

Mittlerweile waren sie beim Eingang angekommen, und Jim zog die Tür auf. »Hinein in die gute Stube«, sagte er und ließ Molly den Vortritt.

Obwohl sie keine feste Vorstellung von dem Lokal gehabt hatte, war doch ein Bild in ihrem Kopf entstanden. Dieses Bild lag meilenweit von der Realität entfernt.

»Wow«, brachte sie hervor und erntete ein zufriedenes Lächeln von Jim.

Molly hatte eine rustikale, etwas heruntergekommene Stätte erwartet mit einem Ausschank und einigen massiven Holztischen; Darts und ein Billardtisch hätten sie nicht verwundert. Im Wesentlichen passten die Schlagworte »rustikal« und »massiv« durchaus, damit endete die Gleichheit jedoch.

Über zwei Drittel der dem Eingang gegenüberliegenden Wand erstreckte sich eine stilvolle Bar aus dunklem Holz. Dahinter hingen unzählige Flaschen verkehrt herum in einer Vorrichtung, und davor standen weit über ein Dutzend Barhocker. Die Tische waren großzügig über den restlichen Raum verteilt und allesamt mit weißen Tischtüchern bedeckt, darauf befand sich je eine kleine Vase mit drei gelben Rosen. Die Stühle waren aus demselben Holz wie die Bar gefertigt und mit dicken dunkelgrünen Auflagen versehen. An den weiß getünchten Wänden hingen Schwarz-Weiß-Fotografien.

Der Mann hinter der Bar trug ein weißes Hemd und Hosenträger. Als er Jim sah, hob er die Hand und deutete auf den einzigen freien Tisch.

Jim bedankte sich mit einem Winken und rückte Molly einen Stuhl zurecht, dann setzte auch er sich und betrachtete Molly aufmerksam. »Sie haben etwas anderes erwartet?«

Molly nickte. »Das ist ein wunderschönes Lokal. Sie könnten es genau so nehmen und nach New York bringen, es wäre der Renner und rund um die Uhr knallvoll. Aber auch hier mangelt es nicht an Gästen, wie ich sehe.« Tatsächlich war das Lokal überaus gut besucht. Die Tische waren mit ihnen beiden nun allesamt besetzt, und an der Bar hätten sich vielleicht noch drei oder vier Personen hinzuschmuggeln können, bevor es zu eng werden würde.

Eine Frau trat an den Tisch. Sie war ebenfalls mit einer weißen Bluse und Hosenträgern bekleidet, dazu trug sie eine schwarze

Hose. »Hallo Jim. Guten Abend. Was soll ich euch bringen? Braucht ihr die Karte?«

»Darf ich …?«, fragte Jim, an Molly gewandt.

»Ja. Ich lasse mich gern überraschen.«

»Hervorragend. Dann bitte zwei Steaks, Tenderloin, beide medium, dazu Bratkartoffeln und Bohnen, Salat. Zwei Tom's Maple, aber unbedingt die Variante für Erwachsene. Danke, Charlotte.«

»Wird gemacht, Jim.« Die Frau entfernte sich.

»Sie haben mich nicht gefragt, ob ich Fleisch esse«, bemerkte Molly schmunzelnd. Obwohl sie noch keinen Bissen gegessen und den Cocktail nicht probiert hatte, fühlte sie sich bereits besser. Es musste an der Atmosphäre liegen.

»Als ich im Wagen Toms Steaks erwähnt habe, ist weder ein entsetzter Aufschrei von Ihnen gekommen, noch haben Sie gefragt, ob es in der Tavern auch Gerichte ohne Fleisch gibt. Das war Hinweis genug für mich.«

Molly nickte und schwieg einen Augenblick. Schließlich fragte sie leise: »Darf ich Sie um etwas bitten?«

»Natürlich. Sagen Sie mir, was Sie brauchen.«

»Würden Sie mich in den nächsten Tagen zu Tante Gynnies Grab begleiten? Ich weiß zwar von früher, wo der Friedhof liegt, aber nicht, wo sich ihr Grab befindet.«

»Ich bringe Sie hin.« Ein Schatten der Traurigkeit huschte über sein Gesicht. »Bei Gynnies Haus steht noch ihr altes Fahrrad, falls Sie sie später noch einmal allein besuchen wollen oder etwas im Ort erledigen müssen. Ich habe die Reifen aufgepumpt und kontrolliert, ob die Bremsen funktionieren.«

»Vielleicht versuche ich es. Ich bin keine geübte Fahrradfahrerin, zu Fuß bin ich sicherer unterwegs.« Molly hüstelte. »Würden Sie mir etwas über meine Tante erzählen?«

»Was möchten Sie wissen?«

»Ich habe nur Erinnerungen an sie aus meiner Kindheit. Wie ist sie als Frau, als Mensch gewesen? Ich meine, nicht als Tante eines Mädchens.«

»Ich verstehe schon. Wo beginne ich … Gynnie war für mich eine bemerkenswerte, durchaus modern denkende Frau. Ich erwähne das, weil man doch ihr Alter und die Generation, aus der sie stammte, bedenken muss. Wir haben uns im Laufe der Jahre angefreundet und viele interessante Gespräche geführt. Sie hatte einen speziellen Humor, den ich über alle Maßen geschätzt habe. Sie hat überhaupt gern gelacht und war ein umgänglicher Mensch, keiner, der stets über andere richtet und mit dem Finger auf jemanden zeigt. Ich würde sie als gemäßigten Freigeist bezeichnen.«

»Haben Sie vielleicht eine Ahnung, wie Tante Gynnie hierher nach Maple Creek gekommen ist?«

»Soviel ich weiß, gab es weder eine großartige Liebesgeschichte noch ein anderes einschneidendes Erlebnis, warum sie Maple Creek als Lebensmittelpunkt gewählt hat. Nach ihren Erzählungen ist sie recht früh dem Elternhaus entflohen und auf Reisen gegangen. So ist sie durch Zufall nach Maple Creek gekommen und hat sich in alles hier verliebt. Einmal hat sie zu mir gesagt, dass sie sich in Maple Creek zum ersten Mal in ihrem Leben wirklich geborgen und zu Hause gefühlt hat.«

»Das kann ich mir gut vorstellen. Meine Großeltern sind vor vielen Jahren gestorben, aber ich erinnere mich noch recht gut an sie. Sie waren sehr streng, und lachen habe ich sie überhaupt nie gesehen. Die Besuche bei ihnen waren ein Horror für mich.«

»Das deckt sich mit Gynnies Erzählungen. Gynnies Bruder, also Ihr Vater, dürfte das Vorzeigekind gewesen sein, während Ihre Tante den Platz der Rebellin in der Familie eingenommen hat.«

»Auch das glaube ich auf der Stelle. Mein Vater war ein Mann mit festen Regeln und ebenfalls sehr streng. Richtigen Spaß gab es in meinem Elternhaus ebenfalls selten. Bei Tante Gynnie war alles ganz anders. Sie war immer fröhlich und verständnisvoll. Und es musste nicht immer nach festgelegten Vorschriften ablaufen. Natürlich gab es auch Regeln, aber die waren nicht in Stein gemeißelt. Sie hat sie der jeweiligen Situation angepasst.« Molly lächelte. »Ohne Tante Gynnie wäre ich zum Beispiel erst gar nicht auf die Idee gekommen, dass man als Kind auch nach zwanzig Uhr zu Bett gehen kann.« Sie nickte versonnen. »Ja, mein Vater war ein überaus korrekter Mann. Er hat sich immer verhalten wie ein Offizier im Dienst, auch wenn er kein Offizier gewesen ist.«

»Gynnie hat mir einmal erzählt, dass sie von einer Veranstaltung zwar pünktlich, aber mit einem gewaltigen Schwips nach Hause gekommen ist. Sie war damals siebzehn Jahre alt. Ihr Bruder hat es mitbekommen und sie am nächsten Morgen bei den Eltern verraten.« Jim lachte. »Gynnie hat wirklich das Wort ›verraten‹ benutzt. Ich weiß es noch, als wäre es gestern gewesen. Wobei, generell hatte ich den Eindruck, dass sie mit ihrem Bruder ein gutes Einvernehmen hatte.«

»Das wundert mich. Mein Vater hat eigentlich nie über Tante Gynnie gesprochen, und ich kann mir nicht vorstellen, dass ein reger Kontakt bestanden hat, abgesehen von der Abstimmung meiner Besuche als Kind. Tante Gynnie ist auch weder zum Begräbnis meines Vaters noch zu dem meiner Mutter angereist.«

»Vielleicht hatte sie keine Zeit. Das Hotel war das ganze Jahr über ein Fulltime-Job, besonders im Sommer.«

»Meine Eltern sind beide im Sommer gestorben, zuerst mein Vater, ein Jahr darauf meine Mutter. Wie ist Tante Gynnie eigentlich zu dem Hotel gekommen?«, fragte Molly weiter.

»Sie hat dort gearbeitet. Zwei schrullige, aber liebe Schwestern haben das Maple Lake Inn damals betrieben und Gynnie dermaßen ins Herz geschlossen, dass sie ihr später die Leitung übergaben und ihr schließlich sogar das Hotel vermacht haben. Gynnie hat das Hotel dann auf Vordermann gebracht und es zu dem gemacht, was es … einmal war.«

»Es ist wirklich furchtbar, dass es so weit –« Molly kam nicht dazu, den Satz zu vollenden. Wie aus dem Nichts stand Nat an ihrem Tisch.

»Guten Abend.«

»Hi Nat«, begrüßte Jim ihn. »Willst du dich zu uns setzen? Wir sprechen gerade über Gynnie.«

»Nur kurz.« Nat nahm auf einem freien Stuhl Platz.

»Miss Jensen ist gerade erst angekommen. Als Einstand muss sie natürlich sofort in den Genuss eines echten Sycamore-Tavern-Steaks kommen«, sprach Jim weiter.

»Und, wie gefällt Ihnen die Tavern?«, fragte Nat.

Molly konnte nicht erkennen, ob Nat einfach eine höfliche Frage stellte oder eine Spur von Sarkasmus mitschwang, der wohl auf die variantenreichen Möglichkeiten in der Großstadt im Gegensatz zu Maple Creek und seinem einzigen Lokal abzielen würde. Sie antwortete ehrlich. »Ich finde das Lokal sensationell und bin schon sehr auf das Essen gespannt. Und einen Tom's Maple bekomme ich auch.«

»Immerhin etwas Positives, nicht wahr?« Nat zog seinen Stuhl zurück, bereit, wieder aufzustehen.

Wie aufs Stichwort trat die Kellnerin an den Tisch und servierte die beiden Tom's Maple. »Was darf es für dich sein, Nat?«

»Nichts, danke Charlotte. Ich stelle mich zu Tom an die Bar.«

Klang seine Stimme auf einmal sanfter? Molly räusperte sich

und hob das Glas. »Auf erfolgreiche vier Wochen. Und nochmals vielen Dank für die Einladung.«

Jim prostete ihr zu. »Sehr gern.«

Abrupt sprang Nat von seinem Stuhl auf. »Ich störe euch nicht weiter. Morgen beginnen wir um sieben Uhr. Seien Sie pünktlich, und ziehen Sie sich ordentliche Schuhe an.«

Molly nickte Nat zu. »Ja, in Ordnung.« Als er weit genug entfernt war, fragte sie leise: »Was ist los mit ihm?«

Jim seufzte. »Nats Mutter ist gestorben, als er noch ein Kind war, und Gynnie hat die Rolle der Ersatzmutter übernommen. Deshalb hängt er an dem Hotel und will es nicht in fremden Händen sehen.«

»Ich habe eher den Eindruck, er will es speziell in meinen Händen nicht sehen«, antwortete Molly nachdenklich.

»So direkt wollte ich es nicht sagen, aber es stimmt. Er lastet Ihnen an, dass Sie sich nicht um Gynnie gekümmert haben. Vielleicht schwingt sogar ein wenig Eifersucht mit. Gynnie hat nicht hinter dem Berg damit gehalten, wie gern sie Sie hatte. Sehen Sie ihm sein Verhalten nach.«

»Ich kann ihm seine Ablehnung nicht verübeln, mache ich mir ja selbst genug Vorwürfe deshalb.«

Jim antwortete nicht darauf. Für einen Moment schloss er die Lider, als überlege er etwas. Schließlich sagte er: »Es wundert mich, dass Sie Nat als Kind nicht kennengelernt haben. Er hat viel Zeit bei Gynnie im Hotel verbracht. Sein Vater musste arbeiten und war dankbar, dass Gynnie ein Auge auf ihn hatte.«

»Ich kann mich nicht erinnern«, antwortete Molly. Sie dachte an das vertraute Gefühl, das sie bei Nats Anblick empfunden hatte. Oft hatte sie damals mit Kindern aus dem Ort gespielt. Durchaus konnte eines von ihnen Nat gewesen sein. Es war sogar wahrscheinlich, wenn er häufig bei Gynnie gewesen war. Sicherlich rührte die schwache Erinnerung daher.

»Es ist nicht so wichtig, ich dachte nur …« Jim klatschte in die Hände. »Unsere Steaks kommen! Die wollen wir nun genießen.«

Kapitel 8

Nat stieg in seinen Wagen und lehnte sich im Fahrersitz zurück. Von seinem Platz an der Bar hatte er Molly und Jim beobachtet, bis sie die Tavern verlassen hatten. Er kannte Jim gut genug, um zu erkennen, dass er sich blendend unterhalten hatte und Molly ohne Zweifel sehr gern mochte.

Jim erzählte oft, dass sein Hund den Charakter eines Menschen auf Anhieb beurteilen konnte. Nach Nats Einschätzung besaß in Wahrheit Jim die herausragende Menschenkenntnis, und Cicero reagierte nur auf das Verhalten seines Halters. Wie Cicero Molly wohl aufgenommen hatte? Bestimmt war er begeistert von ihr.

Aber auch Molly hatte in Jims Gegenwart unbefangen und fröhlich gewirkt. Im Gegensatz dazu verhielt sie sich bei ihm vorsichtig und nahezu scheu. Darüber durfte er sich nicht wundern, immerhin behandelte er sie nicht besonders nett.

Entschieden schob er den Gedanken an Molly beiseite. Jetzt musste er sich gedanklich auf das Gespräch mit Charlotte vorbereiten. Die anstehende Aussprache lag ihm im Magen. Er wusste, wie hartnäckig sie sein konnte.

Er hätte überhaupt nicht erst beginnen dürfen, mit Charlotte auszugehen. Vom ersten gemeinsamen Abend an war ihm bewusst gewesen, dass niemals mehr entstehen würde als eine oberflächliche Sympathie. Obwohl er immer ehrlich zu Charlotte gewesen war und seine Gedanken mehrfach direkt zum Ausdruck gebracht hatte, war die ganze Sache nicht richtig.

Charlotte hatte seine diesbezüglichen Bedenken stets mit einem Lachen abgetan. Warum sollte man nicht gemeinsame Momente genießen und Spaß zusammen haben? Musste es immer gleich die große Liebe sein? Nach ihrer Meinung lief es hervorragend, keine Verpflichtungen, keine Zwänge, und ergab es sich, verbrachte man Zeit miteinander.

Ein einziges Mal war sie in einem schwachen Augenblick auf ihre Gefühle eingegangen und hatte ihm ihre Verliebtheit gestanden. Als er sie am nächsten Tag darauf angesprochen hatte, war sie allerdings nicht mehr bereit gewesen, darüber zu reden. Hatte sie nicht hören wollen, dass er im Gegenzug nichts für sie empfand? Spätestens zu diesem Zeitpunkt hätte er die Sache beenden sollen, aber die Wochen waren vergangen, und letztendlich hatte er nichts unternommen.

Nat seufzte. Warum war es ihm auf einmal so wichtig, ein klärendes Gespräch zu führen? Die mögliche Antwort darauf gefiel ihm nicht. Sie konnte auch nicht stimmen. Bereits seit Längerem trug er den Gedanken in sich, die Sache mit Charlotte endgültig zu beenden. Jetzt hatte er sich einfach fest dazu entschlossen. Es war purer Zufall, dass die Entscheidung mit Mollys Ankunft zusammenfiel.

Und schon wieder schob sich Molly ins Zentrum seiner Gedanken, bemerkte Nat mit einem Anflug von Unwillen. Hätte er nur von Beginn an strikt abgelehnt, die Hotelrenovierung zu übernehmen. Dann wäre er jetzt nicht ständig mit ihr konfrontiert.

Aber was machte er sich vor? Er selbst war es gewesen, der die verrückte Idee gehabt hatte, sie gewissermaßen für vier Wochen nach Maple Creek zu zitieren.

Es stimmte, dass die Renovierung jede Menge Fragen aufwerfen würde, und es war tatsächlich praktisch, wenn der Auftraggeber vor Ort zur Verfügung stand, aber das war nicht der ausschlaggebende Grund für sein Handeln gewesen.

Obwohl er sie für ihr Verhalten Gynnie gegenüber massiv verurteilte, hatte er sie wiedersehen und Zeit mit ihr verbringen wollen, nicht nur für jeweils wenige Stunden am Anfang und am Ende der Renovierungsarbeiten.

Seine Gedanken glitten zurück in die Vergangenheit. Es war so viele Jahre her, aber die Begebenheiten dieses Sommers würde er wohl nie vergessen. Sie waren Teenager gewesen, noch lange nicht an der Schwelle zum Erwachsenenalter. Ihr helles Lachen klang noch immer in seinen Ohren, und ihr Strahlen hatte sich tief in ihm festgebrannt.

Welche Ironie, damals waren es vier Wochen gewesen und jetzt wieder. Der Spruch »Man begegnet sich immer zweimal im Leben« kam ihm in den Sinn.

»Endlich sind alle heimgegangen. Ich dachte schon, der Dienst endet heute nie.« Charlotte hatte die Beifahrertür geöffnet und blickte in den Wagen. »Fahren wir zu dir?«

»Wir müssen miteinander reden, Charlotte. Bei mir, bei dir, oder wir fahren nach Deeptown Valley auf einen Drink, die Bars dort haben länger geöffnet«, antwortete Nat.

»Ich will zu dir.« Charlotte setzte sich auf den Beifahrersitz und schloss die Autotür.

Nat nickte und startete den Wagen.

Auf der Fahrt sprachen sie nicht viel.

Sein Haus befand sich am Rande Maple Creeks. Es lag auf einer Anhöhe mit Blick auf den See. Nat hatte viele Jahre damit zugebracht, das Gebäude, es handelte sich um sein Elternhaus, zu renovieren und auszubauen. Mit der großen Terrasse und dem imposanten Wintergarten zählte es nun auf jeden Fall zu den schönsten Häusern Maple Creeks.

Toms Bruder Jack war Architekt und hatte Nat bei der Verwirklichung seiner Ideen geholfen. Er lebte in Toronto und war damals extra angereist.

Nat parkte den Wagen vor der Eingangstür seines Hauses und stieg aus.

Charlotte folgte ihm.

Sie gingen direkt in die Küche. Nat hatte im Zuge des Umbaus einige Wände und damit kleinere Zimmer geopfert und so einen großen Ess- und Wohnbereich geschaffen, der hinter dem Wintergarten lag. Mit einer zusammenfaltbaren Glaswand ließen sich die beiden Räume voneinander trennen.

»Möchtest du etwas trinken?«, fragte Nat.

»Ein Glas Wein wäre nicht schlecht. Rot.«

Nat öffnete den Getränkekühlschrank und zog eine Flasche Rotwein aus dem höher temperierten Fach. Während er die Flasche öffnete und zwei Gläser vom Bord holte, sagte er: »Wir müssen wirklich miteinander reden.«

»Worum geht es denn?« Charlotte setzte sich auf einen der vier Barhocker, die vor der Küchenzeile aufgereiht standen.

»Um uns. Charlotte, wir sollten uns nicht mehr treffen.«

Sie warf den Kopf in den Nacken und lachte. »Schon wieder? Du denkst echt zu viel nach. Es läuft doch gut. Und ich habe dir schon mehrfach versichert, dass ich durchaus damit zufrieden bin, wie es ist.«

»Darum geht es nicht.« Nat blieb auf seiner Seite der Küche stehen und schob ihr ein Glas zu. »Ich möchte, dass wir Freunde sind, aber nicht mehr.«

»Das verstehe ich nicht. Was kann dir Besseres geschehen … als ich? Ich akzeptiere deine Sichtweise, du kannst machen, was du willst, und hast mich trotzdem.«

»Es ist nicht richtig, auf diese Weise weiterzumachen.«

»Für mich schon. Aber wenn es dir so nicht mehr gefällt, können wir auch gern enger werden. Du weißt, was ich damit meine?«

Nat fuhr sich durchs Haar. Er hatte geahnt, wie das Gespräch verlaufen würde. Aber dieses Mal blieb er beharrlich. »Ich möchte nicht *enger werden,* ich will es beenden.«

Charlotte starrte ihn einen Moment lang an. »Dir ist schon klar, wie viel Zeit ich dir geopfert habe? Ich hätte längst einen anderen Mann kennenlernen können.«

»Ich habe dir immer die Wahrheit gesagt und nie etwas von dir verlangt, eigentlich genau das Gegenteil.«

»Aha, du meinst also, nur weil du ständig betont hast, keine Beziehung zu wollen, sei dein Vorgehen in Ordnung?«

»Ich habe viel mehr als das zum Ausdruck gebracht.« Nat stützte sich mit den Ellbogen auf der Küchentheke ab. Er hatte gehofft, nicht zu sehr ins Detail gehen zu müssen. Nichts lag ihm ferner, als Charlotte zu verletzen. »Es tut mir leid, meine Gefühle für dich sind nicht stärker geworden. Ich mag dich, aber nicht auf die Weise, wie ein Paar sich gernhaben sollte. Bitte akzeptiere das.«

»Du sagst mir jetzt also ernsthaft, dass du nicht mehr willst. Was kommt als Nächstes? Wirfst du mich aus deinem Haus?« Charlottes Stimme wurde schrill.

»Nein, natürlich nicht.«

»Das müsstest du auch nicht. Ich gehe von selbst.« Sie stand auf und ging betont langsam zur Tür. Auf der Schwelle drehte sie sich noch einmal um. »Das ist noch nicht das Ende, Nat. Du wirst schon sehen. Es wird nicht lang dauern, bis du mich vermisst.« Sie warf den Kopf in den Nacken und verließ endgültig den Raum.

Nat seufzte. Wenn er etwas falsch machte, tat er es gründlich. Er hatte Charlotte nicht wehtun wollen, aber gegen seine Gefühle kam er nicht an. Bald würde sie bemerken, wie viel besser es ihr ging ohne ihn. Solch eine Verbindung konnte nicht erfüllend sein, auch wenn Charlotte dem widersprach und es nicht einsehen wollte.

Kapitel 9

Das Läuten des Handyweckers riss Molly unsanft aus einem wirren Traum. Sie musste mehrmals blinzeln, bis sie es schaffte, die Augen zu öffnen. Und selbst dann brauchte sie noch einige Sekunden, um zu realisieren, wo sie sich befand. Sie setzte sich auf und warf einen Blick auf das Fenster. Draußen dämmerte es gerade. Kein Wunder, dachte sie, es war sechs Uhr morgens.

Sie betätigte den Schalter der kleinen Lampe auf dem Schränkchen neben dem Bett, schwang die Beine über den Bettrand und stand auf. Schlaftrunken tappte sie ins Bad.

Die Dusche half ihr, ein wenig wacher zu werden. Sie band ihre Haare zu einem Zopf zusammen und brachte die Morgentoilette hinter sich. Auf das sonst übliche Styling verzichtete sie. Keinesfalls wollte sie Nats Eindruck von sich vertiefen, indem sie aufgeputzt auf der Baustelle erschien. Es reichte schon, wie er sie jetzt einschätzte.

Sie verspürte den Wunsch, seine Sichtweise zu ändern und gut mit ihm auszukommen. Dabei ging es nicht allein darum, die vier Wochen so angenehm wie möglich und in Einklang zu verbringen. Sie wollte, dass er sie nicht als oberflächlichen Menschen sah, weil sie ihre Tante vernachlässigt hatte. Seit Jim ihr von der Verbindung zwischen Nat und Tante Gynnie berichtet hatte, zählte seine Absolution doppelt. Im Stillen fragte sich Molly, wer hier eifersüchtig war. Gar sie selbst?

Andererseits ging es Nat überhaupt nichts an, wie sie aussah, wie sie sich kleidete und ob sie zu Tante Gynnie Kontakt gehabt hatte. Sie musste sich weder anpassen noch rechtfertigen. Was bildete sich dieser Mann eigentlich ein?

Molly spürte Ärger in sich aufsteigen, über Nat und im selben Atemzug auch über sich selbst. Wie gern würde sie ihm die volle Schuld an ihren Gefühlen zuweisen, aber sie kannte die Wahrheit.

Mit einer energischen Handbewegung stoppte sie ihre Gedanken. So sollte ihr erster Tag in Maple Creek nicht beginnen. Entschieden schluckte sie die negativen Gefühle hinunter und setzte bewusst ein Lächeln auf.

Während sie in die Küche ging und die Kaffeemaschine einschaltete, sah sie sich um. Gestern Abend hatte sie es nicht mehr geschafft, den Koffer fertig auszupacken. Sie war einfach zu müde gewesen. Die Aufregung, der Flug, ein voller Magen und zwei Tom's Maple hatten sie an ihre Grenzen gebracht. Nachdem sie das Notwendigste aus ihrem Koffer geholt hatte, war sie geradewegs in die kleine Kammer gegangen, wo sie auch als Kind geschlafen hatte, und war sofort ins Bett gefallen.

Nach ihrer Besprechung mit Nat wollte sie sich einrichten und sich in diesem Zuge auch gleich eingehend mit dem Haus beschäftigen. Sie musste ein Gefühl dafür bekommen, wie lang sie für die Räumung brauchen würde. Dass sie dabei sicherlich auf einige Erinnerungen stoßen würde, verdrängte sie einstweilen.

In einem Küchenfach fand sie Kaffeetassen und in einem Drehschrank Zucker und Kaffeetabs. Im Kühlschrank standen eine frische Flasche Milch und einige Lebensmittel: je eine Packung Käse und Schinken, Butter, Marmelade und Eier. Erst jetzt bemerkte sie die Obstschale auf dem Küchentisch, und auf der Arbeitsplatte lag eine Packung mit Toastscheiben.

Bestimmt hatte Jim dafür gesorgt. Unwillkürlich musste sie lächeln. Er erfüllte sein Versprechen an Tante Gynnie gewissenhaft. Sie wäre voll und ganz zufrieden mit ihm. Molly hatte den Eindruck, dass seine Fürsorge aber nicht nur aus diesem Versprechen heraus resultierte. Jim schien sie wirklich zu mögen, und das war ein schönes Gefühl.

Jims gestrige Erzählungen über Tante Gynnie kamen Molly in den Sinn, und automatisch glitten ihre Gedanken weiter zu ihrem Vater. Es wäre unfair zu sagen, er hätte ihr kein gutes und sicheres Elternhaus geboten. Sie war umsorgt gewesen und hatte eine umfangreiche Ausbildung erhalten. Aber genau Tante Gynnies Herzlichkeit und ihre heitere Art hatten gefehlt. Diese Form der natürlichen Lebensfreude war ihren Eltern fremd gewesen.

Nachdenklich nahm Molly einen Schluck Kaffee. Im Grunde wusste sie über ihre Eltern genauso wenig wie über Tante Gynnie. Lag es in der Natur der Sache? Kinder sahen die Eltern wohl auf ihre spezielle Weise, die den wahren Menschen dahinter verbarg.

Molly hatte noch nie überlegt, warum sie die Sommer bei Tante Gynnie verbracht hatte. Eigentlich hätte ihr Vater doch dafür sorgen müssen, dass sie dem schwarzen Schaf der Familie fernblieb. Der Gedanke haftete sich in ihrem Kopf fest. Dass ihre Eltern sie fortgeschickt hatten, um allein zu sein, war zu weit hergeholt. Sie hatten einen festen Lebensrhythmus gehabt, in den sie als fixer Bestandteil integriert gewesen war. Außerdem gab es Sommercamps für jedes Kindesalter. Sie hätten sie auch dorthin schicken können. Es musste einen anderen Grund gegeben haben, warum sie viele Jahre lang ihre Sommerferien bei Tante Gynnie verbracht hatte.

Molly seufzte und warf einen Blick aus dem Küchenfenster, das auf das Hotel ausgerichtet war. Vor der Veranda nahm sie eine Person wahr. Es war Nat. Eilig trank sie ihren Kaffee aus und verließ die Küche.

Die Tasche mit den Schuhen hatte sie gestern im Vorzimmer stehen lassen. Sie wählte die festen Schnürschuhe aus, schlüpfte in ihren olivfarbenen Frühlingsparka, den sie gestern noch aus dem Koffer genommen und auf den Garderobenständer gehängt hatte, und verließ das Haus.

Nat hob zur Begrüßung die Hand, verzog jedoch keine Miene.

Im Gegenzug versuchte Molly ein Lächeln und murmelte ein »Guten Morgen«.

»Meine Männer kommen jeden Augenblick. Ich habe zwei Trupps eingeteilt, einen drinnen, einen draußen«, begann er ansatzlos zu erklären. »Die Grundsubstanz des Hauses ist gut. Im Innenbereich müssen im Wesentlichen nur die Wände gestrichen und die Holzböden abgeschliffen und neu versiegelt werden. Einige Sockelleisten sind zu tauschen und andere Kleinigkeiten müssen repariert werden, nichts Großartiges. Ich arbeite mit einem guten Installateur zusammen, der die Sanitäreinrichtungen warten wird. Dasselbe gilt für den Elektriker und den Heizungstechniker. Aber das steht ohnehin alles in meiner Aufstellung, die ich Ihnen gegeben habe.«

»Was ist, wenn Sie etwas Unvorhergesehenes entdecken?«, fragte Molly.

»Ich kenne das Hotel. Mein Preis ist ein Festpreis. Es wird keine Überraschungen geben.«

»Womit beginnen Sie im Außenbereich?«

»Mit der Veranda. Die Pfosten müssen vollständig ausgewechselt werden, genauso der Dachvorbau. Die Unterkonstruktion ist stabil, aber sämtliche Bodenbretter sind zu tauschen. Mittags möchte ich eine Begehung des Innenbereichs mit Ihnen machen. Passt zwölf Uhr?«

»Ja, okay.«

»Haben Sie sonst noch Fragen?«

Irgendwie musste Molly das Eis zwischen ihnen brechen. »Sind Sie gestern noch lange bei Tom geblieben?«, fragte sie.

»Ja«, antwortete er knapp, schien sich dann aber zu besinnen und sprach weiter. »Ich esse fast jeden Abend in der Tavern, Jim übrigens auch. Tom ist ein sehr guter Freund von mir. Wenn es ruhiger wird, nutzen wir die Gelegenheit, um zu plaudern.«

»Das Lokal ist wunderschön.«

Nat nickte. »Wir haben es damals gemeinsam geplant mit Toms Bruder Jack. Er ist Architekt. Er hat mir auch bei meinem Haus geholfen.« Endlich erschien ein Lächeln auf seinem Gesicht. »Die viele Arbeit hat sich gelohnt, da wie dort.«

»Ich habe mich in der Tavern auf Anhieb wohlgefühlt. Ihr Haus kenne ich nicht, aber es ist bestimmt ebenfalls sehr schön. Wo liegt es?«

»Da drüben auf der Anhöhe.«

»Sie müssen einen tollen Ausblick auf den See haben.«

»Das stimmt. Und darüber hinaus habe ich sogar Internet, schnelles Internet. Kaum zu glauben, nicht wahr?«

Einige Männer bogen um die Ecke des Hotels und ersparten Molly eine Antwort. Nats zynische Bemerkung war zweifellos die Retourkutsche für Jacksons unangebrachte Aussage während der Erstbesichtigung. Nichtsdestoweniger spürte sie Ärger in sich aufsteigen. Sie konnte nichts für Jacksons Fehlverhalten, hatte sie es doch selbst auch als nicht richtig empfunden, wie er aufgetreten war. Warum also musste sie es jetzt ausbaden? Egal, dachte sie. Sie wollte sich nicht ärgern. In einem Monat waren die Arbeiten abgeschlossen, dann konnte Morris darangehen, das Hotel zu verkaufen, und sie durfte wieder zurück nach New York in ihr altes Leben.

»Wir müssen jetzt beginnen. Wollen Sie noch etwas?«, fragte Nat.

Molly schüttelte den Kopf. Seine Schroffheit ließ sie förmlich zurückschrecken. »Wenn Sie etwas brauchen, ich bin in Tante Gynnies Haus.«

»Geben Sie mir Ihre Handynummer. Ich will nicht hin- und herlaufen müssen.« Er zog sein Handy aus der Jackentasche und aktivierte das Display.

Pflichtschuldig nannte Molly ihm ihre Nummer.

Nat senkte den Kopf und lief zu seinen Männern.

Kurz blieb Molly noch unschlüssig stehen, dann wandte sie sich ab und ging los. Auf halbem Weg zu Tante Gynnies Haus verharrte sie und machte einige Schritte auf den See zu. Trotz der noch kühlen Morgentemperatur und einer leichten Brise spürte sie, dass eine innere Wärme ihren Körper einnahm. Wie kleine Blitzlichter flammten in ihrem Kopf Momente aus der Vergangenheit auf, die sie daran erinnerten, was sie als Kind hier empfunden hatte.

Sie atmete tief durch und sog die frische Luft in ihre Lungen. Es fühlte sich wunderbar an. Sie bückte sich und hob einen Kieselstein auf. Seine Oberfläche war glatt und feucht. Sie warf ihn ins Wasser und betrachtete die Kreise, die sich an der Oberfläche rund um die Stelle bildeten, wo der Stein aufgetroffen war.

Tante Gynnie hatte ihr gezeigt, wie sie flache Steine über das Wasser springen lassen konnte. Sie beugte sich vor und suchte nach einem geeigneten. Als sie keinen fand, richtete sie sich wieder auf.

Es machte nichts, sie würde schon den richtigen finden. Wie hatte Tante Gynnie gesagt, wenn sie mit einer Mischung aus Begeisterung und Unruhe auf der Suche am Ufer herumgelaufen war: »Lass dir Zeit. Alles kommt, wie es kommen muss. Aber findest du den passenden Stein, dann greif zu.« Daraufhin hatte sie gelacht und gemeint: »Merke dir diese Weisheit. Sie lässt sich in vielen Lebensbereichen anwenden.«

Molly drehte sich vom Wasser weg und betrachtete das Hotel. All die Jahre hatte sie nicht das Gefühl gehabt, dass ihr etwas fehlte. Erst jetzt dachte sie darüber nach, was sie eigentlich versäumt hatte, weil sie nie wieder hierher zurückgekehrt war. Es ging dabei nicht um ihr schlechtes Gewissen, sondern darum, was sie an besonderen oder einfach nur schönen Momenten verpasst hatte. Dabei wäre es so einfach gewesen. Sie hatte New York als ihren Lebensmittelpunkt erwählt und war glücklich dort, aber es hatte in der Vergangenheit sehr wohl Zeiten gegeben, wo sie einen Ort der Entspannung gebraucht hätte. Und so hektisch, wie sich ihr Leben gestaltete, würde sie auch in Zukunft einen Ort wie Maple Creek benötigen, um Ruhe zu finden und Energie zu tanken.

Molly spürte, wie ihre Augen feucht wurden. Ließ der Kreislauf, in dem sie sich befand, wirklich keine Auswege zu? Hatte sie sich gar in eine freiwillige Gefangenschaft begeben, aus der sie nicht mehr herausfand?

Mit einem Seufzer wandte sich Molly ab und ging zurück zu Tante Gynnies Haus.

Kapitel 10

Molly saß in der Küche und starrte ins Leere. Gerade war sie mit Nat alle Räume des Hotels abgegangen, und Nat hatte ihr gezeigt, was alles repariert werden musste.

Als sie mit Jackson angereist war, hatte sie unermüdlich nach Anhaltspunkten aus der Vergangenheit gesucht, jedoch keine gefunden, nun überfluteten sie sie förmlich. Durch die Räume des Maple Lake Inn zu gehen hatte ihr eine Reihe an Erinnerungen und Gefühlen beschert, die sie erst verarbeiten musste.

In Wirklichkeit befand sie sich bereits seit dem Erhalt von Jims Schreiben auf einer Achterbahnfahrt durch die Vergangenheit. Am Anfang waren ihre Empfindungen durcheinander und verworren gewesen, doch mit jedem Element, das sie nun wiedererkannte und mit einer Begebenheit aus der Vergangenheit verknüpfte, wurden sie klarer und formten sich. Umso mehr zogen sie diese Gefühle aber auch mit sich. Waren sie anfangs noch dezent im Hintergrund geblieben, füllten sie sie mittlerweile bisweilen komplett aus.

Es würde besser werden, versuchte sie sich einzureden. Sie musste einfach lernen, die momentane Situation mit weniger Emotionen hinzunehmen. Wenn das nur so einfach gewesen wäre! All dem stand nämlich auch noch ihr schlechtes Gewissen gegenüber. Aber die Vergangenheit ließ sich nicht mehr ändern. Es gab keinen Zauberstab, der Telefongespräche mit Tante Gynnie und Besuche in Maple Creek herbeizauberte. Das Versäumnis stand wie ein riesiges Mahnmal in ihren Gedanken.

Doch auch von dieser Welle durfte sie sich keinesfalls mitreißen lassen. Sie brachte nichts als Traurigkeit und Schwermut, und damit würden die schönen Erinnerungen an ihre Zeit in Maple Creek verblassen.

Bei der Hotelbegehung hatte Molly es hautnah erlebt. Während sie sich in einem Moment an etwas erinnerte und die Gefühle sie voller Wärme mitnahmen, kam der Rückschlag bereits im nächsten Augenblick. Es war wie ein Wechselbad zwischen eiskalt und brennend heiß.

Nat war dabei keine Hilfe. Jeder Blick von ihm und jedes seiner Worte erschienen Molly wie eine Anklage. In seiner Gegenwart fühlte sie sich richtig schuldig. Es reichte wirklich aus, was sie ohne Zutun anderer empfand, sie brauchte niemanden, der das noch verstärkte.

Was dachte er sich eigentlich dabei? Er hatte nicht das Recht dazu, sie so zu behandeln. Immerhin war sie die Auftraggeberin, und er sollte sich dementsprechend verhalten. Das schien ihm völlig egal zu sein.

Tatsächlich verhielt es sich sogar genau umgekehrt. Sie war besonders höflich, und er nutzte jede Gelegenheit aus, um ihr einen Seitenhieb zu verpassen. Mehr noch, es schien ihm ausgesprochen lästig zu sein, wenn sie freundlich zu ihm war. Vier Wochen lang auf diese Weise zusammenzuarbeiten würde sie nicht durchstehen. Es musste doch möglich sein, zu ihm vorzudringen.

Molly stützte ihre Ellbogen auf der Tischplatte ab und vergrub das Gesicht in den Händen. Mit Nat war es dasselbe Spiel wie mit ihrem Gewissen: hin und her, hinauf und hinunter. In der einen Minute wünschte sie sich nichts mehr als einen harmonischen Umgang mit ihm, in der nächsten wollte sie ihn am liebsten verwünschen.

Ein lautes Geräusch ließ Molly aufhorchen. Sie sah aus dem Küchenfenster. Einige Männer schleppten riesige Holzbalken vor das Hotel und legten sie in einigem Abstand vor der Veranda ab, während andere mit Sägen und Vorschlaghämmern die Veranda abtrugen.

Molly bekam eine Gänsehaut und wandte sich schnell ab. Auf einmal fühlte sie sich einsam und alleingelassen. Sie musste mit jemandem reden, der zu ihrer Welt gehörte, fernab von Maple Creek, der Renovierung des Hotels, Tante Gynnie oder Nat.

Sie aktivierte das Display ihres Handys und wählte Jacksons Nummer aus der Anrufliste. Als sich die Mobilbox einschaltete, legte sie auf. Er würde später zurückrufen. Gestern hatte sie ihm nur eine Nachricht geschrieben, dass sie gut angekommen war. Er war bei einem Firmendinner gewesen und hatte ihr – kurz und prägnant – mit dem Daumen-hoch-Smiley geantwortet.

Molly fixierte das Handy. Wahrscheinlich war Jackson im Augenblick auch gar nicht der richtige Ansprechpartner. Er ließ keine Gelegenheit aus, über das Hotel und die Menschen hier herzuziehen. Sie aber brauchte jetzt Ablenkung, und sie kannte die perfekte Person dafür: ihre beste Freundin Dorothy.

Molly hatte sich mit Dorothy auf dem Unicampus ein Zimmer geteilt, und später waren sie einige Monate gemeinsam bei einer kleinen Zeitung beschäftigt gewesen. Während es Molly nach New York gezogen hatte, wo sie unbedingt bei *NY Woman* arbeiten wollte, hatte Dorothy ihrem unsteten Naturell entsprechend die Selbstständigkeit gewählt. Fast zeitgleich hatten sie den ersten

Schritt auf dem Weg zu ihrem jeweiligen Ziel geschafft: Molly bekam eine Anstellung bei *NY Woman*, und Dorothy veröffentlichte ihr erstes Buch, einen Frauenratgeber.

Zu Mollys großer Freude lebte Dorothy seit fast zwei Jahren ebenfalls in New York und war gerade dabei, ihren mittlerweile vierzehnten Ratgeber zu vollenden. Sie sahen sich so oft wie möglich.

Molly scrollte in der Anrufliste nach unten und tippte auf *Dorothy*. Nach zweimaligem Läuten wurde abgehoben.

»Molly! Ich habe gerade an dich gedacht. Wahrscheinlich hätte in spätestens zehn Minuten dein Handy geklingelt. Du musst mir bitte auf die Sprünge helfen. Ich hänge gerade in einem Kapitel fest und brauche deine Meinung.«

»Worum geht es?« Genau das hatte sie gebraucht: Ablenkung.

»Stell dir vor, du möchtest deinen arbeitswütigen Mann in ein romantisches Wochenende entführen, um eure Gemeinsamkeiten wiederzufinden. Wohin würdest du ihn einladen? Ich habe schon ein paar Punkte aufgezählt, mir fällt aber nichts mehr ein.«

»Nicht nach Kanada«, antwortete Molly prompt.

»Oh. Dabei steht Kanada dank der jüngsten Ereignisse in deinem Leben ganz oben auf meiner Liste. Es erscheint mir so romantisch. Ich stelle mir ein Blockhaus vor, umgeben von hohen Bäumen, ein glasklarer See, Berge im Hintergrund … Lassen wir das. Soll ich es streichen?«

»Aber nein, es ist gut. Unweigerlich dachte ich eben nur an Jackson und seine Reaktion auf Maple Creek.«

»Ach ja, du hast mir davon erzählt. Ich hätte gern miterlebt, wie er sich in seinem schicken Anzug gegen die Natur und die Kanadier behaupten musste.« Dorothy kicherte. »Aber Jackson ist ein ausgezeichnetes Beispiel. Wohin würdest du ihn bringen?«

»Zwei Straßen weiter in Myer's Bar.«

»Molly, ich meine es ernst.«

»Ich auch. Jackson fühlt sich nur in New York richtig wohl. In den Bergen ist es ihm zu kalt, auf den Bahamas zu heiß. Auf dem Land wird ihm rasch langweilig, keine andere Stadt findet er so schön wie New York. Myer's Bar ist ein gediegenes Lokal, es gibt tolle Burger und gute Drinks. Das Publikum ist angenehm. Dort könnte er sich entspannen.«

Kurz schwieg Dorothy. »Ein interessanter Aspekt. Dieser Ansatz ist sogar ein eigenes Kapitel wert: Lass den Mann da, wo er hingehört. Ich wusste, ich kann mich auf dich verlassen. Danke.«

»Ich weiß zwar nicht recht, wofür, aber sehr gern.«

»Für den Anstoß. Wie geht es Jackson eigentlich? Nörgelt er immer noch wegen deiner Entscheidung herum?«

»Seit ich angekommen bin, haben wir noch nicht miteinander telefoniert. Aber ich befürchte, er wird weiterhin keinen Moment – passend oder unpassend – auslassen, um seine Meinung kundzutun. Er sieht einfach nichts Positives an Maple Creek.«

»Und du?«

»Ehrlich? Im Augenblick fühle ich mich schrecklich. Ein paar Meter von mir entfernt bauen sie gerade die alte Veranda ab, und Nat zeigt mir seine Abneigung nur allzu deutlich. Es ist wie mit Jackson, nur andersherum.« Molly hatte Dorothy bereits ausführlich über Nat und die anderen berichtet. Sie brauchte keine weiteren Erklärungen über die Situation abzugeben.

»Lass doch deinen Charme spielen. Ich weiß, dass du das hervorragend beherrschst, wenn du willst.«

»Bestimmt nicht, aber ich versuche, freundlich zu sein, was leider gar nichts bringt. Er ist wie ein Eisblock.«

Dorothy seufzte. »Ach ja, in Kanada gibt es offensichtlich noch wahre Männer. Die lassen sich nicht so leicht weichkochen. Ich sollte endlich beginnen, mich an solchen Orten nach einem Mann umzusehen.«

Molly horchte auf. Sie kannte diese Stimmlage und ähnliche Aussagen ihrer Freundin. Es konnte nur eines bedeuten. »Ist mit Anthony und dir alles okay?«, fragte sie.

»Wir haben uns getrennt. Gestern Abend. Ich wollte dich deshalb nicht extra anrufen. Du hattest sicherlich genug zu tun nach deiner Ankunft.«

Molly dachte an den schönen Abend in der Sycamore Tavern und sagte: »Jim hat mich zum Essen eingeladen. Du hättest mich ruhig anrufen können. Geht es dir … wie immer?«

»Du meinst, heilfroh, ihn los zu sein? Irgendwie aber auch ein bisschen traurig mit dem kleinen Schuss Rührseligkeit? Ja, ganz genau so. In zwei Tagen ist wieder alles im Lot. Ich glaube, das ist mein Schicksal. Die Frau, die Tausenden Frauen mit ihren Ratgebern in Beziehungen hilft, selbst jedoch keine Partnerschaft aufrechterhalten kann.«

Molly ging nicht darauf ein. In dieser Situation war es besser, auf die Zukunft Bezug zu nehmen. »Gibt es schon einen Neuen?«

»In Aussicht. Wir treffen uns am Wochenende auf einen Drink oder zum Abendessen. Ich weiß noch nicht, was es wird.«

»Vielleicht ist es diesmal der –« Ein lautes Krachen ließ Molly hochfahren. Mit einem Sprung war sie beim Fenster. »Du liebe Güte!«

»Was ist denn los? Ich habe Lärm durchs Handy gehört.«

»Die Veranda des Hotels ist zusammengebrochen. Dorothy, ich muss schnell rüber. Telefonieren wir später?«

»Besser morgen, ich will mich jetzt in die Arbeit vertiefen. Schick mir eine Nachricht, ob alles in Ordnung ist.«

»Okay, mach ich.« Molly steckte das Handy in die Gesäßtasche ihrer Jeans und stürmte aus der Küche. Der Einfachheit halber schlüpfte sie in die Gummistiefel und zog ihre Jacke vom Haken. Dann lief sie los.

Nat stand vor den Trümmern der Veranda und hielt sich den Unterarm.

»Sie bluten!«, rief Molly entsetzt.

»Nur ein Kratzer.«

»Ein Kratzer blutet nicht so stark. Das muss verarztet werden. Tante Gynnie hat doch sicher Verbandsmaterial in ihrem Haus.«

»Unterste Schublade neben der Spüle in der Küche.«

»Kommen Sie.«

Nat zog die Augenbrauen zusammen. »Ich sagte, es ist nur ein Kratzer.«

»Die Wunde muss desinfiziert und verbunden werden. Entweder Sie gehen mit mir ins Haus, oder Sie fahren zum Arzt. Es gibt doch einen Arzt in Maple Creek, oder?«

»Doktor Levi Strauss. Er heißt wirklich so. Wenn ich damit zu ihm komme, lacht er mich aus.« Nat nahm seine Hand von der Wunde und betrachtete seinen Arm. Seine Finger waren blutverschmiert. »Geben Sie Ruhe, wenn ich mit Ihnen komme?«

Molly nickte.

Schweigend liefen sie zum Haus. Molly hatte in der Aufregung die Eingangstür offen gelassen. Nat ging wie selbstverständlich vor ihr durch den Flur direkt in die Küche und setzte sich an den Küchentisch.

Molly blickte ihn verlegen an. »Würde es Ihnen etwas ausmachen, sich auf die andere Seite zu setzen?«

»Nein, aber warum?« Er stand auf und nahm auf der gegenüberliegenden Seite Platz.

»Ich kann nicht erklären, warum ich so empfinde, aber ich habe das Gefühl, dieser Stuhl, auf dem Sie gerade gesessen haben, ist mein persönlicher Platz, zumindest für die nächsten vier Wochen.«

Nat sah sie erstaunt an, erwiderte jedoch nichts.

Schnell drehte sich Molly um und öffnete die von Nat beschriebene Schublade. Es war ihr unangenehm, den Sitzplatz angesprochen zu haben. Die Frage war ihr, ohne vorher nachzudenken, über die Lippen gekommen.

Während sie alles Notwendige auf dem Tisch bereitlegte, fragte sie: »Möchten Sie vielleicht einen Kaffee?«

»Nein danke.« Nat hielt den Blick starr auf das Fenster gerichtet.

»Tante Gynnies Hausapotheke ist gut ausgestattet. Es ist alles da, Desinfektionsspray, Verbandmaterial, alle Heftpflastergrößen.«

»Ja, Gynnie war in allen Belangen gut organisiert.«

Molly wusste nicht, was sie noch sagen sollte, und setzte sich.

Nat zog den Ärmel hoch und legte den Arm auf die Tischplatte.

Molly betrachtete die Wunde. Sie war etwa fünf Zentimeter lang und nicht allzu tief. Ein Holzspan steckte darin. Sie stand auf und holte eine Pinzette aus der Schublade.

»Was ist überhaupt geschehen?«, fragte sie, während sie die Spitzen der Pinzette mit dem Desinfektionsspray einsprühte und dann den Span vorsichtig aus der Wunde zog.

»Einer der Männer hat meine Anweisungen nicht befolgt. Er hat einen Balken angesägt, den er ohne Abstützung nicht einmal hätte berühren dürfen. Der Mann ist noch nicht lang bei mir, aber seine Fehler häufen sich. Der jetzige war einer zu viel. Ich habe ihn sofort weggeschickt.«

Molly sah von ihrer Arbeit hoch. Nat hatte fünf ganze Sätze gesprochen, die nicht ursächlich mit der Renovierung des Hotels zu tun hatten. »Sie haben ihn einfach so entlassen?«

»Er ist für sich und andere eine Gefahr. Solche Menschen gehören nicht in eine Zimmerei. Ich trage die Verantwortung und muss mich darauf verlassen können, dass meine Männer genau das tun, was ich ihnen sage.«

Molly nickte. »Das verstehe ich. Ist er aus Maple Creek?« Sie konnte sich vorstellen, wie unangenehm es sein musste, jemanden, den man auch privat kannte, entlassen zu müssen.

»Er wohnt einige Ortschaften entfernt. Ich wollte ihn überhaupt nicht anstellen, aber Elisabeth hat mir so lange in den Ohren gelegen, bis ich Ja gesagt habe. Er ist der Sohn ihrer Cousine und war auf der Suche nach Arbeit.«

»Wer ist Elisabeth?«

»Elisabeth ist Morris' Frau. Bestimmt werden Sie sie noch kennenlernen. An ihr führt kein Weg vorbei.« Er lächelte vielsagend.

Irritiert blickte Molly auf Nats Lippen. Sie sah ihn zum ersten Mal lächeln. Auf seinen Wangen hatten sich kleine Grübchen gebildet, und seine Augen begannen richtiggehend zu leuchten. Etwas Vertrautes lag darin. Automatisch hielt sie einen Augenblick den Atem an. Warum wurde sie auf einmal nervös? Hastig öffnete sie die Verpackung mit den übergroßen Heftpflastern und zog eines heraus.

»Warum führt kein Weg an ihr vorbei?«, fragte sie.

Nat behielt sein Lächeln. »Ihre Tante nannte sie unter uns die ›Hetzerin von Maple Creek‹. Und damit meinte sie nicht, dass Elisabeth sich ständig in Eile befindet.«

»Morris' Frau ist also …?«

»Ein echtes sogenanntes *Waschweib*. Sie ist der neugierigste Mensch, den ich kenne, und ganz versessen auf Klatsch und Tratsch. Ihr Kiosk ist ein Umschlagplatz für Gerüchte. Dort werden aus Mücken Elefanten gemacht, Dinge falsch interpretiert, und –« Abrupt hielt Nat inne und räusperte sich. »Sind Sie bald fertig?«

»Ja.« Unbewusst wich Molly mit dem Oberkörper ein Stück zurück. Sie klebte das Pflaster auf Nats Arm und fixierte die Ränder. »Fertig.«

Er stand auf. »Danke.« Wieder ohne ein weiteres Wort zu sagen, verließ er die Küche. Handelte es sich um eine seiner typischen Eigenschaften?

Molly sah ihm vom Küchenfenster aus nach, wie er zurück zum Hotel ging. Kurz hatte sie also gerade einen Blick auf den anderen Nat werfen dürfen, den netten und freundlichen Mann, den alle hier mochten. Es war gewesen, als hätte er für einige Minuten vergessen, dass sie ihm gegenübergesessen hatte.

Kapitel 11

Nat musste zugeben, dass ihm Mollys Verhalten gut gefallen hatte. Sie war sofort zur Stelle gewesen und hatte rasch und umsichtig reagiert. Auch ein zweiter Umstand war ihm nicht entgangen.

Bis jetzt war Molly in seiner Gegenwart immer geradezu übertrieben höflich gewesen. Egal, wie unfreundlich er gewesen war und was er von sich gegeben hatte, war sie stets nett geblieben. Heute hatte sie ihm klipp und klar gesagt, was zu tun war. Sie hatte sich nicht von ihm abspeisen lassen, sondern darauf bestanden, die Wunde zu verarzten. Er war überzeugt davon, dass sie mit ihm zu diskutieren begonnen und nicht lockergelassen hätte, wäre er nicht freiwillig mit ihr gegangen.

Von Gynnie wusste er, mit welcher Ausdauer und Bestimmtheit Molly darum gekämpft hatte, eine Stelle bei dieser New Yorker Zeitschrift zu bekommen, und auch, wie sie innerhalb des Unternehmens hart dafür gearbeitet hatte, eine eigenständige Redakteurin zu werden. Er hatte zwar keine Ahnung, woher Gynnies Wissen gekommen war – von Molly jedenfalls nicht –, aber er konnte sich nun lebhaft vorstellen, dass jedes von Gynnies Worten voll und ganz der Wahrheit entsprochen hatte.

Verstohlen strich er über das Heftpflaster. Die Wunde pochte. Noch immer ärgerte er sich über die Gedankenlosigkeit des jungen Mannes. Wenigstens hatte er keine Probleme gemacht, als er ihn von der Baustelle geschickt hatte. Nat war sogar überzeugt davon, dass es ihm ganz recht gewesen war, nicht weiterarbeiten zu müssen.

Auch er würde jetzt, früher als üblich, nach Hause fahren. Beide Teams waren instruiert und brauchten ihn nicht mehr. Im Notfall konnten sie ihn auf dem Handy erreichen.

Zur Sicherheit wollte er nur noch einmal die Abstützung der Veranda kontrollieren. Mit einem unterdrückten Schmerzenslaut setzte er sich in Bewegung. Er bog gerade um die Ecke des Hotels, als er jemanden seinen Namen rufen hörte. Er drehte sich um.

Elisabeth kam auf ihn zugelaufen. Es ging bestimmt um die Kündigung. Wie hatte sie so rasch davon erfahren?

»Du hast Jason entlassen?«, fauchte sie ihn ohne eine Begrüßung an.

Nat war nicht in der Stimmung, sich jetzt mit ihr auseinanderzusetzen. Nichtsdestoweniger antwortete er freundlich: »Ja, ich musste es tun.«

»Warum?«

»Elisabeth, der Junge hat auf einer Baustelle nichts verloren. Er hört nicht zu und macht Fehler.« Nat hob seinen Unterarm hoch. »So etwas kann dann geschehen.«

»Das sieht ja nicht so schlimm aus.«

»Weil es gut ausgegangen ist. Hätte jemand genau unter der Konstruktion gestanden, die Jason angesägt hat, wäre es anders verlaufen.«

»Ich rede mit ihm. Er wird sich in Zukunft bemühen.«

»Es tut mir leid, aber ich werde ihn nicht zurücknehmen. Glaub mir, diese Art von Arbeit passt nicht zu ihm. Er hat auch keine Freude daran, das merkt man.«

»Und was sage ich jetzt seiner Mutter?«

»Dass sie ihm einen Job hinter einem Schreibtisch oder einem Verkaufspult suchen soll. Wahrscheinlich fühlt er sich dort auch deutlich wohler.«

Elisabeth verzog die Lippen. Sie ahnte wohl, dass sie nichts ausrichten konnte, und wechselte abrupt das Thema. »Gehen die Arbeiten am Hotel gut voran?«

»Wir sind erst am Anfang. Noch sieht man nicht viel.«

»Und Molly Jensen?«

»Was ist mit ihr?«

Elisabeth setzte ein Lächeln auf. Ihr Ärger schien wie durch Zauberhand verflogen. »Ich habe gehört, dass ihr euch nicht so gut versteht.« Sie klopfte ihm auf die Schulter. »Was will man auch von einer erwarten, die sich jahrelang nicht um ihre Tante geschert hat? Jetzt steht sie auf einmal da, wo sie geerbt hat. Und dann ihre Art … typisch New Yorkerin. Was sagst du dazu?«

»Wie viele New Yorkerinnen kennst du denn, Elisabeth?«

»Das spielt doch keine Rolle. Sie passt nicht hierher und tut sicher nur so nett und lieb. In Wahrheit hält sie nichts von uns.«

Das war typisch Elisabeth. Aber sie würde ihn nicht aufs Glatteis führen und zu einer unbedachten Äußerung verleiten. Persönlich hatte sie überhaupt nichts gegen Molly, sie kannte sie noch nicht einmal. Ihr einziges Ziel war es, ihn aus der Reserve zu locken. Niemand beherrschte dieses Spiel besser als sie. Erst begab sie sich auf die vermeintlich gleiche Seite und war rundum derselben Meinung wie ihr Gesprächspartner. Dann stellte sie ihre Fragen, und schon begann man zu reden.

»Molly Jensen ist ein höflicher und netter Mensch. Das ist ihr Naturell, da ist nichts aufgesetzt«, entgegnete er.

»Ach komm, mir kannst du es ruhig sagen. Du hast doch auch deine Schwierigkeiten mit ihr.«

Nat bekam das Gefühl, Molly verteidigen zu müssen. Sie hatte es nicht verdient, in Elisabeths Netz zu geraten. Er wusste zu gut, was diese Klatschbase anrichten konnte. »Molly Jensen und ich verstehen uns gut.«

»Du sollst aber gesagt haben, dass du das Hotel nur renovieren wirst, weil du Gynnie so gernhattest. Molly Jensen hingegen kannst du nicht leiden.«

»Ich versichere dir, Elisabeth, dass ich sie sogar sehr gut leiden kann. Ich verbringe liebend gern Zeit mit ihr und freue mich über ihre Anwesenheit.« Kaum hatte er die Worte ausgesprochen, biss er sich auf die Lippe. Das war genau ein Satz zu viel gewesen.

Elisabeth sprang sofort darauf an. »Sie ist eine sehr hübsche Frau. Das muss man schon neidlos sagen. Wie siehst du das?«

Es reichte. »Elisabeth, ich will jetzt endlich nach Hause fahren.«

»So früh?«

»Ja, so früh. Dank deinem Jason habe ich nämlich Schmerzen und möchte mich hinlegen. Und vergiss nicht, seiner Mutter auszurichten, was ich gesagt habe.« Er drehte sich um und ließ Elisabeth stehen.

Warum konnte sie die Menschen nicht einfach in Ruhe lassen? Was gefiel ihr so gut daran, Gerüchte zu verbreiten und Missgunst zu säen? Sie hatte ihn sogar dazu gebracht, Molly zu verteidigen. Definitiv hatte er das nicht vorgehabt. Auch wenn es stimmte, was er gesagt hatte.

Molly war nicht die eingebildete New Yorkerin, die sich für etwas Besseres hielt, ganz im Gegenteil. Wenn er von seinen ganz persönlichen Problemen mit ihr absah, war sie ein überaus sympathischer und angenehmer Mensch.

Was Elisabeth am Schluss gesagt hatte, entsprach allerdings auch der Wahrheit. Molly war tatsächlich eine sehr hübsche Frau geworden.

Er war nicht blind.

Kapitel 12

Molly und Nat standen im Aufenthaltsraum des Maple Lake Inn. Wie eine Angestellte hatte er sie mit der knappen Nachricht *»Drei Uhr Hotel«* herbestellt. Dabei war sie keine zwanzig Minuten zuvor bei ihm gewesen.

Nat zeigte auf eine Wand. »Morgen beginnen wir mit den Malerarbeiten im Innenbereich. Sie müssen die Farben aussuchen.«

»Haben Sie einen Farbenkatalog?« Molly musste sich beherrschen, um nicht unwirsch zu klingen. Hätte er sie nicht früher darüber informieren können? Sicherlich stand der Beginn der Malerarbeiten bereits von Anfang an fest. Stundenlang hatte sie gestern Abend allein in der Küche gesessen und im Grunde nichts anderes getan, als nachzudenken und zu grübeln. Sie hatte sich nicht dazu entschließen können, mit der Sichtung von Tante Gynnies Sachen zu beginnen, auch war sie nicht motiviert gewesen, an dem Artikel für die *NY Woman* zu schreiben. Farben auszusuchen wäre eine gute Zerstreuung gewesen. Sie hätte eine Aufgabe gehabt und wäre abgelenkt gewesen. Nat war nicht für ihre Zeitgestaltung zuständig und konnte nicht wissen, was sie an den Abenden hier machte, dennoch ärgerte sie sich über ihn.

»Nein, habe ich leider nicht. Morgen könnte ich einen holen, aber das ist zu spät«, beantwortete Nat ihre Frage.

»Wie soll ich ohne Katalog Farben aussuchen?«

»Nehmen Sie ein Blatt Papier und einen Stift, gehen Sie durch die Räume, und schreiben Sie auf, welche Farbe Sie in welchem Zimmer haben wollen. Den Rest erledige ich.«

»Es gibt unzählige Nuancen pro Farbe.«

»Sie sind doch Schriftstellerin. Beschreiben Sie sie.«

»Ich bin Redakteurin, keine Schriftstellerin. Ich schreibe Artikel für eine Zeitschrift.«

Nat gab einen undefinierbaren Laut von sich.

Verhielte sich ein Handwerker in New York auch nur annähernd so unhöflich wie Nat, wäre er auf der Stelle seinen Auftrag los, dachte Molly missmutig. Der nächste Handwerker würde schon darauf warten, den Job übernehmen zu können. Nicht so in Maple Creek. Hier gab es nur ihn: Nat. Genau wie Jim es bei ihrem ersten Besuch gesagt hatte.

Es war heute bereits das dritte Mal, dass sie aneinandergerieten: in der Frühe wegen einer Kleinigkeit, den Klopfer an der Eingangstür betreffend, und mittags, weil sie zu fragen gewagt hatte, ob die Veranda wieder in dem strahlenden Weiß von früher gestrichen werde. Nicht schon wieder wollte sie diskutieren müssen.

»Warum verwenden wir nicht die ursprünglichen Farben?«, lenkte Molly ein und ärgerte sich auf der Stelle noch mehr, weil sie schon wieder versuchte, Harmonie zwischen ihnen herzustellen, und damit einen Schritt zurück machte.

Sie war heute selbst nicht in bester Laune und vergriff sich vielleicht etwas im Ton, aber musste er immer gleich so heftig reagieren, wenn sie nicht das von ihm Gewünschte sagte? Die Gespräche folgten einem Muster: Erst verlief alles normal, dann begannen sie zu diskutieren, schließlich gab sie nach, und Nat zeigte sich versöhnlich.

»In Ordnung.« Nat verzog die Lippen zu einem angedeuteten Lächeln. »Ich hatte fest angenommen, dass Sie die Wände in denselben Farben wie gehabt streichen lassen wollen, deshalb habe ich erst gar keinen Farbenkatalog besorgt.« Er drehte sich um und ging davon.

Auch das hasste sie an ihm. Wenn es nichts mehr zu besprechen gab, ließ er sie einfach stehen. Man konnte doch zumindest noch ein paar höfliche Worte wechseln. »Bis später, wir sehen uns« oder »Haben Sie noch einen schönen Tag« hätte schon ausgereicht.

Molly fühlte sich manipuliert. Er hatte also gedacht, sie werde die Farben nicht verändern wollen? Vielmehr schien es ihr, als sei es Nats Wunsch, dass die Wände unverändert blieben. Und mit einer späten Information und ohne Farbenkatalog hatte er einfach seinen Willen durchgesetzt. Dabei war es doch ihr Hotel, und sie konnte die Wände in jeder Farbe streichen lassen, die sie wollte.

Zwar würde sie das Maple Lake Inn in Kürze verkaufen, dennoch lag ihr etwas daran, das spürte sie immer deutlicher. Es war ihr nicht mehr egal, wie das Haus nach der Renovierung aussehen würde.

Molly verließ das Gebäude und ging zurück zum Haus. Sie hatte sich fest vorgenommen, heute mit dem Ausräumen von Tante Gynnies Kleiderschrank zu beginnen, zögerte den Beginn aber seit dem Vormittag hinaus. Untätig war sie dennoch nicht gewesen. Neben den Besprechungen mit Nat hatte sie erste Skizzen für ihren Artikel gemacht und eine To-do-Liste für ihren Aufenthalt in Maple Creek geschrieben.

Sie stieg die Treppe hoch in den ersten Stock und öffnete die Tür zu Tante Gynnies Schlafzimmer. Selbst schlief sie nach wie vor in der kleinen Kammer und würde das auch beibehalten. Schon als Kind hatte sie sich in diesem Zimmer wohl und sicher gefühlt.

Tante Gynnie hatte den winzigen Raum *Mollys kleines Reich* genannt. Sie erinnerte sich noch gut an die Worte ihrer Tante: »Das ist von nun an Mollys kleines Reich, in das niemand ungefragt eindringen darf. Du bist darin die Königin.« Am Anfang hatte sie nicht verstanden, was Tante Gynnie damit meinte, rasch war es ihr aber klar geworden. Kein einziges Mal während ihrer vielen Aufenthalte hier war ihre Tante in ihr Zimmer geplatzt. War sie in ihrem kleinen Reich gewesen, hatte Tante Gynnie sie weitgehend in Ruhe gelassen. Maximal hatte sie an die Tür geklopft und gewartet, bis Molly »Herein« gerufen hatte. Erst später war ihr klar geworden, dass ihre Tante ganz einfach ihre Privatsphäre respektiert hatte. Zu Hause in Washington D.C. war das anders gewesen, es hatte keine Privatsphäre im eigentlichen Sinn gegeben. Die Tür zu ihrem Zimmer war immer direkt geöffnet worden, sowohl von ihrem Vater als auch von ihrer Mutter.

Unmerklich schüttelte Molly den Kopf. Auf natürliche Weise hatte sie von Tante Gynnie viele Dinge gelernt und auf ihren Weg mitbekommen. Die Privatsphäre eines Menschen zu achten und seine eigene zu bewahren war nur ein Beispiel.

Sie sah sich um. Im Schlafzimmer ihrer Tante hatte sich kaum etwas verändert. Das Bett stand an seinem Platz, über dem Kopfende hingen die drei Bilder mit verschiedenen Naturansichten Kanadas. Auf der Kommode standen gerahmte Fotos. Molly ging darauf zu und betrachtete sie der Reihe nach. Einige hatten hier schon gestanden, als sie noch ein Kind gewesen war: ihre Großeltern, also Tante Gynnies Eltern, mit strengem Blick, ihre Eltern, das Hotel, der See, drei Fotos von ihr selbst mit acht, zehn und dreizehn Jahren. Molly wusste ihr Alter so genau, weil die Bilder in Maple Creek aufgenommen worden waren. An den nächsten drei Fotos blieb sie hängen. Sie kannte die Aufnahmen, hatte sich als Kind aber keine Gedanken darüber gemacht. Eine zeigte Tante Gynnie Arm in Arm mit einem Mann, der auf einem zweiten Bild in der Paradeuniform der Mounties noch einmal allein abgebildet war. Vom dritten Foto lachte Molly ein etwa zehnjähriger Junge entgegen, der auf der Veranda stand und in die Kamera winkte. Obwohl die Farben dieser Aufnahme stark verblasst waren, stachen seine blaugrünen Augen hervor. Mit viel Phantasie erkannte sie Nat.

Abermals spürte Molly, wie eine verschwommene Erinnerung in ihr hochstieg, die sich jedoch nicht manifestieren wollte. Kannte sie Nat von früher? Sie wandte sich ab und öffnete den Kleiderschrank.

Ein Hauch von Tante Gynnies Parfum stieg ihr in die Nase, Chanel N° 5. Ihre Tante hatte immer danach geduftet. »Findet ein Mädchen seinen Duft, soll es ihn nicht mehr wechseln. Er gehört zu ihm wie eine zweite Haut. Und ihn vergessen darf es auch nie. Egal wo es ist und was es tut.« Automatisch musste Molly lächeln. Wie gut sie sich doch noch an so manche von Tante Gynnies Aussagen erinnerte!

Sie griff nach einem Kleiderhaken, verharrte in der Bewegung und zog die Hand wieder zurück. Wo sollte sie Tante Gynnies Kleidung überhaupt verstauen? Sie brauchte Kartons und Säcke. Warum hatte sie nicht früher daran gedacht? Sonst war sie doch auch gut organisiert und überließ nichts dem Zufall.

Molly kannte die Antwort. Sie sträubte sich gegen diese Aufgabe. Die Arbeit selbst störte sie nicht, es ging vielmehr um ihre

Empfindung dabei. Tante Gynnies persönliche Dinge zu entfernen fühlte sich an, als vertreibe sie sie aus ihrem eigenen Haus. Hätte sie erst alles eingepackt, gäbe es nichts mehr, was an Tante Gynnie erinnerte. Der neue Inhaber würde in dieses Haus einziehen, es nach seinen Vorstellungen einrichten, dem Maple Lake Inn womöglich sogar einen anderen Namen geben.

Fast erleichtert, wegen der fehlenden Kartons jetzt nicht mit dem Ausräumen beginnen zu müssen, schloss Molly den Kleiderschrank und verließ Tante Gynnies Schlafzimmer.

Zurück in der Küche warf sie als Erstes einen Blick aus dem Fenster – die Baustelle war bereits verlassen – und dann auf die Uhr an der Wand. Erstaunt schüttelte sie den Kopf. Die Zeit war förmlich verflogen.

Sie griff nach ihrem Handy und wählte Jacksons Nummer.

Schon wollte sie wieder auflegen, als er abhob. »Ich bin etwas in Eile, aber ein paar Minuten habe ich. Ist alles okay bei dir, oder macht einer von denen Probleme?«

»Es ist alles in Ordnung, ich wollte nur deine Stimme hören und wissen, wie es dir geht. Ich vermisse dich.«

»Mir geht es sehr gut, danke der Nachfrage. Und dir? Bist du schon vereinsamt am Ende der Welt? Ich weiß ehrlich nicht, wie du das aushältst. In meinen Augen bist du bewundernswert.«

Warum musste er sofort damit beginnen? Er ging überhaupt nicht darauf ein, was sie alles gesagt hatte. Seine Pseudobewunderung half da auch nicht. »Ich bin ja erst seit ein paar Tagen hier.«

»Du wirst noch verrückt werden mit all den Hinterwäldlern um dich herum.«

Molly bekam das Gefühl, etwas Positives über Maple Creek sagen zu müssen. Spontan fiel ihr die Sycamore Tavern ein. »Du wirst es nicht glauben, aber es gibt hier ein ausgezeichnetes

Restaurant. Es ist toll eingerichtet, und die Steaks sind hervorragend. Es würde selbst New York alle Ehre machen.«

Jackson lachte auf. »Ich sage es ja bereits die ganze Zeit, die wollen dich weichkochen.« Er räusperte sich. »Ich muss jetzt leider los. Ich gehe mit einem potenziellen Kunden zum Dinner. Er ist wichtig, ich will ihn nicht warten lassen.«

So viel zum Thema Weichkochen, dachte Molly und verabschiedete sich von Jackson.

Als Nächstes rief sie Dorothy an, kam jedoch nur auf die Mobilbox. Dorothy schaltete ihr Handy nur aus zwei Gründen ab: Entweder musste sie sich in die Arbeit vertiefen, oder sie verbrachte romantische Stunden mit einem Mann.

Molly stand auf und betrachtete ohne Begeisterung die vorhandenen Lebensmittel. Am Tag hatte sie kaum etwas gegessen. Sie war hungrig, außerdem fühlte sie sich einsam. Hätte sie mit Dorothy plaudern können und wäre das Gespräch mit Jackson erfreulicher verlaufen, hätte sie den Abend schon überstanden. So aber würde die Zeit bis zum Schlafengehen einer Tortur gleichen.

Es war keine fünf Minuten her, seit sie Jackson von der Sycamore Tavern vorgeschwärmt hatte. Warum ging sie nicht einfach dorthin, aß etwas und trank einen Tom's Maple? Selbst wenn sie niemanden kannte, war sie wenigstens unter Menschen.

Sie dachte an Tante Gynnies Fahrrad, auf das Jim sie aufmerksam gemacht hatte, verwarf den Gedanken jedoch sofort wieder. Ging sie zu Fuß, brauchte sie bestimmt nicht mehr als fünfzehn Minuten zur Tavern.

Entschlossen verließ sie die Küche. Die Idee gefiel ihr mit jeder Sekunde besser. Ohnehin konnte sie sich nicht vier Wochen lang in Tante Gynnies Haus verkriechen.

Kapitel 13

Zögerlich öffnete Molly die Tür der Sycamore Tavern. Als sie Tante Gynnies Haus verlassen hatte, war ihr die Idee hervorragend erschienen. Mit jedem Schritt, der sie dem Lokal näher gebracht hatte, war ihre Überzeugung allerdings geschwunden. Sie war eine Fremde in Maple Creek und würde allein unter Menschen sitzen, die sich gut kannten und miteinander befreundet waren. In New York musste sie über so etwas nicht nachdenken. Man blieb weitgehend anonym. Hier verhielt es sich ganz anders.

Bevor sie die Schwelle endgültig überschritt, sah sie sich um. Wieder war das Restaurant gut besucht, aber nicht so voll wie bei ihrem Abendessen mit Jim. Sie hatte die Wahl zwischen zwei freien Tischen und der Bar. Allein an einem Tisch wollte sie nicht sitzen, also nahm sie all ihren Mut zusammen und steuerte direkt auf die Bar zu.

Auf halbem Weg wurde sie von der Kellnerin abgefangen, die auch Jim und sie bedient hatte. »Hallo! Du bist Molly …«

Molly nickte.

»Jeder in Maple Creek weiß mittlerweile, wer du bist. In so einem Ort stürzt man sich auf jede noch so kleine Neuigkeit, sonst geschieht hier ja nichts.« Sie verdrehte die Augen. »Ich bin übrigens Charlotte. Du brauchst einen Sitzplatz.«

Jackson hätte Charlottes Aussage über Maple Creek mit Freude beigepflichtet, dachte Molly und sagte: »Ich würde gern an der Bar sitzen, sofern ich dort auch essen darf.«

»Ja, klar kannst du an der Bar essen. Willst du dich zu Jim setzen?« Charlotte zeigte auf einen freien Barhocker neben einem Mann in einem karierten Hemd.

Molly fiel ein Stein vom Herzen. Sie hatte Jim von hinten nicht erkannt. »O ja, sehr gern.«

Kurzerhand hakte Charlotte sie unter und brachte sie zur Bar. »An der Bar bedient ausschließlich Tom. Du musst bei ihm bestellen, auch das Essen. Vielleicht kommen wir später, wenn es ruhiger geworden ist, ja noch kurz zum Plaudern.« Sie nickte Molly zu und ging weiter zu einem Tisch.

»Das ist aber eine nette Überraschung.« Jim reichte ihr die Hand.

»Darf ich?« Molly zeigte auf den freien Barhocker.

»Natürlich. Ich freue mich über Ihre Gesellschaft.« Er hob den Arm und wartete, bis Tom vor ihnen stand. »Ihr habt euch noch nicht miteinander bekannt gemacht. Das ist Molly Jensen, Gynnies Nichte.«

Auch Tom schüttelte ihr über die Bar hinweg die Hand. »Das weiß ich doch schon längst. Hi! Schön, dass Sie hier sind. Ich habe gehört, Sie bleiben vier Wochen in Maple Creek.«

»Ja, wegen der Renovierungsarbeiten am Hotel.«

Tom lächelte. »Auch das weiß ich. Und gehen Sie davon aus, dass es jeder hier weiß. Jetzt herrscht gerade Hochbetrieb. Wenn alle gegessen haben, hole ich Laurie aus der Küche. Sie will bestimmt auch Hallo sagen. Was wollen Sie trinken? Und haben Sie Hunger?«

»Einen Tom's Maple bitte. Und ich habe einen Riesenhunger.«

Tom legte den Kopf schief. »Wie wäre es mit einem Beefburger? Laurie macht sogar die Brötchen selbst. Spiralkartoffeln dazu, danach sind Sie auf jeden Fall satt. Den Burger gibt es wahlweise mit scharfer oder milder Soße.«

»Das klingt toll. Mit milder Soße bitte.«

»Kommt sofort.« Tom entfernte sich.

»Wie geht es Ihnen?«, fragte Jim.

»Danke, so weit gut. Ich bin noch dabei, mich zurechtzufinden. Es ist alles neu und ungewohnt, aber auch vertraut, eine seltsame Mischung. Ich habe mich noch gar nicht für die Vorräte bei Ihnen bedankt. Sie waren es doch, der den Kühlschrank aufgefüllt hat?«

»Ich konnte Sie ja nicht verhungern lassen. Wenn Sie Nachschub brauchen, müssen Sie einfach diese Straße ein Stück weitergehen, auf der rechten Seite befindet sich der Lebensmittelladen. Zwanzig Minuten Fahrzeit von hier gibt es ein großes Einkaufscenter, aber dafür brauchen Sie ein Auto.«

»Ich habe schon überlegt, mir vielleicht einen Mietwagen zu organisieren. Ich benötige Kartons und Säcke für Tante Gynnies Sachen. Wenn ich fertig bin, muss ich alles auch irgendwohin bringen. Ich habe so etwas noch nie gemacht und weiß nicht einmal genau, was rausmuss und was im Haus bleiben darf. Das Auflösen des Hausstandes meiner Eltern hat damals eine Firma übernommen. Ich habe nur ein paar Erinnerungsstücke behalten.«

»Am besten fragen Sie Morris. Er kann Ihnen die notwendigen Infos geben.« Jim zeigte auf einen Tisch. »Er sitzt da drüben mit seiner Frau. Die beiden kommen nach dem Essen sicherlich an die Bar. Und die Kartons soll Nat Ihnen aus dem Baumarkt mitbringen. Er ist ohnehin fast jeden Tag dort.«

Allein beim Gedanken daran, Nat um etwas bitten zu müssen, verengte sich ihre Kehle. Sie seufzte.

Tom ersparte ihr eine Antwort. Er stellte Mollys Drink auf die Theke und sagte: »Der Burger ist auch gleich fertig.«

Molly lächelte. »Vielen Dank.«

»Wir freuen uns, wenn Sie zu uns kommen. Die Tavern hat jeden Tag ab fünf Uhr geöffnet. Schluss ist, wenn der Letzte gegangen ist, also meistens rund um Mitternacht, Freitag und Samstag oft länger. Nur Sonntag haben wir Ruhetag.« Tom nickte und ging wieder.

»Ich habe von Nats kleinem Unfall gehört. Er hat Ihre Erste-Hilfe-Maßnahmen lobend erwähnt«, sagte Jim.

Molly zog die Brauen hoch. Sie war es nicht gewohnt, dass offenbar wirklich jeder wusste, wer sie war, und dass Geschehnisse sofort die Runde machten. »In New York kenne ich nicht einmal die Namen meiner Wohnungsnachbarn. Ich habe keinen Schimmer, wer die Menschen sind und was sie tun. Treffen wir einander im Flur, grüßen wir höflich, das war's.«

Jim lachte. »Hier ist es anders. Maple Creek ist eindeutig der falsche Ort, wenn man Anonymität sucht. Haben Sie ein Geheimnis, müssen Sie es äußerst sorgfältig hüten, sonst kennt es innerhalb kurzer Zeit jeder.« Er hob den Kopf. »Ihr Burger kommt. Essen Sie jetzt erst einmal in Ruhe.«

Molly wartete geduldig, bis Tom serviert hatte und wieder gegangen war, dann aber griff sie sofort nach dem Besteck und kostete. Es schmeckte wieder phantastisch. Weder beim Steak noch beim Burger handelte es sich um ausgefallene Gerichte, aber Toms Frau verstand es, eine persönliche Note einzubringen, die die Speisen besonders machte. Sie war schon gespannt darauf, Laurie kennenzulernen.

Während sie aß, schwieg Jim. Erst als sie fertig war, fragte er: »Wollen Sie vielleicht noch einen Tom's Maple? Ich lade Sie ein. Vertrauen Sie mir, Sie werden ihn brauchen.« Kaum merklich deutete er mit dem Kopf in Richtung des Tischs, wo Morris und seine Frau saßen. Charlotte räumte gerade die leeren Teller ab.

Molly beugte sich vor und flüsterte: »Die Hetzerin von Maple Creek?«

»Sie sind also bereits eingeweiht. Sehen Sie, so schnell kann es hier gehen. Jeder weiß alles. Sie gehören schon ein bisschen zu uns.«

Obwohl Jims Bemerkung natürlich scherzhaft gemeint war, fühlte sich Molly geschmeichelt. »Nat hat es mir erzählt. Ist sie wirklich so schrecklich?«

Jim wiegte den Kopf. »Ja und nein. Das Wort ›schrecklich‹ würde ich persönlich nicht verwenden, ›manchmal unangenehm und oft lästig‹ trifft es für mich besser. Sie ist kein böser Mensch, sondern einfach neugierig, und verbreitet gern Geschichten. Naturgemäß stellt sie Vermutungen an und gibt ihren eigenen Senf dazu. Letzteres ist eigentlich das Schlimmste. Umschlagplatz ist ihr Kiosk am Westufer. Im Sommer vermietet sie Boote, und im Winter verkauft sie Weihnachtsschmuck, Kerzen und so weiter. Dazu schenkt sie je nach Jahreszeit verschiedene Getränke aus. Die Menschen kommen hauptsächlich deshalb zu ihr, weil sie Gerüchte hören wollen.«

»Nat betrachtet Elisabeth kritischer als Sie, habe ich den Eindruck.«

»Das tut er. Seine Abneigung beruht auf einer alten Geschichte, die er damals – er war noch ein Junge – bestimmt besonders intensiv aufgenommen hat. Als Erwachsene können wir Dinge besser einschätzen und mit einem gewissen logischen Abstand betrachten. In der Kindheit und Jugend ist man ungeschützt, und manches prallt mit voller Vehemenz auf einen ein, ganz zu schweigen vom notwendigen Weitblick, der einem noch fehlt.« Jim senkte die Stimme. »Nat hat eine Schwester, Pamela. Sie ist mit siebzehn Jahren aus Maple Creek weggegangen. Elisabeth hat damals gewaltig umgerührt und ihr eine Schwangerschaft angedichtet, was definitiv nicht stimmte. Ich habe sie selbst durch Zufall ein halbes Jahr später in Granby getroffen.«

»Das hat Nat bestimmt schwer getroffen.«

»Ja, er hat sehr an seiner Schwester gehangen.«

»Warum hat sie Maple Creek verlassen?«

»Ich glaube, Pamela ist es hier einfach zu viel geworden. Ich hatte ja bereits erzählt, dass Nats und Pams Mutter früh gestorben ist. Ihr Vater hat getan, was er konnte, dennoch musste Pam in irgendeiner Form die Mutterrolle übernehmen. Das kann belastend sein für ein junges Mädchen.« Jim hob den Zeigefinger. »Ihre Tante hat sich damals schon sehr um Nat gekümmert und natürlich das Leid des Jungen mitbekommen. Sie war wegen Elisabeths Getratsche dermaßen erbost, dass sie ihr die Leviten gelesen hat, und zwar vor Publikum. Elisabeth war ganz kleinlaut. Gynnie konnte Gerede sowieso nie leiden, und obendrein wollte sie Nat beschützen. Für Nat ist Gynnie in dieser Zeit zur Heldin aufgestiegen, aber zwischen Gynnie und Elisabeth war es nie mehr so wie zuvor. Die beiden Frauen hatten von da an ein angespanntes Verhältnis zueinander.«

»Waren sie vor dem Vorfall denn Freundinnen?«

»Nicht wirklich. Gynnie und Elisabeth hatten eine völlig unterschiedliche Weltanschauung. Obwohl Gynnie weitaus älter war als Elisabeth, war sie die deutlich Liberalere der beiden. Elisabeth ist eine Moralistin, wie sie im Buche steht.« Jim wurde noch leiser.

»Du kannst dir gleich selbst ein Bild machen, Molly, sie steuern bereits auf uns zu.«

Automatisch war Jim zur persönlichen Anrede gewechselt. Molly empfand die kleine Geste der Vertrautheit als sehr angenehm und freute sich darüber.

Tatsächlich gesellten sich Morris und Elisabeth sofort zu ihnen.

»Hallo. Schön, Sie zu sehen. Darf ich Ihnen meine Frau vorstellen? Elisabeth«, leitete Morris das Gespräch ein.

»Hallo, Elisabeth. Ich freue mich, Sie kennenzulernen«, entgegnete Molly höflich.

»Sie sind Gynnies Nichte aus New York und bringen das Hotel auf Vordermann.« Elisabeth setzte ein verbindliches Lächeln auf. »Ich war leider noch nie in New York. Ist es eine Reise wert?«

»Unbedingt, obwohl es gewöhnungsbedürftig ist. New York schläft im wahrsten Sinne des Wortes nie. Aber die Anpassung funktioniert rasch, selbst wenn man nur zu Besuch ist.«

»Morris, wir sollten nach New York reisen.« Elisabeth sah ihren Mann nicht einmal an und sprach sofort weiter. »Sie meinen, für Menschen wie uns ist New York gewöhnungsbedürftig?«

Molly bekam eine Ahnung, was Nat und Jim in Bezug auf Elisabeth gemeint hatten. Sie musste gut aufpassen, was sie sagte. »Ich meine, für jeden. Selbst ich staune manchmal noch immer über die Intensität New Yorks, dabei lebe ich seit Jahren dort.«

»Der Sprung von Washington D.C. nach New York ist sicherlich nicht so extrem wie von Washington D.C. nach Maple Creek. Ich denke dabei an Ihre Tante. Sie sind wie Gynnie in Washington D.C. aufgewachsen, nicht wahr? Ich weiß nicht, wie sie es als Großstädterin hier ausgehalten hat. Was meinen Sie?«

An jede ihrer Aussagen hängte Elisabeth eine Frage an. Molly konnte sich vorstellen, dass sie Menschen auf diese Weise oft dazu brachte, mehr zu sagen, als sie eigentlich wollten. Im Stillen bedankte sie sich bei Nat und Jim für die Vorinformation. Ohne dieses Wissen wäre sie bestimmt auch in die Falle getappt.

»Unsere ganze Familie stammt aus Washington D.C. Es ist eine Großstadt, dennoch nicht mit New York zu vergleichen. Unabhängig von den Einwohnerzahlen hat Washington D.C. für mich etwas ... Ehrwürdiges, Beschauliches.« Auf Tante Gynnie ging sie bewusst nicht ein.

»Und Sie mögen es nicht *ehrwürdig* und *beschaulich?*«

»Ich bin wegen meiner Arbeit nach New York gezogen.«

»Oh. Was machen Sie?«

Molly bemerkte, wie Jim und Morris sich bedeutungsvolle Blicke zuwarfen. Was sie wohl besagten? »Ich bin Redakteurin bei der *NY Woman*. Das ist eine –«

Elisabeth unterbrach Molly. »Oh, ich kenne die Zeitschrift. Wie interessant! Es würde mich sehr –«

Nun wurde Elisabeth ihrerseits von Jim unterbrochen. Er beugte sich so weit vor, dass er Elisabeths Blick auf Molly störte, und winkte in Richtung Eingang.

Molly drehte den Kopf. Nat hatte die Tavern betreten. Er nickte, als er Jim sah, und stellte sich zu ihnen.

Jim kam sofort zur Sache. »Nat, Molly braucht Kartons für Gynnies Sachen. Bringst du ihr bitte welche vom Baumarkt mit?« Er wandte sich Molly zu. »Weißt du schon, wie viele du brauchen wirst?« Jim blieb bei der persönlichen Anrede.

»Leider nein.« Am liebsten hätte sie Jim umarmt. Er musste gefühlt haben, dass sie Nat wegen der Kartons nur ungern gefragt hätte.

»Dann bring doch bitte zehn Stück mit, Nat. Wenn sie voll sind, kannst du immer noch welche nachholen«, entschied Jim.

»Natürlich, das mache ich gern. Und wenn Sie weitere benötigen, Miss Jensen, sagen Sie es mir.« Nats Blick streifte Elisabeth, dann setzte er sich auf den übernächsten freien Barhocker an Mollys Seite. An dem Gespräch wollte er zweifellos nicht weiter teilnehmen.

Jim war noch nicht fertig. »Und wenn wir schon beim Thema sind … Molly ist sich nicht sicher, was sie ausräumen muss und was im Haus bleiben soll. Sei ihr doch behilflich, Morris.«

»Ja, klar. Das ist einfach. Alles Persönliche wie Kleidung, Badezimmerutensilien, Fotografien, der ganze Kleinkram muss raus. Allgemein nutzbare Gegenstände können Sie ruhig im Haus belassen, außer Sie wollen es für sich beanspruchen. Damit meine ich das Geschirr, die Bilder an den Wänden, Möbel und so weiter. Bei Fragen können Sie mich jederzeit anrufen. Haben Sie noch meine Karte, die ich Ihnen beim ersten Treffen gegeben habe?«

»Ja, vielen Dank.«

»Und wenn Sie etwas Schweres tragen müssen, Miss Jensen, sagen Sie es mir. Ich mache das für Sie«, bemerkte Nat von seinem Platz aus.

Obwohl Molly klar war, dass Nat nur wegen Elisabeth so freundlich zu ihr war, gefiel es ihr. Zwar hatte sie keine Ahnung, warum Nat vor Elisabeth Harmonie zwischen ihnen spielte, aber er hatte bestimmt einen guten Grund dafür, und sie wollte ihn dabei unterstützen. »Das weiß ich sehr zu schätzen, Nat, danke.« Sie bemerkte Elisabeths skeptischen Ausdruck und fügte hinzu: »Was würde ich nur ohne Sie machen?«

Auch Nat musste Elisabeths Miene bemerkt haben, weil er lächelte und ohne ironischen Unterton antwortete: »Ich bin jederzeit für Sie da.«

»So, genug Süßholz geraspelt, jetzt bin ich an der Reihe.« Eine Frau mit herzförmigem Gesicht und vollen Lippen hatte sich kurz zuvor zu ihnen gesellt und streckte Molly nun die Hand entgegen. »Ich bin Laurie. Entschuldige, dass ich erst jetzt Hallo sage, aber in der Küche hat Hochbetrieb geherrscht.«

Molly mochte die Frau auf Anhieb. »Ich freue mich. Der Burger war himmlisch. Bitte, welche Soße war da drin?«

Laurie lächelte. »Oh, ich verwende die klassische Burgersoße, verfeinere sie jedoch mit Avocadocreme und einem Hauch süßem Chili.« Sie zwinkerte. »Ein paar Kleinigkeiten sind zusätzlich noch drin, aber die verrate ich nicht vor Publikum.« Sie setzte sich auf den freien Barhocker zwischen Molly und Nat. »Schatz? Machst du für Molly und mich zwei Tom's Maple?«, rief sie Tom zu.

»Oh, dieser hier ist schon mein zweiter. Jim war so nett …« Molly zeigte auf ihr fast leeres Glas.

»Drei gehen immer, erst ab dem vierten musst du vorsichtig sein, sofern du nicht an Alkohol gewöhnt bist.« Laurie rieb sich die Hände. »Sei gewarnt. Ich beabsichtige, dich jetzt über New York auszufragen. Ich bin schon so lang nicht mehr dort gewesen. Du musst wissen, ich habe selbst fast ein Jahr in New York gelebt. Ich war Souschef de Cuisine in einem Hotelrestaurant.«

»Wirklich? Wo hast du gearbeitet?«, fragte Molly. Aus dem Augenwinkel registrierte sie die Gesichter der kleinen Gruppe. Morris und vor allem Jim schien die Entwicklung gut zu gefallen, Nat wirkte neutral, und Elisabeth war sichtlich unzufrieden, wegen Laurie nun gänzlich auf dem Abstellgleis zu stehen.

Kapitel 14

Molly saß in der Küche vor ihrem Laptop und überlegte, wie sie den Artikel anlegen sollte. Ihre kürzlich angefertigten ersten Aufzeichnungen hatte sie komplett gestrichen. So einfach es klang, über eine Auszeit in der Natur zu schreiben, musste die Ausrichtung doch klar definiert sein, und der spezielle Kick durfte nicht fehlen. Einfach das Umfeld zu beschreiben und die Freizeitmöglichkeiten aufzuzählen war deutlich zu wenig. Sie musste etwas Besonderes finden.

Bis auf die Überschrift ›*Back to the nature for two weeks*‹ war der Bildschirm noch weiß. Sie lehnte sich zurück und dachte an den Abend in der Sycamore Tavern. Genau dieses Flair musste sie einfangen. Es ging nicht nur um die Natur und eine grundlegend ruhigere Atmosphäre, sondern genauso auch um das Verhalten der Menschen und ihre Ausdrucksform. Damit meinte sie nicht die dialektischen Eigenheiten, sondern wie sie sich verhielten und miteinander umgingen. Selbst jemand wie Elisabeth wurde letzten Endes akzeptiert und so genommen, wie sie war. Sie gehörte trotz oder vielleicht gerade wegen ihrer Art genauso zu dieser Gemeinschaft wie Jim, Nat und all die anderen.

Molly legte den Kopf in den Nacken. Der Artikel musste locker und fröhlich, persönlich und herzlich ausfallen, keinesfalls durfte er wie ein Reisebericht anmuten.

Schon ihre Lifestyle-Artikel verfasste sie in erzählender Form – von ihr direkt an die Leserinnen. Es war ihr Markenzeichen. Das musste sie jetzt noch stärker hervorheben. So konnte sie nicht nur ihre Empfindungen bestmöglich ausdrücken, es würde im Optimalfall auch ihren Bekanntheitsgrad erhöhen. Sie war lang genug in der Branche tätig, um zu wissen, welche Bedeutung ein guter Name hatte; er war wie bares Geld.

Sie bewegte die Finger, beugte sich vor und begann zu tippen.

Hallo, meine Lieben. Hier ist Molly Jensen live aus Kanada. Ihr kennt mich als eure Lifestyle-Ratgeberin, immer auf der Suche nach den neuesten Trends. Heute möchte ich euch in eine ganz andere, besondere Welt entführen. Wo ich mich gerade befinde? Ja, in Kanada, das habe ich bereits verraten, aber ich meine: wo genau? Ich sitze an einem Küchentisch mit Blick aus dem Fenster auf einen See. Wie ich hierhergekommen bin? Private Gründe haben mich für vier Wochen in dieses malerische Städtchen namens Maple Creek verschlagen, und als echte New Yorkerin hatte ich anfangs ganz schön Angst davor.

Wieder lehnte sich Molly zurück und las. Der Anfang war das Wichtigste. Entweder zog er den Leser in seinen Bann oder ließ ihn weiterblättern. Sie schrieb weiter.

Glaubt nicht, dass ich hier auf eine besondere Spa-Welt gestoßen bin oder auf eine außergewöhnliche Massagemethode, vielmehr bin ich gerade dabei, eine völlig neue Art der Ruhe und Entspannung zu entdecken. Seid ihr neugierig? Ich erzähle euch von meinem Spaziergang heute Morgen. Erst wollte ich nur rasch zum Shoppen ins Zentrum des

Städtchens laufen, habe mich dann aber anders entschieden. Mit festen Schuhen und einer warmen Jacke – den Designer verrate ich ausnahmsweise nicht, weil es hier nicht zählt, wer das hübsche Stück geschneidert hat – bin ich am Ufer des Sees entlanggegangen. Zuerst dachte ich: Was mache ich hier eigentlich? Ich könnte doch anderes mit meiner Zeit anfangen, aber dann ist etwas überaus Mysteriöses geschehen: Mit jedem Schritt und mit jedem Atemzug ist die ureigene Grundhektik in mir verschwunden. Könnt ihr euch vorstellen, was ich euch damit sagen will? Es ist schwer zu beschreiben, aber ich werde es für euch versuchen. Auf einmal fehlte das Gefühl, unbedingt und jetzt sofort dieses und jenes erledigen zu müssen. Ich wollte einfach nur weitergehen, die Gegend betrachten, die frische Luft in meine Lungen saugen, die Steine durch die Sohlen unter meinen Füßen spüren. Ich habe nicht an das Ende des Weges gedacht, sprich an das Ziel, sondern immer nur an den jeweils nächsten Schritt. Das war das Ausschlaggebende! Es handelt sich um –

Mollys Kopf ruckte hoch. Hatte es gerade an der Eingangstür geklopft? Sie überlegte, ob sie abgeschlossen hatte. In New York würde sie die Wohnungstür niemals unversperrt lassen, hier allerdings dachte sie nicht großartig darüber nach. Als sie den Stuhl zurückschob, um aufzustehen, hörte sie bereits die Tür ins Schloss fallen, und im nächsten Augenblick stand Nat schon im Türrahmen.

»Hallo, Miss Jensen. Die Kartons liegen vor dem Eingang. Sie sind als Einheit verpackt und müssen nur noch aufgefaltet werden. Und ich habe noch fünf Rollen mit Hartplastiksäcken mitgenommen.«

»Hallo, Nat. Vielen Dank. Was bekommen Sie?«

»Ich schreibe alles auf, und wir rechnen am Schluss ab.«

»Okay. Wollen Sie vielleicht einen Kaffee?«

»Nein danke.« Er blieb stehen.

»Brauchen Sie noch etwas?«, fragte Molly. Nachdem Jim auf die persönliche Anrede umgestiegen war und Laurie sie erst gar nicht Miss Jensen genannt hatte, erschien es ihr bei Nat nun noch eigenartiger. Sie waren immerhin ungefähr im selben Alter.

Er nickte. »Können Sie dann zur Baustelle rüberkommen? Ich möchte Ihnen einiges zeigen, und wir müssen ein paar Dinge durchsprechen, nur Kleinigkeiten.« Er musterte ihren Laptop. »Sie arbeiten?«

»Ja. Durch meinen Aufenthalt in Maple Creek habe ich den Auftrag für einen großen Artikel bekommen, der etwas außerhalb meines üblichen Tätigkeitsbereiches liegt. Es ist gar nicht so leicht, aber ich freue mich über die Aufgabe. Endlich einmal keine Produktplatzierungen.« Den letzten Satz hatte Molly mehr zu sich selbst als zu Nat gesagt.

»Was meinen Sie mit Produktplatzierungen?« Er löste sich vom Türrahmen und setzte sich.

»Meine Arbeit ist toll, wirklich. Aber ich schreibe seit Jahren eigentlich immer dasselbe: Lifestyle-Artikel. Vorrangig geht es um Mode. Und wer die meisten Anzeigen schaltet, bekommt in meinen Berichten den größten Raum.«

»Das heißt, Sie schreiben nicht darüber, was Ihnen am besten gefällt, sondern machen Werbung für die Meistzahlenden?«

Molly sah Nat mit einem Anflug von Erstaunen an. Mit dieser prägnanten Analyse hatte sie nicht gerechnet. »Es ist nicht ganz so extrem, doch im Grunde stimmt es.«

»Und wovon wird dieser Artikel handeln?« Nat zeigte auf Mollys Laptop.

»Ich soll über einen Entspannungsurlaub in Kanada schreiben. Ich weiß, es klingt nicht so toll, aber man kann viel daraus machen.

Meine Chefin hat mich mit der Überschrift ›*Back to the nature for two weeks*‹ hierhergeschickt. Ich soll besondere Wellness- und Freizeitmöglichkeiten finden und dabei die Vorzüge der Natur herausstellen, doch ich habe mich entschlossen, ihr etwas anderes zu liefern.«

»Und zwar was?«

»Ich bin erst am Anfang, aber es geht sicherlich nicht um ein minutiös getaktetes Programm, vom Biofrühstück mit Ahornsirup über organisierte Wanderungen durch Kanadas Wälder bis zum Yoga am Seeufer.«

»Darf ich lesen, was Sie bis jetzt geschrieben haben?«

»Ja, natürlich.«

Seine Bitte irritierte sie. Jackson hatte noch nie einen Artikel von ihr gelesen. Er interessierte sich sehr wohl für ihre Arbeit, jedoch auf einer anderen Ebene. Was sie schrieb, war ihm egal. Ihm gefielen ihre Position und ihr Arbeitgeber.

»Es ist wirklich noch nicht viel«, bemerkte Molly. »Wie gesagt, ich bin erst am Anfang.« Sie drehte den Laptop um und schob ihn Nat zu.

Er begann zu lesen.

Molly ließ ihn nicht aus den Augen. Gespannt fixierte sie sein Gesicht und wartete auf eine Regung, doch seine Miene verriet nichts.

Als er schließlich den Kopf hob, lächelte er. »Es wirkt heiter und persönlich auf mich. Als schrieben Sie lieben Freundinnen einen Brief und erzählten von Ihren Eindrücken. Es gefällt mir echt gut.«

»Ich weiß noch nicht recht, wie persönlich ich werden soll.«

»Ich finde es gut, wie du dein Empfinden bei dem Spaziergang ausdrückst, Molly. Dabei solltest du bleiben. Hast du dir das wirklich gedacht? Bist du überhaupt spazieren gegangen?«

Da war sie endlich, Nats persönliche Anrede. »Ja. Ich hatte ganz vergessen, wie es sich anfühlt, für kurze Zeit einfach nur zu sein. Das klingt ziemlich merkwürdig, oder?«

»Gar nicht.«

»Weißt du, ich liebe New York, doch als ich heute früh ohne richtiges Ziel am Ufer entlanggewandert bin, ist mir schon der Gedanke gekommen, dass ich eigentlich wie in einem Hamsterrad lebe.«

»Das tun wir alle. Es kommt nur darauf an, ob man das Rad zwischendurch anhalten und herausspringen kann oder nicht.«

»Ich habe mir eher eine Maschine vorgestellt, die permanent läuft und wie am Fließband produzieren muss. Aber der Vergleich mit dem Hamsterrad ist besser.«

»In New York hast du doch auch Feierabend und Wochenende.«

Molly nickte. »Ja, aber dann hetze ich nach Hause, ziehe mich um, und die private Zeit mit nicht weniger Stress beginnt. Es geht zu einer Veranstaltung oder zu einem Dinner oder zu sonst einem Treffen in irgendeinem Lokal. Es ist selten, dass ich einen Abend wirklich als entspannend empfinde. Das ist eigentlich nur, wenn ich mich mit meiner besten Freundin treffe.« Kurz hielt sie inne. »Es gibt noch etwas. In der Wohnung habe ich viele Pflanzen. Sie zu pflegen wirkt beruhigend auf mich. Ich gieße sie, pflücke welke Blätter ab, schneide sie zurecht, besprühe sie mit Wasser. In dieser Zeit kann ich wunderbar abschalten.«

Nat betrachtete sie aufmerksam. In seinem Ausdruck lag etwas, was Molly nicht deuten konnte. Fast wirkte es auf sie, als versuche er, sie zu erkunden.

Nach einem Moment des Schweigens antwortete er: »Das nennt man Auszeit. Jeder Mensch braucht sie, der eine mehr, der andere weniger. Aber ohne solche Phasen bewegt man sich im Kreis.« Er lächelte. »Mein Rhythmus ist im Übrigen nicht anders als deiner in New York. Aufstehen, arbeiten, heimfahren, ausgehen. Der große Unterschied liegt darin, dass es hier nur die Sycamore Tavern gibt, außer man nimmt einen längeren Fahrweg in Kauf.«

»O nein, hier ist es ganz anders, glaub mir. In der Tavern habe ich nicht das Gefühl, mich verstellen zu müssen. Alles erscheint mir ungezwungener und herzlicher. Du bist es gewohnt, für mich ist es wie eine neue Welt.«

Nat räusperte sich. »Ich muss wieder hinüber zum Hotel.« Er stand auf und ging zur Tür. »Und vergiss nicht …«

Molly nickte. »Ich komme gleich nach.« Automatisch schwenkte ihr Blick zum Fenster. Sie hörte die Eingangstür, und kurz darauf erschien Nat in ihrem Blickfeld. Versonnen sah sie ihm nach. Was war da eben geschehen?

Er hatte ihren Artikel gelesen und sich nicht abfällig darüber geäußert, ihr Ansatz hatte ihm sogar gefallen. Seine Aussagen hatten ehrlich interessiert geklungen und punktgenau gepasst. Nat war auf sie eingegangen, und sie hatten miteinander geredet, richtig geredet, nicht einfach nur Smalltalk geführt oder über das Hotel gesprochen.

Molly spürte ein seltsam ziehendes Gefühl in ihrer Magengegend, warm und kribbelig. Sicherlich riefen der wohltuende Spaziergang und die ersten Zeilen ihres Artikels dieses Empfinden hervor. Kaum merklich schüttelte sie den Kopf. Was machte sie sich vor? Beides traf fraglos zu, aber den Ausschlag hatte das Gespräch mit Nat gegeben.

Kapitel 15

Nat beobachtete, wie die Gäste der Reihe nach die Sycamore Tavern verließen. Langsam neigte sich der Abend seinem Ende entgegen, dennoch wollte er noch nicht nach Hause gehen.

Molly und er hatten sich angeregt unterhalten, bis Laurie in der Küche fertig gewesen war und ihn mit den Worten »Setz dich zu meinem Mann, jetzt will ich mit Molly plaudern« vertrieben hatte. Die beiden Frauen schienen sich hervorragend zu verstehen.

Bevor Molly die Tavern verlassen hatte, war sie noch extra zu ihm gekommen und hatte sich verabschiedet. Obwohl ihn die Gefühlsregung ein wenig fuchste, hatte er sich darüber gefreut. Es fiel ihm immer schwerer, sie nicht – wieder – gernzuhaben.

Der Zwiespalt, in dem er sich befand, nagte an ihm. Von einer gefassten Meinung abzulassen war ihm schon immer schwergefallen, und noch war er nicht bereit, ihre Versäumnisse gegenüber Gynnie zu vergessen. Überhaupt wäre es ihm lieber gewesen, sie hätte dem entsprochen, was er sich im Vorfeld zusammengereimt hatte. Dann müsste er sich nicht mit all diesen widersprüchlichen Gefühlen auseinandersetzen.

Trotz seiner inneren Uneinigkeit bemerkte Nat, wie er die Gespräche mit Molly und ihre Gegenwart genoss. Der heutige Abend etwa war wie im Flug vergangen. Molly war klug und redegewandt, stellte vernünftige Fragen, die bezeugten, dass sie dem Gespräch aufmerksam folgte, und beantwortete die von ihm gestellten Fragen auf ruhige und angenehme Weise. Sie konnte richtig lustig sein und herzhaft lachen, aber genauso auf ernste Themen eingehen.

Nats Blick wanderte durch den Raum und blieb an Charlotte hängen, die bereits die Tische für den nächsten Tag herrichtete. Abgesehen von den nicht vermeidbaren Aufeinandertreffen hier in der Tavern hatten sie seit dem Gespräch in seiner Küche keinen Kontakt mehr gehabt. Sie verhielt sich zwar distanziert, war aber höflich zu ihm und wirkte neutral. Er hatte schon andere Szenen mit ihr erlebt. Keinesfalls wollte er ihr die Schuld an vergangenen Auseinandersetzungen zuschieben. Offenbar war er einfach nicht direkt genug gewesen und hatte seine Position nicht nachhaltig vertreten. Außerdem hatte er sich auch immer wieder davon überzeugen lassen, dass ihre Verbindung in Ordnung sei. Nicht Charlotte war dafür verantwortlich gewesen, sondern er allein. Sie hatte im Gegensatz zu ihm ja immer gewusst, was sie wollte.

Es war gut, dass er nun endlich die richtigen Worte gefunden hatte, um es zu beenden. Die Angelegenheit war belastend gewesen und hatte ihn mehr und mehr unter Druck gesetzt.

Tom stellte sich zu ihm. »Hast du Lust auf einen Absacker? Ich bin mit der Bar fertig und warte nur noch auf die beiden Letzten.« Er deutete auf zwei Männer, die am anderen Ende der Bar saßen.

»Einen gern. Dann muss ich aber auch nach Hause. Morgen geht's früh los.«

Tom schenkte zwei Whisky ein und stellte die Gläser auf die Bar. »Du hast eine Menge Arbeit mit dem Maple Lake Inn, was? Laurie ist übrigens ganz begeistert von ihr. Ich finde sie auch echt nett, und sie ist eine verdammt hübsche Frau. Das findet Laurie auch, sie hat es nur anders ausgedrückt als ich jetzt bei dir.« Er zwinkerte Nat zu.

»Redest du von Molly?«

Tom lachte auf. »Natürlich, von wem sonst? Erzähl mir jetzt nicht, ihr Aussehen und ihre Art seien dir nicht aufgefallen.«

»Natürlich habe ich beides registriert.«

»Du weißt, ich liebe Laurie über alles und denke nicht einmal im Traum an eine andere Frau, aber wäre ich Single, würde ich mich um Molly bemühen.«

Nat schmunzelte. »Du alter Schwerenöter.«

»Diese Zeiten sind lang vorbei.«

Bevor Nat etwas erwidern konnte, kam Charlotte zu ihnen an die Bar. »Ich bin fertig, Tom. Laurie braucht mich auch nicht mehr. Hast du noch etwas zu tun für mich?«

»Danke, nein. Du kannst gehen.«

»Okay.« Charlotte lächelte. »Dann wünsche ich euch beiden noch einen schönen Abend.« Sie drehte sich um und lief zum Ausgang.

Als sich die Tür hinter ihr geschlossen hatte, sagte Tom: »Dieses Mal scheint es funktioniert zu haben. Sie wirkt recht gelassen auf mich. Vielleicht hast du nun endlich die Kurve gekriegt.«

»Es war nicht einfach. Ich hatte gehofft, nicht so hart und direkt sein zu müssen. Du weißt, nichts liegt mir ferner, als sie zu verletzen.« Nat schüttelte den Kopf. »Ich hätte nie etwas mit ihr anfangen dürfen, aber das haben wir schon oft genug durchgesprochen.«

»Ganz unbeteiligt war Charlotte nicht. Ich war dabei, wie sie dich umgarnt hat.«

»Du hast mir von Anfang an gesagt, dass ich die Finger davon lassen soll, was ich leider nicht getan habe.«

»Weil ich so etwas in der Vergangenheit schon zu oft bei anderen miterlebt und selbst auch zur Genüge durchgespielt habe. Du kennst ein paar Geschichten von mir. Das geht so lange gut, bis man auf diesen einen besonderen Menschen trifft. Alles ist mit einem Schlag anders, und erst dann erkennt man, was wirklich zählt. Woher sollte man es auch vorher wissen, wenn man es noch nicht erlebt hat? Aber ich hab leicht reden, dank Laurie kenne ich das Gefühl.«

Nat trank einen kräftigen Schluck. »Ich fürchte, es liegt an mir, Tom, ehrlich. Das mit Charlotte war von Anfang an nicht richtig, aber auch meine guten Beziehungen davor habe ich in den Sand gesetzt. Denk nur an Gloria oder Mel. Sie waren toll und haben mich aufrichtig gerngehabt. In mir ist eine Sperre, die mich daran hindert, mich auf tiefere Gefühle einzulassen.«

»Glaubst du, bei mir war es anders? Wenn erst die Richtige kommt, fällt jede Hürde von selbst. Dann kannst du gar nicht anders, als dich zu öffnen.« Tom strich sich über das Kinn. »Ich habe gedankenlos in den Tag hineingelebt und jede Situation ergriffen. Als Barkeeper mangelt es nicht an Möglichkeiten. Als Laurie dann in mein Leben trat, hat sich meine Welt nur noch um sie gedreht und tut es bis heute.«

»Dann bist du wahrhaft ein glücklicher Mann. Ich kenne so etwas überhaupt nicht.«

Tom stützte sich mit den Ellbogen auf dem Tresen ab. »Zugegeben, bei dir verhält es sich durch die Umstände noch einmal anders. Man braucht keinen Psychiater, um herauszufinden, woher deine Schwierigkeiten mit Frauen kommen. Auch darüber haben wir schon oft genug geredet.«

»Tja …« Nat zuckte mit den Schultern. »Ich werde jetzt heimfahren. Wenn wir mit diesem Thema beginnen, sitzen wir um fünf Uhr morgens auch noch hier, und ich kann direkt zur Baustelle fahren.«

Tom lachte. »Das haben wir schon verdammt lang nicht mehr gemacht. Trinken und reden bis in die Frühe, und zum Abschluss ein deftiges Frühstück mit Speck und Eiern.«

»Auch wir werden mit der Zeit ruhiger und brauchen unseren Schönheitsschlaf.« Nat grinste.

»Wie wär's mit einem Frühstück am Sonntag ohne durchzechte Nacht davor? Und dann gehen wir fliegenfischen. Barney Greenwood hat mir erzählt, dass weiter oben schöne Forellen stehen sollen. Laurie hat nichts gegen frische Forelle auf der Speisekarte.«

»Frühstücken können wir gern, aber du weißt, Fliegenfischen ist weniger mein Ding. Wie wäre es als Alternative mit einem ausgedehnten Morgenlauf und danach Frühstück?«

»Auch keine schlechte Idee. Fliegenfischen kann ich am Nachmittag immer noch gehen, wenn ich Lust dazu habe. Ja, so machen wir das.«

Die beiden Männer verabschiedeten sich voneinander, und Nat verließ die Tavern. Gedankenversunken stieg er in sein Auto. Ja, er musste wirklich nicht erst einen Psychologen kontaktieren, um zu eruieren, wo die Wurzel seiner Beziehungsunfähigkeit lag: *Zu* früh war er *zu* oft verlassen worden. Nun war er *zu*. Das Wortspiel haftete sich in seinen Gedanken fest. Dreimal *zu* war gleichzusetzen mit wirklich fest verschlossen.

Er bog in die Einfahrt seines Hauses ein und sah schon von Weitem Charlottes Wagen stehen. Mit einem Seufzer parkte er neben dem Auto ein. Sie lehnte an der Fahrertür und blickte ihn erwartungsvoll an.

»Charlotte, was tust du hier?«

»Ich dachte, wir könnten uns einen gemütlichen Abend machen.«

»Das bringt doch nichts. Bitte fahr nach Hause.«

»Nur etwas trinken und ein bisschen reden …«

»Ich bin müde und muss morgen früh raus. Der Tag wird anstrengend für mich.«

Charlotte ließ nicht locker. »Du hast gesagt, wir sollen Freunde sein. Freunde können doch zusammensitzen und ein Gespräch führen.«

»Aber bitte nicht mehr heute.«

»Das geht also nur, wenn du willst. Meine Wünsche und Bedürfnisse zählen nicht.«

»Wir sollten vielleicht etwas Zeit vergehen lassen, bevor wir uns als Freunde treffen. Du weißt so gut wie ich, dass die Situation im Augenblick noch zu angespannt ist zwischen uns.«

Sofort schwenkte Charlotte um. »Ich bin allein und vermisse dich, Nat.«

»Es funktioniert nicht mit uns. Bitte versuch zu verstehen …«

»Alles klar.« Sie riss die Autotür auf, setzte sich in den Wagen und zischte: »Du wirst schon noch sehen, wohin dich deine Art bringt.«

Einen Moment lang starrte sie ihn an, dann schloss sie die Tür und startete den Motor.

Nat wartete, bis sie gewendet hatte und davongefahren war. Es schien ihm eine Ewigkeit zu dauern. Erst als ihr Auto um die Ecke bog und die Rücklichter in der Dunkelheit verschwanden, öffnete er die Haustür.

Mit einer Mischung aus schlechtem Gewissen, weil er schon wieder eine Frau verletzt hatte, und Erleichterung, die ihm erst recht ein schlechtes Gewissen bereitete, betrat er den Vorraum und verschloss die Haustür, wobei er den Schlüssel – anders als üblich – bewusst zweimal umdrehte.

Das doppelte Verschließen der Haustür fühlte sich wie eine symbolische Handlung an. Es war besser, seine Gefühle auszusperren und die des anderen erst gar nicht einzulassen. Dieser vage Wunsch nach Zweisamkeit, der sich entgegen jeder Logik und trotz der Gegebenheiten jäh in ihm breitgemacht hatte, war nichts weiter als ein Phantasiegebilde, das der Realität nicht standhielt. Auch wenn ihm die momentane Situation etwas anderes vorgaukelte, war er sich doch der Fakten bewusst: Molly lebte in New York, und sie hatte einen festen Lebenspartner.

Aber es war schön gewesen, einen Moment lang zu träumen und sich in der Gegenwart einer Frau wohlzufühlen.

Manchen Menschen bescherte das Leben dieses besondere Glück, er brauchte sich nur Tom anzusehen. Für ihn selbst allerdings war ein anderer Weg vorgesehen. Er würde sich bestimmt kein weiteres Mal verletzen lassen. Ja, es war höchste Zeit, in jeder Hinsicht den Rückzug anzutreten.

Kapitel 16

Die letzten beiden Tage waren wie im Flug vergangen. Molly hatte an dem Artikel weitergearbeitet und bereits die meisten von Tante Gynnies Sachen in Kartons verstaut. Nachdem sie den ersten Schritt gewagt und ihren Kleiderschrank ausgeräumt hatte, war auch das mulmige Gefühl weitgehend verschwunden.

An den Abenden war sie am Seeufer entlangspaziert und danach gleich weiter in die Tavern zum Abendessen gegangen.

Vorwiegend hatte sie mit Jim und Laurie geplaudert. Nat war zwar ebenfalls in der Tavern gewesen, hatte aber in sich gekehrt gewirkt und war nach dem Essen immer gleich nach Hause gefahren.

Auf der Baustelle waren sie ebenfalls kaum zum Reden gekommen. Innen waren die Malerarbeiten noch im Gang, und im Außenbereich arbeiteten sie nach wie vor an der Veranda. Dafür hatte er sie kaum gebraucht. Dennoch war ihr auch hier bei den wenigen kurzen Gesprächen seine Zurückgezogenheit aufgefallen. Sie konnte nicht einschätzen, ob ihn etwas beschäftigte oder ob er einfach viel zu tun hatte. Immerhin war das Maple Lake Inn nicht seine einzige Baustelle.

Gern hätte sie ihn gefragt, ob bei ihm alles in Ordnung sei, wollte aber weder neugierig noch übertrieben freundschaftlich erscheinen.

Molly nippte an ihrem Kaffee und warf einen Blick aus dem Küchenfenster. Eigentlich hatte sie vorgehabt, zu schreiben, verspürte aber keine rechte Lust dazu. Sie war bereits um einiges weiter, als es ihr Plan vorsah. Es bestand also kein Grund, sich zu hetzen.

Unwillkürlich musste sie lächeln. Auch das war ein völlig neues Gefühl für sie: keine Lust auf etwas zu haben und es deshalb auch nicht zu tun. In New York kamen solche Gedanken erst gar nicht auf. Sie hinterfragte nicht, ob ihr eine Aufgabe gerade Freude bereitete. Sie erledigte sie, ohne großartig zu überlegen. Es war ungemein befreiend, nach seinem momentanen Empfinden handeln zu können, sofern der Zeitplan es gestattete.

Sie musste diese neuen Wahrnehmungen unbedingt mit nach New York nehmen und in ihr Leben integrieren. Auch dort konnte sie spazieren gehen und mit einer Kaffeetasse in der Hand aus dem Fenster blicken. Es würde ihr guttun, sich Freiräume und Ruhephasen zu schaffen.

Auf jeden Fall wollte sie sich auch öfter mit Menschen treffen, die sie wirklich gern mochte, wobei an erster Stelle natürlich Dorothy stand. Jackson und sie hatten viele Bekannte, aber im Grunde keine echten Freunde. Zumeist ging es bei den Treffen um Jacksons Arbeit. Er brauchte die Kontakte und Verbindungen für seinen Job.

Molly warf einen prüfenden Blick auf den Laptop, der vor ihr stand, und noch einmal überlegte sie, ob sie nicht doch weiterschreiben solle. Langjährige Routinen ließen sich einfach nicht mit einer einzigen Handbewegung aus dem Leben streichen. Wieder sah sie aus dem Fenster. Es war ein wunderschöner Tag. Die

Sonne schien, und es wehte kein Wind. Es wäre zu schade, dieses Wetter nicht auszunutzen.

Sie stand auf und verließ die Küche.

Die Tür zum Wohnzimmer stand offen, und Molly erhaschte einen Blick auf die bereits gepackten Kartons. Da sie eigentlich nur die Küche, ihre Kammer und das Bad benutzte, lagerte sie die Kartons im Wohnzimmer. Es gab genug Platz, um die Kartons aneinandergereiht stehen zu lassen. So konnte sie am besten sortieren.

Sie hatte bereits das Schlafzimmer ausgeräumt. Das Badezimmer, der Abstellraum und Teile des Wohnzimmers waren ebenfalls fertig. Im Grunde fehlte im Wohnzimmer nur noch ein einziger Schrank, in dem sich Dokumente, einige Ordner und drei Schachteln mit Fotos befanden. Dafür wollte sie einen ruhigen Moment nutzen, um alles genau durchzusehen.

Auf einen der Kartons hatte sie groß »Molly« geschrieben. Darin befanden sich einige Dinge, die sie als Erinnerung an Tante Gynnie behalten wollte. Es handelte sich um die Fotos aus dem Schlafzimmer, um ein kleinformatiges Aquarell des Hotels, das im Wohnzimmer gehangen hatte, und zwei Seidenschals sowie einen rosafarbenen Paschmina mit Goldstickerei. Vielleicht fand sie noch weitere Gegenstände, die sie mitnehmen würde.

Eigentlich hatte sie vorgehabt, Nat auf einen Kaffee zu sich einzuladen und ihm Erinnerungsstücke von Tante Gynnie anzubieten, aber sein Verhalten hinderte sie daran. Wenn er wirklich so viel zu tun hatte, wie sie annahm, wollte sie ihm nicht auch noch wertvolle Zeit stehlen. Noch waren die vier Wochen nicht um. Es würde sich schon ein geeignetes Fenster auftun.

Insgeheim hatte sie gehofft, Nat auch ihre Fortschritte bei dem Artikel zeigen zu können. Sie wollte seine Meinung hören und sich mit ihm darüber unterhalten.

Der Mann in der roten Uniform auf den Fotos schwirrte außerdem in ihrem Kopf herum, aber Nat war bestimmt nicht der Einzige, der etwas über ihn wusste. Genauso konnte sie Jim oder Laurie auf ihn ansprechen.

Molly wiegte den Kopf. Ihr kam ein Gedanke. Mounties in ihren Paradeuniformen umgab nicht zuletzt dank einiger Filme und Fernsehserien ein besonders romantisches Flair. Ein kurzer geschichtlicher Streifzug zu diesem Thema passte doch hervorragend in ihren Artikel. Es war typisch für Kanada, und sie konnte damit einen Hauch Verträumtheit einfließen lassen. Sie musste sich Notizen machen.

Kurz entschlossen drehte Molly um und ging in die Küche. Der Schwenk zurück zu ihrem eigentlichen Vorhaben ließ sie schmunzeln. So fühlte es sich also an, wenn man sich seine Zeit einteilen konnte, wie man wollte. Es war wunderbar, spontan sein zu dürfen.

Sie bereitete sich noch einen Kaffee zu und setzte sich an den Küchentisch. Einen Moment hielt sie inne.

Ihre Abläufe und Handlungen in Tante Gynnies Haus kamen ihr schon fast wie echte Rituale vor: Sie nahm immer denselben Stuhl, der ihr die beste Sicht auf das Hotel bot, und stellte ihre Kaffeetasse stets am gleichen Platz auf dem Tisch ab, nämlich genau auf den Punkt, wo die Holzmaserung einen kleinen Bogen um einen ringförmigen Einschluss machte. Wahrscheinlich hatte sich an dieser Stelle einmal ein Ast befunden.

Es war aber nicht nur ihr Platz in der Küche. Auch die Spaziergänge und der tägliche Besuch der Sycamore Tavern hatten etwas Rituelles an sich. Man musste vorher nicht telefonieren oder eine Nachricht senden, um Ort und Zeit auszumachen, man ging einfach in die Tavern. Es war immer jemand anwesend, um zu plaudern. Und selbst wenn man allein an der Bar saß, fühlte man sich nicht einsam. Tom fand immer Zeit für ein kurzes Gespräch zwischendurch.

Er war ein überaus netter Mann mit viel Humor, und seine Frau Laurie hatte Molly sowieso schon richtig ins Herz geschlossen, genauso wie Jim. Auch er verbrachte nahezu jeden Abend in der Tavern, ebenso Nat. Elisabeth und Morris waren ebenfalls Stammgäste. Obwohl sie bei Elisabeth vorsichtig war, musste sie zugeben, dass ihr ihre Aufmerksamkeit schmeichelte. Sie stellte viele Fragen über New York und ihre Arbeit, die Molly mit Freude beantwortete. Drang Elisabeth zu sehr in ihren persönlichen Bereich ein, überging sie es einfach.

Auch Charlotte wollte viel über New York wissen, aber aus einem anderen Grund als Elisabeth. Sie war grundsätzlich am Leben in einer Großstadt interessiert. Charlotte hatte ihr erzählt, dass sie gerade eine Fortbildung zur Marketingfachfrau absolvierte. In der Tavern arbeitete sie nur nebenbei. Ihr Ziel war es, nach Abschluss der Ausbildung einen Job in einer größeren Stadt zu finden.

Jim hatte Molly noch einige weitere Personen vorgestellt, die auch zum Kern Maple Creeks und zu den guten Gästen der Sycamore Tavern gehörten: Doktor Levi Strauss, den hiesigen Arzt, und seine Frau Rosalie, Barney und Monica Greenwood, die den Lebensmittelladen im Ort führten, Franklin Bauers, den Chefredakteur der Gemeindezeitung, und Thomas Livingston, der etwas außerhalb Maple Creeks einen Ahornsirup-Handel besaß.

Beim Gedanken an die Tavern warf Molly automatisch einen Blick auf die Uhr. Es dauerte noch eine ganze Stunde, bis sie sich frühestens auf den Weg machen konnte. Sie freute sich schon auf das Abendessen. Laurie hatte ihr ein Beef Tatar alla Laurie versprochen.

Molly klappte den Laptop auf, öffnete die Suchmaschine und

tippte den Begriff *Royal Canadian Mounted Police* ein. Sie aktivierte einige Seiten und las, zwischendurch machte sie sich immer wieder Notizen.

Besonders interessant fand sie einen Bericht über eine Reiterstaffel der Royal Canadian Mounted Police, die in den Paradeuniformen zu Pferd bei Festivitäten auftraten. Die Reiterstaffel war offenbar sehr berühmt. Es gab ein hartes Auswahlverfahren und bedurfte einer strengen Ausbildung, um dabei sein zu dürfen.

Nachdem sie genug Informationen gesammelt hatte, kontrollierte Molly ihre Notizen. Sie war zufrieden. Mehr wollte sie heute gar nicht machen. Sie griff nach dem Handy, um ihrer Chefin bei *NY Woman* eine kurze Nachricht zu schreiben. Nora schätzte es, auf dem Laufenden gehalten zu werden. Ein *»Alles im grünen Bereich. In den nächsten Tagen schicke ich dir den ersten Entwurf«* reichte Nora völlig aus.

Kurz überlegte Molly, ob sie versuchen sollte, Jackson anzurufen, verwarf den Gedanken jedoch sofort wieder. Ohnehin würde sie nur auf der Mobilbox landen. In New York hatten sie einen aufeinander abgestimmten Lebensrhythmus. Das morgendliche Gespräch, tagsüber die Arbeit, und am Abend gingen sie meistens aus. Diese Abläufe fehlten nun, und irgendwie schafften sie es nicht, regelmäßigen Kontakt am Telefon zu halten. Was hätte sie aber schon von ihm gehört? Bestimmt wieder nur gehässige Bemerkungen über Maple Creek und das Hotel, eine Schimpftirade auf die Menschen hier und einige Worte über seine Arbeit. War sie restlos ehrlich zu sich selbst, empfand sie diese Gespräche als sehr unangenehm und war gar nicht unglücklich darüber, dass sie kaum zum Telefonieren kamen.

Doch sie wollte Dorothy anrufen. Sie wählte ihre Nummer, und Dorothy nahm sofort ab. »Molly aus Kanada! Wie geht es dir?«

Die fröhliche Art ihrer Freundin war deutlich besser als Jacksons Sarkasmus. »Alles fein so weit.«

»Ganz zufrieden bin ich mit deiner Antwort nicht. Hat dich der mürrische Kanadier schon wieder verärgert? Wie heißt er noch schnell? Nat?«

Natürlich war Dorothy über jedes Detail ihres Aufenthalts informiert. »Ja, Nat heißt er. Im Augenblick dürfte er ziemlich im Stress sein, ist aber freundlich und zuvorkommend, nur sehr zurückgezogen. Er treibt mich noch in den Wahnsinn, Dorothy, ich schwöre es dir.« Nats momentanes Verhalten beschäftigte sie tatsächlich mehr, als ihr lieb war. Sie kannte seine übellaunige Seite, die im krassen Widerspruch zu seiner Herzlichkeit und den schönen Gesprächen stand, die sie geführt hatten. Dieser in sich gekehrte Nat war ihr völlig fremd.

»Sag mal, wie sieht er eigentlich aus? Du hast mir viel über ihn erzählt, ich habe jedoch noch keine Vorstellung von ihm.«

»Nun, er ist etwa eins neunzig groß, ziemlich kräftig gebaut, aber nicht dick, sondern muskulös. Er hat dunkles Haar, kurz geschnitten und leicht gewellt. Eine kerzengerade Nase, nicht zu klein, nicht zu groß, volle Lippen. Seine Augen sind blaugrün wie der See hier, und wenn er lächelt, erscheinen auf seinen Wangen kleine Grübchen.«

Dorothy hüstelte. »Das war ausführlich. Wie klingt seine Stimme?«

Molly wusste, wie sehr Dorothy tiefe, klangvolle Männerstimmen liebte. »Genau so, wie du sie magst: tief und volltönig. Er wirkt überhaupt sehr männlich, auch wie du es magst.«

»Oh!« Kurz schwieg Dorothy. »Sag mal, Molly kann es sein, dass er dir gefällt?«

»Was meinst du?«

»Man beantwortet keine Frage mit einer Gegenfrage, außer man will sich um die Antwort drücken. Ich wiederhole: Gefällt er dir?«

»Gefallen? Nun ja, irgendwie schon … Ach, ich weiß nicht. Er ist ein attraktiver Mann. Aber es geht doch nicht nur ums Aussehen. Du bringst mich in Verlegenheit. Lass das.«

Dorothy stieß einen theatralischen Seufzer aus. »Du liebst die Gespräche mit ihm, wenn er dir Seitenhiebe verpasst, bist du wütend, und verhält er sich neutral, machst du dir Gedanken über ihn und wirst erst recht unruhig. Kann es sein, dass du dich zu ihm hingezogen fühlst, es dir aber nicht eingestehen willst?«

»Dorothy, bitte konstruiere keine Schwärmerei. Außerdem liebe ich die Gespräche mit ihm nicht, ich empfinde sie einfach nur als angenehm.«

»Soso … Hör mal, Molly. Du sprichst mit deiner besten Freundin, vor mir musst du dich nicht rechtfertigen. Ich will auch gar nichts konstruieren oder hineininterpretieren, dir nur auf die Sprünge helfen. Vergiss nicht, ich bin eine recht erfolgreiche Autorin von Frauenratgebern.«

»Darf ich dich darauf hinweisen, dass deine Ratschläge bei dir selbst am schlechtesten funktionieren?«

Dorothy lachte. »Aber bei allen anderen offenbar gut, sonst schriebe ich nicht ein Buch nach dem anderen. Meine Verkaufszahlen steigen kontinuierlich, nebenbei bemerkt.«

»Deine Bücher sind auch hervorragend. Aber du brauchst deine kleinen Zahnräder bei mir gar nicht erst in Gang zu setzen. Ich lebe in einer festen Beziehung. Du weißt, wie ich zu Treue stehe. Sie ist elementarer Bestandteil einer Partnerschaft. Was rede ich da überhaupt? Nat ist kein Thema. Wie läuft es bei dir?«

»Okay, dann lassen wir es vorerst ruhen. Mir geht es sehr gut.

Seit Anthony der Vergangenheit angehört, halte ich meine Augen wieder offen. Der nächste Mann kommt bestimmt.«

»Was ist mit dem einen, den du erwähnt hast?«

»Ach, der ist doch nicht so interessant, wie ich dachte. Ich glaube, ich habe den Nervenkitzel nur gebraucht, um den Absprung zu schaffen. Anthony hatte einige sehr feine Züge, die ich total gemocht habe. Schade, dass er dennoch nicht der Richtige war. Aber ich mache mir – wie gesagt – keine Sorgen um mich.«

»Diesbezüglich mache ich mir bei dir auch keine.« Molly lachte.

»Wie läuft dein Artikel?«, fragte Dorothy.

»Super. Ich glaube, ich schaffe es tatsächlich, das besondere Flair Maple Creeks auf eine heitere und ungezwungene Weise einzufangen.«

»Läge mein Abgabetermin nicht drohend nahe, würde ich mich glatt ins Flugzeug setzen und dich besuchen. Was du mir bis jetzt erzählt hast, klingt himmlisch. Eine solche Auszeit würde auch mir guttun.«

»Ach, das wäre toll. Du könntest dein neues Buch doch auch hier fertig schreiben.«

»Das funktioniert nicht. Ich bin dieses Mal leider wirklich ziemlich in Verzug und darf mir keine Ablenkung gestatten. Im Augenblick sitze ich von acht Uhr morgens bis oft spät in die Nacht hinein und schreibe. Im Übrigen ist das mein Stichwort. Hören wir uns morgen oder übermorgen?«

»Unbedingt. Viel Spaß beim Schreiben.«

»Danke. Und, Molly …«

»Ja?«

»Denk bitte über deine Gefühle für diesen Nat nach. Vertrau mir, ich habe ein Gespür dafür, außerdem kenne ich dich sehr gut.«

»Ich verspreche es dir.«

Molly legte das Handy zur Seite und ließ die Schultern fallen. Warum hatte ihr Dorothy nur diesen Floh ins Ohr gesetzt? Sie fragte sich ja selbst, wie Nat es geschafft hatte, ins Zentrum ihrer Gedanken zu gelangen. Die Antwort war einfach: Wegen der Renovierungsarbeiten am Maple Lake Inn war er hier ihre Bezugsperson Nummer eins, aber nicht nur das. Durch seine Beziehung zu Tante Gynnie bestand zwischen ihnen über die geschäftliche Verbindung hinaus auch ein privates Band, das allerdings negativ behaftet war, was wiederum starke Gefühle in ihr auslöste.

Molly gab gern zu, dass Nat ein gut aussehender Mann mit Charisma war, aber das hatte nichts zu bedeuten. Sie verliebte sich ja auch nicht in einen Schauspieler, nur weil sie ihn im Fernsehen sah und attraktiv fand.

Sie musste sich wirklich keine weiteren Gedanken über Dorothys Aussage machen. Durch ihren Beruf beschäftigte sich ihre Freundin mit nichts anderem als Partnerschaften. Noch dazu war Dorothy gänzlich anders gestrickt. Ihr Naturell war heißblütig und verlangte ständig nach Inspiration auf der Beziehungsebene. Dorothys gesamtes Dasein, geschäftlich wie privat, drehte sich darum.

Sie selbst war ganz anders. Genau viermal hatte sie sich in ihrem Leben verliebt: einmal als Teenager, was durchaus tiefgreifend und intensiv gewesen war, aber nur in ihren Träumen stattgefunden hatte. Dann war ihr sogenannter Jugendfreund in ihr Leben getreten. Später hatte es einen jungen Mann auf der Uni gegeben. Diese Beziehung war aber mehr aus dem Gruppenzwang heraus entstanden, und danach war bereits Jackson gekommen.

Sie hatte ihn auf der Party eines Freundes kennengelernt und war von seiner selbstsicheren Art und seiner Redegewandtheit fasziniert gewesen. Damals hatte sie in Jackson den Inbegriff eines jungen aufstrebenden New Yorkers gesehen. New York war ihr Traum gewesen und ein typischer New Yorker Mann dazu die Erfüllung schlechthin.

Welch seltsame Wege das Leben doch nahm! Noch vor kurzer Zeit hätte sie mit Brief und Siegel bestätigt, an keinem anderen Ort wohnen zu wollen als in New York. Maple Creek als genaues Gegenteil hatte ihr allerdings gezeigt, dass es weitere Varianten gab, die sie sich durchaus vorstellen konnte.

Sie hatte die Möglichkeit nie in Betracht gezogen, dass man in einem dermaßen kleinen Rahmen Zufriedenheit finden konnte, aber sie erlebte es gerade hautnah. Dabei war es nicht viel mehr als von ihrem Stuhl in der Küche hinüber zum Hotel, das Ufer entlang und durch den Ort, wo sich ein Warenladen und ein einziges Restaurant befanden; dazu die Natur, frische Luft und Menschen, denen es an Herzlichkeit und positiver Ausstrahlung nicht mangelte. Aber offenbar machte genau diese überschaubare Mischung das Besondere aus.

Molly klappte den Laptop zu und stand auf. Sie würde jetzt spazieren gehen und dann bei Laurie und Tom einkehren.

Kapitel 17

Molly ging in der Küche auf und ab. Vor dem Hotel stand Nat und wartete. Eigentlich müsste sie jetzt hinübermarschieren und die fertiggestellte Veranda begutachten, doch sie konnte sich nicht dazu entschließen. Seit dem Telefonat mit Dorothy fühlte sie sich auf seltsame Art befangen. Der gestrige Abend war der beste Beweis gewesen.

Nat war nicht in der Tavern erschienen. Automatisch hatte sie immer wieder zur Tür geschaut und war erwartungsvoll in Position gegangen, wenn sie sich geöffnet hatte. Vor lauter Verwirrung über ihre Anspannung hatte sie sogar vergessen, Jim oder Laurie nach dem Mountie auf Tante Gynnies Fotos zu fragen.

Hatten Dorothys Worte etwas in ihr ausgelöst, was sie noch nicht begreifen konnte? Oder achtete sie dadurch einfach nur mehr auf ihr Verhalten, wenn es um Nat ging? Steckte gar ein Funken Wahrheit in der Annahme ihrer Freundin?

Mit einer energischen Bewegung strich sich Molly eine Haarsträhne aus dem Gesicht und verließ die Küche. Die Nervosität würde hoffentlich vergehen, wenn sie erst vor der Veranda stand. Sie freute sich darauf, den Vorbau in seinem alten Glanz wiederzusehen.

Kurz verharrte sie im Vorraum, dann trat sie endlich ins Freie. Nat stand nach wie vor in einigem Abstand vor dem Hotel und betrachtete die Veranda. Schlagartig durchflutete sie die Aufregung von den Zehenspitzen bis zu den Haarwurzeln. Ihr ganzer Körper vibrierte. Was war nur los mit ihr?

Als sie Nat erreichte, lächelte sie unsicher, doch seine Miene blieb unbestimmt. Sie empfand die Enttäuschung über seinen Gleichmut wie einen Stich.

»Hallo«, sagte sie beinahe schüchtern.

Nat nickte lediglich zur Begrüßung und zeigte auf die Veranda. »Sie ist fertig, es fehlt nur noch der Anstrich.«

Molly musterte die Veranda, und der Funken Vorfreude in ihr erlosch endgültig. Etwas stimmte nicht. Der Anblick deckte sich nicht mit ihrer Erinnerung. Sie brauchte nicht lang, um zu erkennen, woran es lag. »Ohne diese zusätzlichen Querbalken war die Veranda aber viel schöner«, sagte sie.

Obwohl Nat die Enttäuschung in ihrer Stimme wahrgenommen haben musste, blieb er besonnen und reagierte sachlich. »Wenn alles erst weiß gestrichen ist, fallen sie nicht mehr auf.«

»Das glaube ich nicht. Warum hast du mich vorher nicht gefragt? Sonst besprechen wir doch auch jeden deiner Handgriffe.«

»Sicherheit geht vor Schönheit. Die Balken sind notwendig. Sie dienen als zusätzliche Stütze für die gesamte Konstruktion.«

»Und warum waren da vorher keine Balken?«

»Veraltete Bauweise und weil Gynnie es nicht wollte. Ich habe ihr den Umbau oft genug vorgeschlagen.«

»Tante Gynnie fand die Veranda wahrscheinlich auch ansprechender, wie sie vorher gewesen ist.« Obwohl sie die Regung selbst nicht verstand, war sie den Tränen nah. Mit aller Kraft kämpfte sie dagegen an. Keinesfalls würde sie sich vor Nat die Blöße geben und wegen der Angelegenheit zu weinen beginnen. Lag es überhaupt an diesen Balken?

Nat machte einen Schritt von Molly weg und verschränkte die Arme. »Es tut mir leid, wenn es dir nicht gefällt, aber die Balken müssen bleiben.«

Obwohl Nat nicht wieder auf seine sarkastische Art zurückschwenkte, wirkte er verändert. Es war, als führten sie ein geschäftliches Gespräch ohne jegliche Emotionen. Das war neu, und wenngleich sie es sich am Anfang genau so gewünscht hatte, ließ es sie jetzt verzweifeln. »Tante Gynnie hast du auch nicht dazu gezwungen, die zusätzlichen Balken einzubauen.« Sie fühlte sich wie ein trotziges Kind, das längst begriffen hatte, aber dennoch auf seinem Standpunkt beharrte.

Nat blieb weiter ruhig und erklärte: »Über Gynnies Kopf hinweg konnte ich nichts unternehmen. Du lässt das Hotel herrichten, um es zu verkaufen. Der optische Eindruck kann dir egal sein, die Statik muss passen. Du selbst hast kürzlich miterlebt, was ohne diese Konstruktion geschehen kann. Es braucht gar kein Mensch Hand anzulegen. Was ist, wenn ein Sturm kommt oder im Winter die Schneelast zu groß wird?«

Molly zuckte mit den Schultern. Sie war enttäuscht und traurig. Natürlich verstand sie Nats Beweggründe und war seiner Meinung, aber hätte er ihr das nicht auf andere Art näherbringen können? »Wenn du mich nicht mehr brauchst, gehe ich zurück zum Haus. Laurie kommt gleich zu Besuch.«

Nat zog die Brauen hoch. »Laurie?«

»Sie hat mich gestern in der Tavern um ein bestimmtes Erinnerungsstück von Tante Gynnie gebeten und holt es sich heute ab.«

»Ich brauche nichts mehr von dir.« Kaum hatte er ausgeredet, drehte er sich auch schon um und ging.

Wieder einmal ließ er sie also nahezu ansatzlos stehen. Dabei hatte sie gedacht, dass sie diese Phase längst hinter sich gelassen hatten. Am liebsten hätte sie ihm etwas Unhöfliches nachgerufen, beherrschte sich jedoch.

Nach einem letzten Blick auf die Veranda machte sie sich auf den Weg zurück zum Haus. Sie wollte jetzt nicht weiter über Nat nachdenken. Laurie würde in Kürze hier sein, und darauf freute sie sich.

Molly hatte das Haus noch nicht erreicht, als Laurie schon um die Ecke bog.

Sie begrüßten sich herzlich mit einem Kuss auf die Wange und einer Umarmung.

»Perfektes Timing, komm herein«, sagte Molly und öffnete die Haustür.

Sie gingen in die Küche, und Laurie setzte sich.

Molly blieb stehen. »Was möchtest du trinken? Es gibt Kaffee, Tee, Wasser, und zur Sicherheit habe ich auch zwei Flaschen Wein gekauft.«

»Ein Kaffee wäre jetzt super, bitte mit Milch und Süßstoff, wenn du einen hast. Mir geht es nicht um die Figur, Süßstoff ist mir irgendwie lieber.«

Molly lächelte. »Ich trinke meinen Kaffee genauso.« Sie schaltete die Kaffeemaschine ein und stellte zwei Tassen bereit. Dann holte sie eine weiße Vase, die mit roten und rosafarbenen Rosen bemalt war, aus einem Schrank und reichte sie Laurie. »Ist sie das?«

»Ja. Und du möchtest sie bestimmt nicht behalten? Ich will sie dir auf keinen Fall wegnehmen.«

»Ich hätte sie nicht mitgenommen. Du kannst sie wirklich gern haben.«

»Ich möchte die Vase in der Tavern aufstellen. Früher stand sie immer auf dem Tresen der Rezeption des Hotels. Eine schöne Erinnerung an Gynnie.«

»Ich nehme nur einige Stücke mit. Bis jetzt habe ich ein paar Schals, ein Bild und Fotos ausgesucht. Ich freue mich, wenn du die Vase im Gedenken an Tante Gynnie behältst.« Molly machte den Kaffee fertig und stellte die beiden Tassen auf den Tisch, dann setzte auch sie sich. »Jim hat mich kürzlich zu Tante Gynnies Grab gebracht. Ich war ganz erstaunt über die vielen Kerzen.«

»Wir alle haben Gynnie sehr gerngehabt. Sie war so ein reizender und lustiger Mensch, eine richtige Frohnatur. Viele vermissen sie. Gynnie war ein festes Mitglied in unserer kleinen Gemeinschaft.«

»Jetzt denke ich sehr viel an sie und meine Erlebnisse mit ihr. Ich wünschte, ich hätte mich früher an sie erinnert. Es tut weh, sie nicht mehr gesehen zu haben.«

Laurie streckte ihren Arm aus und berührte Mollys Hand. »Ich kann deine Gefühle gut verstehen. Meine Ausbildung als Köchin habe ich in Toronto gemacht, dann bin ich nach Miami gezogen, später waren New York und noch ein paar andere Städte an der Reihe, dann wieder Toronto, wo ich auch Tom kennengelernt habe. Ein halbes Jahr habe ich sogar in einem Restaurant in Nassau gekocht. Es war eine tolle Zeit, zu meinen Eltern hatte ich in dieser Phase meines Lebens allerdings kaum Kontakt. Die Gastronomie ist ein zeitintensives Gewerbe, und ich war auch viel unterwegs. Nun, irgendwann einmal war dann plötzlich mein Vater nicht mehr da.« Sie senkte den Kopf. Als sie wieder hochblickte, lächelte sie. »Ich habe mir Vorwürfe gemacht und ständig überlegt, wie viele und welche Momente ich mit ihm versäumt habe. Schließlich bin ich dann zu mir gekommen und habe begriffen, dass ich nichts zu ändern vermag. Aber ich kann jetzt umso intensiver an ihn denken. Es geht nicht darum, was man in der Vergangenheit verpasst hat. Wichtig ist, dass man ab dem Zeitpunkt der Erkenntnis nicht mehr vergisst. Dann bleiben sie für immer bei uns. Und darum geht es.«

Molly spürte, wie ihre Augen vor Rührung feucht wurden. »Danke für diese Sichtweise. Ich werde sie mir zu Herzen nehmen.«

»Tu das. Stell in New York Gynnies Fotos auf und sieh sie dir regelmäßig an. Erinnere dich an deine Zeit mit ihr … und lächle. Sie würde auch lächeln. Das weiß ich.«

Molly fiel der Mann auf den beiden Aufnahmen ein. »Ich habe Fotos gefunden, auf denen ein Mann abgebildet ist. Einmal gemeinsam mit Tante Gynnie und einmal allein, in der Uniform der Mounties. Weißt du vielleicht, wer er ist und warum Tante Gynnie die Fotos aufgestellt hat?«

»Ich weiß nicht allzu viel über ihn, aber er war wohl so etwas wie Gynnies Freund. Wir heute würden es eine Fernbeziehung nennen.«

»Ich kann mich an keinen Mann an Tante Gynnies Seite erinnern. Möglicherweise hat sie ihn erst nach meiner Zeit hier kennengelernt, oder er war durch Zufall nie hier, wenn ich da gewesen bin.«

»Durch Zufall oder mit Absicht.« Laurie zuckte mit den Schultern. »Das letzte Mal war er vor drei oder vier Jahren hier, das weiß ich noch. Wie hieß er noch mal? Jake? John? Aber frag Nat. Er kann dir auf jeden Fall mehr über ihn erzählen. Durch seine innige Verbindung mit Gynnie hat er auch ihren Freund besser gekannt.«

»Ich werde ihn fragen … wenn es passt.«

Laurie legte den Kopf schief und blickte Molly prüfend an. »Es ist nicht so einfach mit Nat, oder?«

»So könnte man es sagen.« Kurz schwieg Molly. Laurie und Nat waren Freunde, sie wollte nicht zu sehr ins Detail gehen und Laurie damit vielleicht in eine Zwickmühle bringen. Dennoch hatte sie das Bedürfnis, auf Lauries Frage zu antworten. Achtsam fasste sie ihre Probleme und die positiven Momente mit Nat zusammen.

Laurie nickte bedächtig. »Dazu habe ich meine eigene Theorie. Keine Ahnung, ob sie wirklich richtig ist.«

»Alles hängt wohl mit Nats Verhältnis zu Tante Gynnie zusammen. Jim hat mir ein wenig darüber erzählt.«

»Im Grund war Gynnie für ihn die Mutter, die er nicht hatte. Er war ziemlich erbost darüber, dass du dich nicht um Gynnie gekümmert hast und dann am Ende all ihren Besitz erbst. Nicht weil er selbst gern geerbt hätte, sondern weil er dachte, du würdest das Hotel nicht so in Ehren halten, wie es sich in seinen Augen gehört.«

»Er hat geglaubt oder glaubt noch immer, es sei mir schnurzpiepegal«, brachte Molly es auf den Punkt.

»Es gab einige heiße Diskussionen vor allem zwischen Jim, Morris und Nat, bevor du hierhergekommen bist.«

»Das kann ich mir lebhaft vorstellen.«

»Nat hat den Auftrag nur wegen Gynnies Andenken angenommen und weil Jim und Morris auf ihn eingeredet haben.«

Molly verzog die Mundwinkel. »Und dann hat er mich auch noch vier Wochen lang an seiner Seite. Aber das war genau genommen sein eigener Wunsch, obwohl er nicht ausdrücklich nach mir verlangt hat. Er wollte nur jemanden zur Stelle haben, der laufend Entscheidungen trifft.« Mittlerweile hatte sie keine Bedenken mehr, unverblümt zu sagen, was sie dachte. Laurie sprach offen und zeigte ihr damit, dass sie sich wegen ihrer Freundschaft zu Nat in keiner unangenehmen Lage befand.

»Hier beginnen meine eigentlichen Vermutungen.« Laurie beugte sich vor. »Ich denke, er hat sehr wohl damit gerechnet, dass du hierbleibst. Ich möchte Nats logische Beweggründe nicht abwerten, die haben sicherlich eine Rolle gespielt, aber vermutlich wollte er dir vor Augen führen, was du *verbrochen* hast.«

»Damit sind aber unsere netten Gespräche nicht erklärbar. Sie passen überhaupt nicht ins Bild.«

»O doch, wenn es nämlich anders gekommen ist, als Nat vorgehabt hat.« Laurie schmunzelte. »Bist du schon auf den Gedanken gekommen, dass er dich wider Willen zu mögen begonnen hat? Nun ärgert er sich nicht mehr über dich, sondern über sich selbst, eben weil er dich gernhat.«

»Meinst du?«

»Ich bin sogar überzeugt davon.«

»Ich weiß nicht …« Unwillkürlich musste Molly lächeln. Lauries Freimütigkeit zeugte von Vertrauen, und das berührte sie. »Danke, dass du so offen mit mir darüber sprichst.«

»Ich finde, wir Frauen müssen zusammenhalten. Männer zu verstehen ist oft schwierig. Selbst Tom ist manchmal noch immer ein einziges Fragezeichen für mich.« Sie lachte. »Ich freue mich wirklich, dass du hier bist, Molly. Schade, dass du nicht länger bleiben kannst.«

»Na ja, noch bin ich nicht wieder weg. Ich weiß aber schon jetzt, dass mir der Abschied auch sehr schwerfallen wird. Ich fühle mich unglaublich wohl in Maple Creek.«

»Als Tom und ich beschlossen haben, aus Toronto wegzuziehen und hier ein Restaurant zu eröffnen, war ich anfangs nicht überzeugt von der Idee. Obwohl Maple Creek mein Heimatort ist, war Tom die treibende Kraft. Er ist in Toronto aufgewachsen und hatte genug von der Großstadt, ich damals nicht – oder noch nicht.«

»Hast du es je bereut?«

»Niemals. Ich habe in Maple Creek gemeinsam mit Tom meinen inneren Frieden gefunden. Du verstehst, was ich meine, oder?«

»Mehr, als du ahnst.« Mollys Blick schwenkte zum Fenster. Sie wusste schon jetzt, wie sehr sie allein diese Aussicht vermissen würde. So wenig sie es sich erklären konnte, war New York innerhalb der kurzen Zeit in weite Ferne gerückt. Ihr eigentliches Leben fehlte ihr nicht. Sie riss sich aus ihren Gedanken. »Entschuldige, ich war kurz … in New York. Willst du noch einen Kaffee - oder vielleicht jetzt ein Glas Wein?«

»Kaffee ist besser. Ich muss auch leider bald gehen. Die Vorbereitungen für den Abend erledigen sich nicht von selbst. Mit Alkohol läuft es zwar schwungvoller, aber ich bin auch unkonzentrierter.« Laurie zwinkerte ihr zu.

»Würdest du mich mitnehmen? Ich muss noch zu den Greenwoods.« Molly strich über ihr Kinn. Sie hatte eine spontane Idee. »Oder nein, einkaufen kann ich auch später noch. Könntest du mich bei Jims Haus absetzen? Ich möchte ihn fragen, ob er mich auf seinen Spaziergang mit Cicero mitnehmen will. Er hat mir erzählt, dass er am späten Nachmittag immer eine große Runde dreht. So sehe ich etwas von der Gegend. Außerdem plaudere ich gern mit Jim. Er ist sehr nett.«

»Natürlich nehme ich dich mit. Jim wird sich bestimmt freuen. Er ist manches Mal etwas einsam, weißt du?«

»Ich wollte ihn nicht mit aufdringlichen Fragen nerven, wo es mich nichts angeht, aber lebt er allein?«

»Seine Frau ist vor vielen Jahren bei einem Autounfall ums Leben gekommen. Sie war auch Anwältin. Jim und Lucy haben die Kanzlei gemeinsam geführt. Sie hatte geschäftlich in Québec zu tun, als es geschehen ist.«

»Wie lange ist das her?«

»Sicherlich an die fünfzehn Jahre.«

»Und seitdem hatte er keine Freundin oder zumindest eine Bekanntschaft?«

»Erst seit zwei, drei Jahren spricht er ab und an davon, dass er nichts dagegen hätte, eine Frau kennenzulernen. Er hat sehr lang gebraucht, um Lucys Tod zu verarbeiten. Aber dann kommt doch irgendwann einmal das Bedürfnis nach Zweisamkeit. Ich kann ihn gut verstehen.«

»Ich auch.« Molly hatte Jim längst ins Herz geschlossen. Es traf sie, von seinem Kummer zu erfahren.

Kapitel 18

Wie Laurie vermutet hatte, war Jim von Mollys spontaner Idee begeistert gewesen. Sie waren über zwei Stunden unterwegs gewesen und hatten vereinbart, öfter gemeinsam spazieren zu gehen.

Molly hatte das zwanglose Gespräch genossen, darüber hinaus war Jim ein hervorragender Fremdenführer. Er kannte viele Geschichten über die Gegend und ihre Einwohner. Und noch etwas war Molly bei dem Spaziergang deutlich bewusst geworden: Sie fühlte sich in der Natur ungemein wohl. Die Bewegung an der frischen Luft und der Anblick der Landschaft machten sie glücklich, egal ob sie am Ufer des Sees entlangging oder wie mit Jim über die Wiesen spazierte.

Direkt nach dem kleinen Ausflug war sie in den Laden zum Einkaufen gegangen. Die Greenwoods führten das Geschäft als Familienunternehmen; neben den Eltern arbeiteten auch die beiden Söhne und eine Cousine mit. Außer über Lebensmittel verfügte der Laden über Haushaltswaren, einen eigenen Werkzeugbereich und Drogeriebedarf.

Als Molly schließlich nach Hause zurückgekehrt war, hatte sie beschlossen, sich über die Dokumente im Wohnzimmer herzumachen. Sie musste die frische Energie des Spaziergangs unbedingt ausnutzen.

Zuerst trug sie die Ordner in die Küche und sah sie durch. Im Wesentlichen enthielten sie Unterlagen über das Hotel. Sie würde Morris fragen, ob er die Ordner brauchte. In einer Schachtel hatte Tante Gynnie das Haus betreffende Rechnungen gesammelt. Auch sie legte sie in den Morris-Karton. Daraufhin holte sie die drei Fotokisten. Auf diese war sie besonders gespannt, weshalb sie sie auch bis zum Schluss aufgehoben hatte.

Tante Gynnie hatte die Fotos nach drei Themengebieten sortiert. Molly benannte die Kistchen in Gedanken »Maple Creek«, »Familie« und »Persönliches«. Zuerst wollte sie die Maple-Creek-Kiste durchsehen. Sie fand viele Fotos des Hotels aus verschiedenen Perspektiven, einige Bilder, die bei Veranstaltungen im Ort gemacht worden waren, Gynnie immer lachend und mitten in der Gesellschaft. Es waren sogar einige Fotos der Menschen dabei, die Molly kannte. Ein deutlich jüngerer Jim mit einem Welpen im Arm – es musste sich um Cicero handeln –, viele Bilder von Nat, Laurie und Tom vor der Tür der Sycamore Tavern, auch Morris und Elisabeth. Unterhalb der Fotos lagen einige Erinnerungsstücke: die Einladung zur Eröffnung der Tavern, Postkarten, die Ankündigung eines Tanzabend im Hotel, Briefe von Freunden. Molly las sie der Reihe nach durch. Mehrere stammten von einer gewissen Beatrice. Sie musste eine gute Freundin Tante Gynnies gewesen sein, die Inhalte der Briefe waren persönlich und herzlich. Molly kramte in ihrem Gedächtnis. Beatrice? Dunkel erinnerte sie sich an eine große, dunkelhaarige Frau, die während ihrer Sommeraufenthalte öfter im Hotel zu Gast gewesen war.

Molly legte alles in der richtigen Reihenfolge wieder zurück und verschloss die Kiste. Dann öffnete sie die persönliche.

Darin befanden sich fast ausschließlich Fotos von Tante Gynnie, auf vielen war sie noch sehr jung, teilweise handelte es sich um Schwarz-Weiß-Aufnahmen. Später erschien immer wieder auch der Mann auf den Bildern. Unter den Fotos hatte Tante Gynnie einige Briefe verwahrt, sie stammten alle von einem John. Wie hatte Laurie gesagt: Jake oder John. Molly überflog die Briefe nur und legte sie sofort wieder zurück. Es handelte sich ausschließlich um Liebesbriefe, und Molly bekam das Gefühl, zu sehr in Tante Gynnies Privatleben herumzuschnüffeln, wenn sie sie zu genau las.

Nachdem sie alles wieder ordentlich verstaut hatte, öffnete Molly die dritte Kiste. Automatisch erschien ein Lächeln auf ihrem Gesicht. Neben einigen Fotos von ihren Eltern und wenigen von ihren Großeltern war hauptsächlich sie selbst auf den Fotos abgebildet: mit Kakaobart auf der Veranda des Hotels, am Ufer mit anderen Kindern spielend, gemeinsam mit Tante Gynnie.

Erstaunt zog Molly die Brauen hoch. Auch Fotos aus anderen Situationen und lang nach ihren Sommeraufenthalten in Maple Creek befanden sich weiter unten in der Kiste. Bilder von einem Schulball, Geburtstagsessen mit ihren Eltern in Washington D.C., Aufnahmen von Weihnachten, Fotos von ihr am Unicampus und von ihrem Abschluss. Es waren Fotos, die entweder ihre Eltern gemacht hatten oder die sie ihnen geschickt hatte. Wie kamen sie in Tante Gynnies Kiste?

Ganz unten befanden sich wieder einige Briefe. Sie faltete den ersten auseinander und erkannte sofort die Handschrift ihres Vaters. Molly begann zu lesen.

Meine liebe Schwester!

Ich danke Dir nochmals von ganzem Herzen, dass Du meiner kleinen Molly einen so wundervollen Sommer bereitet hast. Es fällt ihr schwer, sich wieder in unser Leben einzufügen. Als strenger Vater mit festen Regeln komme ich gegen Deine Spontaneität und Herzlichkeit nicht an. Wie froh bin ich, auf die Idee gekommen zu sein, Dich zu bitten, Molly im Sommer aufzunehmen. Sie profitiert von Deinem Wesen ungemein. Es ist wichtig, dass sie auch eine andere Art, zu leben, kennenlernt.

Ich liebe Dich, Schwesterherz, Dein James

Molly ließ den Brief sinken. Ein Schauer rann über ihren Rücken, und ihr Magen krampfte sich zusammen. Sie spürte, wie Tränen in ihre Augen stiegen, und schluchzte auf. Sie nahm den nächsten Brief aus der Kiste und las weiter.

Tante Gynnie und ihr Vater hatten in regelmäßigem Kontakt gestanden, und sie schienen ein Herz und eine Seele gewesen zu sein. Wie aus den Briefen hervorging, hatten sie oft miteinander telefoniert. Die Briefe waren offenbar nur ein weiteres Kommunikationsmittel zwischen ihnen gewesen.

Im Lauf der Zeit veränderte sich deren Inhalt. Handelten die Ersten vorrangig von ihren Besuchen bei Tante Gynnie, berichtete ihr Vater später davon, wie es ihr erging und was sie machte. Darüber hinaus schrieb er offen über seine Gedanken und Gefühle und erzählte seiner Schwester von seinem Leben.

Meine liebe Gynnie!
Ich habe mich sehr gefreut, wieder von Dir zu lesen. Unsere Telefonate schätze ich sehr, aber mit Briefen hat es für mich eine besondere Bewandtnis. Ich kann Deine Zeilen aufheben und immer wieder lesen. Und schreibe ich Dir, habe ich die Zeit, mir genau zu überlegen, wie ich Dir meine Gedanken am besten näherbringe. Deine Geschichten aus Maple Creek zum Beispiel sind herzerwärmend. Ihr müsst eine

schöne Gemeinschaft haben. Ich kann mich noch gut daran erinnern, als Du überlegt hast, dort Deine Zelte aufzuschlagen. Deine Entscheidung war wohl richtig.

Molly ist nun wieder auf dem Campus. In den Ferien ist sie mit Freunden nach Kalifornien gefahren. Wir haben sie selbst nur kurz gesehen. Sie hat sich erkundigt, wie es Dir geht. Ich weiß noch, letzten Sommer hat sie Dich mit ihren Freundinnen in Maple Creek besucht. Molly ist zur jungen Dame geworden. Sie ist selbstständig und hat ein ausgefülltes Leben. Begeistert hat sie uns von ihren Zukunftsplänen berichtet. Ich befürchte, sie will nach dem Studium nicht in Washington D.C. bleiben. Ihr Traum ist es, bei einer bestimmten Zeitschrift in New York zu arbeiten. Angeblich ist es sehr schwer, dort eine Stelle zu bekommen, aber sie will es unbedingt versuchen. Ich lege Dir zwei Fotos von Mollys Geburtstagsessen bei, als sie kurz bei uns in D.C. war. Rosemary und mir geht es gut. An den Wochenenden gehen wir oft spazieren, und Rosemary hat ihre Freundinnen. Sie haben einen Lesezirkel gegründet und treffen sich zweimal in der Woche, um die gelesenen Bücher zu besprechen. Es macht ihr großen Spaß. Wie Du weißt, hatte ich nie viele Freunde, daran hat sich nichts geändert. Aber ich gehe meinem Hobby nach. Ich sammle noch immer Briefmarken.

In Liebe, Dein Bruder James

Während des Lesens waren Molly unaufhörlich Tränen über die Wangen gelaufen. Die Briefe zeigten ein völlig anderes Bild ihres Vaters, als sie es von ihm gehabt hatte. Er schrieb feinfühlig und voller Herzlichkeit. Gynnie war seine Vertraute gewesen, der er all seine Sorgen hatte offenbaren können.

»Ach, Papa …«, flüsterte sie. Warum hatte er es nicht geschafft, ihr sein wahres Wesen zumindest im Ansatz zu zeigen? In ihren Augen war er ein kühler, zurückhaltender Mensch gewesen, der keine Gefühle zuließ. Sie hatte nie einen Zugang zu ihm gefunden und konnte sich nicht daran erinnern, jemals von ihm umarmt und gedrückt worden zu sein. Das Höchste waren ein Schulterklopfen und Sätze wie »Ich bin sehr stolz auf dich« gewesen.

Wie musste er darunter gelitten haben! Molly empfand eine tiefe Traurigkeit, aber auch Wärme hatte sich beim Lesen der Briefe in ihr ausgebreitet. Ihr Vater hatte sie aufrichtig geliebt, sie war sein Ein und Alles gewesen, er hatte es ihr nur nicht zeigen können. Die Erkenntnis war herzzerreißend und wunderschön zugleich. Im Augenblick hatte Molly noch keine Ahnung, wie sie mit diesem neuen Wissen umgehen sollte.

Molly blickte aus dem Fenster. Draußen war es bereits dunkel geworden, sie hatte überhaupt nicht auf die Zeit geachtet. Keinesfalls wollte sie jetzt allein sein, sie musste zu ihren Freunden in die Tavern.

Unwillkürlich erschauerte sie bei dem Gedanken, und zugleich verspürte sie ein Gefühl von Halt und Sicherheit. Wie selbstverständlich bezeichnete sie die Menschen hier in Maple Creek als ihre Freunde, und das geschah aus einem guten Grund: Sie waren tatsächlich ihre Freunde.

Kapitel 19

Ich kann es auch kaum glauben, dass wir es schaffen, in Ruhe zu telefonieren«, antwortete Molly.

Jackson stieß einen Lacher aus. »Ja, es erscheint mir fast wie ein Wunder, nachdem ich dich gestern Abend und heute früh nicht erreicht habe.«

Molly dachte daran, wie oft sie erfolglos versucht hatte, Jackson zu erreichen, sagte aber nichts dazu. »Gestern Abend war ich in der Tavern, und am Morgen habe ich einen Spaziergang gemacht.«

»Nimmst du dein Handy nicht mehr mit?«

»Es ist ganz angenehm, manchmal ohne Handy unterwegs zu sein.« Molly sah Jackson förmlich vor sich, wie er verständnislos den Kopf schüttelte.

»Wie läuft es sonst?«, fragte er.

»Die Arbeiten am Hotel sind schon weit fortgeschritten. Es ist schön, mit ansehen zu dürfen, wie es Stück für Stück vorangeht. Die Veranda ist mittlerweile fertig. Gerade wird das Dach repariert. Innen sind die Wände gestrichen und die unzähligen Kleinigkeiten bereits ausgebessert. Bald kommen die Holzböden an die Reihe. Sie werden zuerst abgeschliffen und dann versiegelt.

Die Fliesen in den Bädern sind, wie du weißt, zum Glück intakt, es müssen nur die Fugen erneuert werden.«

»Sehr gut. Nun dauert es auch nicht mehr so lange, und du kannst wieder nach Hause kommen. Direkt von der Hölle zurück in den Himmel.«

»Ich habe mich eigentlich sehr gut eingelebt. Meine Tage sind ausgefüllt. Mit den Ausräumarbeiten bin ich fast fertig, ich schreibe an dem Artikel, und meine Abende verbringe ich bei Laurie und Tom. Eigentlich bewege ich mich nur zwischen dem Haus, dem Hotel und der Tavern hin und her, abgesehen von den Spaziergängen und Einkäufen. Das klingt vielleicht langweilig, aber es hat etwas Heimeliges und Vertrautes an sich. Ich habe es mir vorher selbst nicht vorstellen können, und für dich ist es wahrscheinlich überhaupt nicht nachzuvollziehen.«

»Das bringe ich wirklich nicht fertig. Wer sind Laurie und Tom?«

»Die Besitzer der Tavern.«

»Du scheinst dich echt schon recht wohlzufühlen, vor allem in deinem neuen Stammlokal.«

Lag ein Hauch von Sarkasmus in Jacksons Stimme? »Es ist immer jemand in der Tavern, mit dem man ein nettes Gespräch führen kann.«

»Gespräche? Mit … denen?«

»Du hast bei unserem ersten Besuch einen falschen Eindruck erhalten. Die Menschen hier sind ungemein nett und herzlich. Mit Laurie habe ich mich sogar angefreundet.«

»Ich verstehe dich nicht, ehrlich, Molly. Du hast ein prächtiges Leben in New York und schwärmst von diesem Ort und den Menschen, als hättest du das Paradies entdeckt.«

»Es ist anders als in New York, aber nicht schlechter.« Molly unterdrückte das Bedürfnis, Jackson eine schroffe Antwort zu geben. Es ging ihr mittlerweile richtig auf die Nerven, dass er ständig auf Maple Creek herumhackte. »Wie geht es dir?«, wechselte sie das Thema.

Jackson ging bereitwillig darauf ein. »Ich habe drei neue Kunden an Land gezogen. Es war ein hartes Stück Arbeit, aber ich habe es geschafft. Wenn alles so läuft, wie ich es geplant habe, werden wir uns bald einen Urlaub gönnen können. Dann fliegen wir endlich auf die Bahamas.«

»Ja, das machen wir.« Die Bahamas standen schon lange auf ihrer gemeinsamen Wunschliste. Bereits mehrmals hatten sie sich vorgenommen, dort einen Urlaub zu verbringen, aber immer war Jacksons Arbeit dazwischengekommen. Kaum hatte sich ein Zeitfenster aufgetan, schloss es sich auch schon wieder. So wurde aus dem Januar der September und aus dem September der März des folgenden Jahres. Das Spiel lief fast schon so lange, wie sie ein Paar waren.

»Dieses Mal wirklich«, bekräftigte Jackson. »Wir beide am Strand mit einem Cocktail in der Hand. Was sagst du dazu?«

»Es wird wunderbar«, antwortete Molly und dachte im selben Atemzug: *Es wird nie geschehen.* Die Momentaufnahme erschreckte sie, vor allem, weil sie ihren Ursprung nicht eruieren konnte. Würde es nie geschehen, weil Jackson zu viel arbeitete? Oder weil …? Sie fand gerade keinen weiteren Grund, spürte jedoch, dass tief in ihrem Inneren die Antwort bereitlag.

Jackson räusperte sich. »Molly, ich würde gern noch weiterreden, aber ich muss jetzt los. Ich habe doch nicht so viel Zeit, wie ich gehofft hatte. Die Kollegen winken schon ungeduldig, wir gehen auf einen Drink. Morgen habe ich nur wenige Termine. Telefonieren wir wieder?«

»Ruf mich an, wenn es bei dir passt. Deine Mobilboxansage schleicht sich sonst noch in meine Träume ein. Ich nehme das Handy auch überallhin mit, versprochen.«

»Tu das, ich melde mich. Hab einen schönen Abend.«

»Du auch.«

Eigentlich hatte Molly vorgehabt, Jackson zu fragen, ob er sie besuchen kommen wolle, aber sie hatte es nicht über sich gebracht. Mit seiner Einstellung zu Maple Creek würde sein Besuch wahrscheinlich in einem Desaster enden, und das wollte sie unbedingt vermeiden. Jackson schien ebenfalls keine große Lust zu verspüren, zu ihr zu fliegen, sonst hätte er etwas gesagt. So schwiegen sie beide einhellig. Es war bestimmt besser so.

Auch von den Briefen ihres Vaters hatte sie ihm nichts erzählt. Sie erkannte sich selbst nicht wieder. Es war doch eine bedeutsame Erkenntnis, und eigentlich hätte es an erster Stelle stehen sollen. Jackson war immerhin ihr Partner, sie lebten zusammen.

Kurz überlegte Molly, ob sie Dorothy noch anrufen solle, entschied sich aber dagegen. Sie bekäme nur ein schlechtes Gewissen, wenn sie ihrer besten Freundin all das erzählte, was sie ihrem Freund vorenthielt. Außerdem hatte Dorothy heute Abend ein Date und befand sich wahrscheinlich bereits mitten in den Vorbereitungen dafür. Sie würden morgen telefonieren, Dorothy hatte dann auf jeden Fall einiges zu berichten.

Molly schob den Stuhl zurück und stand auf. Sie war hungrig und freute sich schon auf das Abendessen in der Tavern. Es war Dienstag, und Molly wusste mittlerweile, dass der Dienstag zu den ruhigeren Abenden zählte. Montag bis Mittwoch war immer deutlich weniger los in der Tavern. So hatte Laurie weniger in der Küche zu tun, und sie konnten sich in Ruhe unterhalten.

Als sie das Haus verließ, beäugte sie kurz das Fahrrad, und wie die bisherigen Male verwarf sie den Gedanken sofort wieder. Sie war keine geübte Radfahrerin und würde sich voll und ganz auf das Fahren konzentrieren müssen. Bei den Spaziergängen hingegen nahm sie ihr Umfeld bewusst wahr, und das wollte sie nicht missen.

Oft entdeckte sie Kleinigkeiten wie einen Vogel in den Ästen eines Baumes, den sie dann minutenlang beobachtete, oder ein neues Detail in der Landschaft, das ihr bis jetzt noch nicht aufgefallen war.

In New York bekam man wegen der Hochhäuser oft nicht einmal das Wetter richtig mit. Asphalt und Beton speicherten die Wärme, der Wind wurde abgelenkt. Hier hingegen spürte sie jeden leisen Hauch. Sie hörte das Rascheln der Blätter und fühlte am Tag jeden einzelnen Sonnenstrahl auf der Haut. Und es roch anders als in New York. Genau genommen roch es dort immer gleich, hier hingegen gab es unzählige Nuancen aufzunehmen.

In diese Gedanken versunken erreichte Molly die Tavern und öffnete die Tür. Ihr Zögern beim Eintreten und das mulmige Gefühl dabei gehörten längst der Vergangenheit an.

Jim saß bereits an der Bar. Morris und Elisabeth waren ebenfalls anwesend, sie hatten es sich an einem Tisch bequem gemacht. Nat stand etwas abseits und redete mit Charlotte. Die hatte die Arme verschränkt und hielt sich betont aufrecht, sie wirkte angespannt.

Molly begrüßte Elisabeth und Morris im Vorbeigehen und setzte sich zu Jim.

Tom kam sofort zu ihr. »Hi Molly, einen Tom's Maple?«

»Bitte erst einen Kaffee. Nach dem Essen nehme ich dann gern einen.«

»Oder zwei …« Laurie schoss um die Ecke und begrüßte Molly mit einer Umarmung. »Ich habe heute extra Shepherd's Pie für dich gemacht. Es gehört zwar eigentlich nicht zu meinem Programm, aber du hast unlängst erwähnt, dass du noch nie Shepherd's Pie gegessen hast.« Sie lachte. »Alle, die das Gericht bis jetzt bestellt haben, sind begeistert. Ich werde es vielleicht in die Karte aufnehmen.«

»Danke, Laurie. Ich bin schon gespannt darauf«, antwortete Molly.

»Ich bin einer der Begeisterten. Vorzüglich, kann ich dir nur sagen. Du bist heute spät dran, Molly«, bemerkte Jim.

»Ich habe mit Jackson telefoniert. Und davor bin ich im Internet auf die Suche nach einer Stelle gegangen, wo ich Tante Gynnies Kleidung hinbringen könnte. Leider habe ich nichts gefunden. Es wäre schade darum. Ich möchte sie nicht wegwerfen müssen. Hast du eine Idee?«

Jim nickte. »Es gibt eine Sammelstelle. Du hast sie wahrscheinlich nicht gefunden, weil sie keiner bestimmten Organisation angehört. Dort wird alles sortiert, gewaschen und für wohltätige Zwecke verwendet, wo es gerade gebraucht wird. Meinst du so etwas?«

»Ja, genau.«

Nat, der sich inzwischen auch an die Bar gesetzt hatte, drehte sich Molly und Jim zu. »Redet ihr vom Rescue Point? Wenn du willst, Molly, kann ich es mit meinem Transporter hinbringen. Die Idee würde Gynnie gefallen. Du kannst auch mitfahren.«

»Das mache ich sehr gern, wenn ich dich nicht störe.« Molly war bei Nat wieder vorsichtiger geworden. Dabei ging es nicht um Dorothys Vermutung. Sie konnte seine Reaktionen einfach nicht einschätzen und wollte nichts Negatives heraufbeschwören.

»Tust du nicht. Ich finde es gut, dass du die Kleidung nicht einfach wegwirfst, zumal Gynnie immer auf Qualität geachtet hat.

Einige Menschen werden sich darüber freuen. Für Aktionen dieser Art bin ich immer zu haben.«

Molly lächelte versonnen. »Ja, Tante Gynnie hat in jeder Hinsicht sehr auf ihr Äußeres geachtet. Ich kann mich noch an ihre Vorträge erinnern, warum es wichtig ist, immer gepflegt und adrett – wie sie es genannt hat – auszusehen.«

»Das hat sie bei mir auch gemacht.« Nat fuhr sich durchs Haar. »Selbst als ich schon erwachsen war. ›Nat, das Hemd ist nicht mehr schön. Wirf es weg. Du kommst doch nicht aus dem Dschungel‹«, machte er Tante Gynnie nach.

Laurie schmunzelte. »Ich habe ein Tattoo auf dem Schulterblatt. Als Gynnie es im Sommer einmal gesehen hat, war sie ganz entrüstet. ›Hättest du einen Porsche, würdest du doch auch keinen Aufkleber darauf machen‹, hat sie zu mir gesagt. Und dann hat sie mir zugeflüstert: ›Ich bin schon zu alt, sonst hätte ich bestimmt einen Schmetterling am Po.‹«

Alle lachten.

Molly hob die Hand und deutete das Tuschen der Wimpern an. »In meinem letzten Sommer in Maple Creek hat mir Tante Gynnie beigebracht, wie man sich richtig schminkt: dezent, Schwachpunkte kaschieren, Vorzüge hervorheben. Bis heute schminke ich mich auf diese Weise.«

»Gynnie hatte ein Händchen für solche Dinge. Man muss nur an ihr Hotel denken, es war ein wahres Schmuckkästchen«, bemerkte Jim und stand auf. »Am Nachmittag ist Ciceros Spaziergang wegen der Arbeit ausgefallen. Dafür habe ich ihm eine ausgedehnte Abendrunde versprochen. Ich möchte es nicht zu spät werden lassen. Obwohl man den Frühling schon deutlich spürt, kühlt es abends noch immer merklich ab.«

Sie verabschiedeten sich voneinander. Auch Laurie ging wieder in die Küche, wobei sie Charlotte bedeutete, ihr zu folgen. Charlotte setzte sich zögerlich in Bewegung. Kurz darauf kam sie mit Mollys Shepherd's Pie zurück. Während sie servierte, sagte sie: »Lass es dir schmecken, Molly. Ich habe zuerst auch gekostet … schmeckt wirklich toll.« Sie lächelte und ging weiter zu einem der Tische.

Während Molly aß, schwieg Nat. Erst als sie den Teller zur Seite schob, sagte er: »Wenn du willst, können wir morgen Nachmittag fahren. In der Früh wird die Schleifmaschine für den Boden geliefert. Die ersten Stunden muss ich überwachen, aber dann kann ich weg.«

»Ich richte mich ganz nach dir.« Die Angelegenheit mit Gynnies Kleidung lag Nat ohne Zweifel am Herzen. Entgegen seiner Zurückhaltung in den vergangenen Tagen wirkte er endlich wieder aufgeschlossen und zugänglich. Molly nahm sich ein Herz und sagte: »Ich kann dir gar nicht beschreiben, wie sehr mich der Anblick des Hotels glücklich macht und berührt. Es wird mit jedem Tag schöner. Es tut mir leid, dass ich wegen der Zusatzbalken … zickig gewesen bin. Du erledigst die Arbeit mit so viel Liebe und Hingabe. Tante Gynnie würde sich über alle Maßen freuen und wäre immens stolz auf dich. Danke.«

Für einen Augenblick schien Nat verlegen. Anstelle einer Antwort hob er die Hand und streckte zwei Finger hoch. Tom nickte.

Nachdenklich strich Nat über die mittlerweile verkrustete Narbe auf seinem Unterarm. »Bald wird das Hotel zum Verkauf stehen.«

Molly seufzte. Was sollte sie erwidern? Eine lapidare Antwort konnte sie nicht geben, weil es ihr wie ein Verrat an den eigenen Gefühlen vorkäme. Wie gern würde sie ihm von ihren wahren Empfindungen erzählen. Kurz presste sie die Lippen aufeinander, dann gab sie sich einen Ruck. »Noch vor kurzer Zeit war der Verkauf völlig in Ordnung und die einzig logische Konsequenz für mich, mittlerweile darf ich gar nicht daran denken. Allein die Vorstellung …« Sie vollendete den Satz nicht.

»Willst du das Maple Lake Inn nun doch behalten und vermieten?«

»Ich überlege hin und her, aber wie sollte das funktionieren? In New York lebe ich quasi in einer Dauerschleife. Wir haben schon darüber geredet. Es ist nicht nur die Arbeit, auch mein Privatleben ist hektisch; hierhin, dorthin, oft vermischen sich auch Privates und Beruf. Ich wüsste nicht, wo ich die Zeit für das Hotel hernehmen könnte. Eigentlich habe ich mir vorgenommen, einen Schritt zurückzutreten, nicht nach vorn, nicht noch mehr. Selbst mit dem besten Pächter gäbe es noch genug zu tun.«

Tom stellte zwei Tom's Maple vor Molly und Nat auf die Theke und ging sofort wieder.

»Das Hamsterrad …«

Molly griff nach dem Glas und trank. »Ja, genau, das Hamsterrad. Ich habe noch keine Ahnung, wie ich mit alldem umgehen soll, wenn ich wieder zurück in New York bin.« In diesem Satz steckte so viel mehr als nur der Gedanke an ihr ruheloses Leben. Aber wie sollte sie Nat ihre wirren Gefühle erklären? Verstand sie sie doch selbst nicht.

»Du könntest Jim als Verwalter bestellen. Er hat es dir angeboten.«

»Wenn es nur so einfach wäre. Ich vertraue Jim, und er würde sich gut um das Hotel kümmern. Darüber brauche ich nicht nachzudenken. Dennoch würde es meinen Druck erhöhen. Und in New York habe ich schon genug davon.« Erstaunt über ihre eigenen Worte weiteten sich Mollys Augen. Sie liebte doch ihr Leben in New York. Wie konnte etwas, was sie liebte, Druck auf sie ausüben?

»Hast du deshalb auch Gynnie vergessen? Weil in New York alles zu viel für dich ist?«

Nats Frage traf Molly völlig unvorbereitet. Sie atmete tief durch. »Ehrlich, ich weiß es nicht. Ich beginne ja erst jetzt zu begreifen, welches Leben ich eigentlich führe und was mir seit vielen Jahren fehlt.« Sie schüttelte den Kopf. »Aber egal, welchen Grund es gehabt hat, mein Verhalten lässt sich nicht entschuldigen. Manchmal glaube ich, das schlechte Gewissen erdrückt mich. Es geschieht mir völlig recht, jetzt so zu leiden. Ich habe Tante Gynnie geliebt und wunderbare Sommer bei ihr verbracht. Welcher Mensch streicht so etwas einfach aus seinem Gedächtnis?«

»Du gehst sehr hart mit dir ins Gericht.«

»Du doch auch.« Nun war es heraus. Auch wenn sie nicht wusste, wie das Gespräch verlaufen würde, war sie froh, dass das Thema endlich auf den Tisch kam.

Nat hob abermals die Hand und bestellte damit zwei weitere Tom's Maple. »Du bist ehrlich zu mir. Deshalb will ich dich auch nicht belügen. Ich kann es ebenso wenig verstehen. Ich war sogar richtig wütend auf dich, als du nach Maple Creek gekommen bist. Gelegentlich bin ich es noch immer.« Er rutschte ein Stück näher zu Molly. »Was ich aber von dir gehört habe, vermittelt mir wenigstens eine Ahnung davon, warum es wahrscheinlich geschehen ist.«

»Glaub mir, ich selbst mache mir die größten Vorwürfe.« Sie seufzte. »Im Augenblick habe ich überhaupt das Gefühl, alles gerät durcheinander. Vieles erscheint plötzlich in einem anderen Licht, als ich es immer gesehen habe.«

»Was meinst du?«

Molly berührte ihren Hals und spürte das Pochen ihres Pulses. »Alles steht irgendwie auf dem Kopf.« Auf einmal hatte sie das Bedürfnis, Nat davon zu berichten, was sie heute entdeckt hatte. »Ich habe in Tante Gynnies Sachen etwas gefunden …«

»Möchtest du mir davon erzählen?«, fragte Nat mit sanfter Stimme.

»Ja.« Kurz pausierte sie. »Du musst wissen, mein Vater war ein strenger und unnahbarer Mensch. Tante Gynnie und er waren wie Tag und Nacht. Die beiden hatten sich meines Wissens auch nicht gut verstanden. Wie denn auch, bei solch grundverschiedenen Charakteren und Ansichten? Ich habe mich sogar gefragt, wie es sein konnte, dass ich die Sommer bei Tante Gynnie verbringen durfte.« Molly nagte an ihrer Lippe. »Ich habe heute Briefe meines Vaters an Tante Gynnie gefunden. Daraus geht hervor, dass die beiden in Wahrheit eine innige Geschwisterbeziehung pflegten. Es war mein Vater, der Tante Gynnie damals darum gebeten hatte, mich aufzunehmen, weil er …« Molly spürte, wie sich ihre Kehle verengte und Tränen aufstiegen.

Nat ergriff ihre Hand und drückte sie. »Alles ist gut. Erzähl weiter.«

Molly starrte auf Nats Hand, die ihre hielt. Die Wärme seiner Berührung floss durch ihren Körper und nahm sie vollständig ein. Trotzdem erzitterte sie unmerklich. Der Kontakt traf sie in ihrem Innersten. Sie musste all ihre Kraft aufbieten, um weiterzusprechen. »Mein Vater wollte, dass ich das fröhliche und unbeschwerte Leben an Tante Gynnies Seite kennenlerne. Er hat mich geliebt und war nicht imstande, es mir zu zeigen.« Sie schluchzte auf.

Sanft streichelte Nat über ihre Finger. »Das ist doch etwas sehr Schönes. Du hast heute ein besonderes Geschenk erhalten. Nun weißt du, dass dein Vater dich geliebt hat und nur dein Bestes wollte. Und er hatte Gynnie an seiner Seite, mit der er reden konnte und die ihm beigestanden hat.« Nat lächelte. »Gynnie hat so unendlich viel Liebe in sich getragen. Wenn ich nur daran denke, mit welcher Hingabe und Intensität sie für mich da gewesen ist.«

Gedankenvoll betrachtete Molly ihn. Wie konnte es sein, dass seine Worte ihr so viel gaben? Schlagartig fühlte sie sich besser. »Darf ich dich etwas fragen, Nat?«

»Natürlich.«

»Laurie hat mir von Tante Gynnies Freund erzählt. Sie meinte, du weißt mehr über ihn.«

»John.« Nat nickte. »Ich habe ihn sogar recht gut gekannt. Wenn er zu Besuch gewesen ist, hat er viel mit mir unternommen. Ich glaube, Gynnie und er haben sich aufrichtig geliebt.«

»Sie haben aber nicht zusammengelebt.«

»Gynnie war eine selbstständige und bisweilen auch eigensinnige Frau. Die Rolle der Ehefrau hätte ihr wohl nicht besonders gut gestanden. John gehörte der Royal Canadian Mounted Police an und war an verschiedenen Orten stationiert. Seine freie Zeit verbrachte er in Maple Creek bei Gynnie. Selbst als er nicht mehr gearbeitet hat, haben sie es so beibehalten.«

»Du sprichst von ihm in der Vergangenheit.«

»Er ist vor drei Jahren gestorben.«

»Hat es Tante Gynnie schwer getroffen?«

Tom brachte ungefragt zwei weitere Tom's Maple. Molly registrierte es nur am Rande.

»Sie war sehr gefasst. Einmal hat sie zu mir gesagt, dass sie und John sich wiedersehen würden. Dann könnten sie endlich für alle Zeit über die Wolken tanzen.« Nat senkte den Blick. »John war ein guter und leidenschaftlicher Tänzer. Ich kann mich erinnern, dass sie oft einfach so zu tanzen begonnen haben, egal um welche Uhrzeit und an welchem Ort. Es genügte ein passendes Lied im Radio, und sie haben schon losgelegt.«

»Das klingt traumhaft und tragisch zugleich.«

Nat beugte sich näher zu Molly. »Du wirkst traurig.«

»Nein. Ich bin ergriffen und aufgewühlt. Dabei fühle ich mich so … Ich bin überwältigt von allem.«

»Ich kann nachvollziehen, wie es dir geht«, flüsterte Nat. »Ich fühle bei diesen Erinnerungen genauso. Bei dir kommt aber noch mehr dazu. Du entdeckst gerade deine Vergangenheit wieder und hinterfragst die Gegenwart.« Er lächelte liebevoll, und auf seinen Wangen erschienen die kleinen Grübchen.

Eine Hitzewelle jagte durch Molly hindurch. Sie nahm sie mit einer Vehemenz ein, wie sie es noch nie zuvor in ihrem Leben verspürt hatte. Sämtliches Gefühl manifestierte sich in diesem einzigen Moment, der unendlich anzudauern schien. Die Welt um sie herum stand still, und nichts anderes existierte als Nats Lächeln und die sanfte Berührung seiner Hand.

Jegliches Zeitgefühl kam ihr abhanden. Sie wusste nicht, wie lange sie schweigend nebeneinandersaßen und sich ansahen. Ohne die Augen abzuwenden, griff sie nur zwischendurch zu ihrem Glas und trank. Sie hatte keine Ahnung, ob Tom wieder nachgeschenkt hatte und wie viele Gäste sich noch in der Tavern befanden.

Auf einmal begann sich alles um sie herum zu drehen. »Nat?«

»Ja?« Auch er schien entrückt.

»Ich glaube, ich muss nach Hause. Mein Kreislauf … Mir ist schwindelig.«

»Das liegt am Alkohol. Tom hat es zu gut gemeint. Die Drinks waren sehr stark.«

»Mein Kopf ist aber ganz klar.«

Er stand auf. »Egal, woran es liegt, ich bringe dich jetzt besser nach Hause.« Über die Schulter hinweg gab er Tom ein Zeichen.

Molly registrierte die Geste am Rande und rutschte von ihrem Barhocker. »Ich muss noch bezahlen.«

»Das erledigen wir morgen. Tom weiß Bescheid. Mach dir darüber keine Gedanken.«

Molly winkte Laurie und Tom zu, die nebeneinander hinter der Bar standen und zurückwinkten.

Nat legte seinen Arm um Mollys Hüften und brachte sie hinaus.

Die frische Luft tat ihr gut. Sie atmete mehrmals tief durch.

»Stört es dich, wenn wir zu Fuß gehen? Mein Auto steht zwar hier, aber ich möchte eigentlich auch nicht mehr fahren«, sagte Nat.

»Überhaupt nicht. Danke, dass du mich begleitest.«

Im diffusen Schein der Straßenlaterne erahnte Molly Nats Lächeln mehr, als dass sie es sehen konnte.

Wieder legte er den Arm um sie, diesmal um ihre Schultern, und Molly schmiegte sich an ihn.

Langsam gingen sie zu Gynnies Haus. Molly hatte keine Eile, am liebsten wäre sie auf diese Weise ewig durch die Nacht spaziert. Weder sie noch Nat sagten etwas. Es bedurfte im Augenblick auch keiner Worte.

Als sie beim Haus ankamen, schloss Molly die Eingangstür auf, und Nat trat wie selbstverständlich hinter ihr ein. Sie musste nicht darüber nachdenken, ob es richtig war oder falsch, ihn jetzt einzulassen. Sie wollte nur in seiner Nähe sein.

Nat ergriff ihre Hand und führte sie die Treppe hoch. »Wo schläfst du?«, fragte er.

»In der Kammer«, murmelte Molly. Die Müdigkeit überfiel sie schlagartig. Sie bekam gerade noch mit, wie Nat sie zu ihrem Bett dirigierte und wartete, bis sie sich ausgestreckt hatte. Dann breitete er die Decke über sie aus und setzte sich neben sie auf den Bettrand.

Molly schloss die Augen. Sie spürte, wie Nat über ihr Haar streichelte, und mit einem leisen Seufzer schlief sie ein.

Kapitel 20

Tom war gerade dabei, die Tische abzuwischen, als Laurie aus der Küche kam. »Was tust du da? Wo ist Charlotte?«, fragte sie.

»Ich habe sie nach Hause geschickt. Sie war völlig durch den Wind. In diesem Zustand nervt sie mich nur und erledigt ihre Arbeit nicht zuverlässig.«

Laurie verzog den Mund. »Deshalb ist sie also nicht in die Küche gekommen. Ich hätte sie gebraucht.«

Wenn alle Gäste gegangen waren, hatten Laurie, Tom und Charlotte noch nicht Feierabend. Die Aufgaben waren festgelegt. Tom kümmerte sich um die Bar, Laurie putzte die Küche, und Charlotte richtete die Tische für den nächsten Tag her. War sie fertig, ging Charlotte noch zu Laurie und half bei Bedarf in der Küche mit.

Obwohl sie eine Reinigungsfrau beschäftigt hatten, die in der Frühe den Boden wischte, die Toiletten putzte und weitere Aufgaben übernahm, bestanden Laurie und Tom auf diesen Arbeitsrhythmus. Die Küche, die Bar und die Tische mussten beim Verlassen des Lokals sauber und für die Gäste bereit sein.

»Was hat sie denn nun schon wieder?«, fragte Laurie. »Wir sollten uns ernsthaft überlegen, eine neue Kraft einzustellen.«

Charlotte erledigte ihre Aufgaben grundsätzlich zufriedenstellend, aber Laurie mochte ihre Einstellung nicht. Sie wünschte sich jemanden, der mit Freude arbeitete und nicht nur wegen des Geldes. Charlotte betonte einfach zu oft ihre eigentlichen Ziele. Andererseits leistete sie bei den Gästen hervorragende Arbeit. Sie war flink, freundlich und verstand Spaß. In der Gastronomie durfte man nicht zu zart besaitet sein. Immer wieder geschah etwas, worauf man schlagfertig und mit Selbstsicherheit reagieren musste.

»Sie hat Molly und Nat beobachtet«, antwortete Tom.

»Oje, ich verstehe. Was ist denn nun mit den beiden? Ich meine Nat und Charlotte …«

Tom richtete sich auf und grinste schief. »Das sollst du doch nicht tun, Liebling. Ich frage dich auch nicht über deine Fraueninterna aus.«

»Ach, nun komm schon. Ich bin neugierig. Und gelegentlich erzähle ich dir auch etwas, was nicht für deine Ohren bestimmt ist. Wie wäre es mit *quid pro quo?*« Laurie spitzte die Lippen.

»Okay, damit kann ich leben. Er hat ihr vor Kurzem gesagt, dass sie sich nicht mehr treffen werden. Diesmal offenbar mit der notwendigen Nachhaltigkeit.«

»Ich habe mir schon so etwas gedacht. Wie hat sie darauf reagiert?«

»Nicht gut. Das Gespräch dürfte ziemlich unerfreulich verlaufen sein. Und sie hat seine Worte mehr oder weniger ignoriert, denn neulich stand sie in der Nacht einfach vor seiner Haustür.«

»Es ist bestimmt nicht leicht für sie. Aber man muss akzeptieren, wenn der andere nicht dieselben Gefühle entwickelt wie man selbst.« Laurie neigte den Kopf. »Ich habe gesehen, wie du Nats und Mollys Maples zubereitet hast. Da war mehr als ein Schuss Alkohol zu viel im Spiel.«

Tom setzte ein zufriedenes Lächeln auf. »Es war an der Zeit, die beiden ein wenig lockerer zu machen. Ohne Hilfe kommen sie ja nie zusammen.«

Laurie ging zu Tom und gab ihm einen Kuss auf den Mund. »Zeigst du dich wieder einmal im Gewande Amors, mein Schatz?«

Tom lachte. »Du weißt, das hat mir schon immer Spaß gemacht. Ich habe einfach ein Gespür dafür, wer zusammengehört und wer nicht. Bei Bedarf muss man nachhelfen. Auch das zählt zu den Aufgaben eines guten Barkeepers.«

»Bei mir hast du es damals auch mit Alkohol probiert.«

»Als ich dich gesehen habe, wusste ich auf der Stelle, wir gehören zusammen. Du warst meine Chance auf das wahre Glück. Ich hatte allerdings nicht damit gerechnet, dass du mich unter den Tisch trinken würdest.«

»Eine gute Köchin muss Alkohol vertragen.« Laurie zwinkerte ihm zu. »Du würdest dir für Nat wünschen, dass er auch die Richtige findet, nicht wahr?«

»Sehr sogar. Er ist mein bester Freund, und ich werde nie vergessen, wie er mich damals aufgenommen hat, als wir nach Maple Creek gezogen sind.«

»Dir ist aber schon bewusst, dass Molly in Kürze wieder nach New York zurückkehren wird?«

»Wie heißt es so schön: Es ist noch nicht aller Tage Abend. Ich spüre so gewisse Vibrationen …« Tom zog Laurie in seine Arme. »Jetzt bin ich an der Reihe. Du und Molly redet doch viel, unlängst bist du sogar bei ihr zu Hause gewesen. Was spricht sie denn so über Nat?«

»Er verunsichert sie total. Einmal ist er nett zu ihr, dann versetzt er ihr Seitenhiebe. Auf jeden Fall denkt sie extrem viel über ihn nach, und ich bin der festen Ansicht, dass sie sich zu ihm hingezogen fühlt, ohne es wirklich zu realisieren. Das habe ich ihr zwar natürlich nicht gesagt, aber ihr doch etwas zu diesem Thema vermittelt.«

»Und was?«

»Dass er sie wider Willen gernhat.«

»Wie ich das sehe, sind die beiden vollends ineinander verliebt. Aber Nat ist ein Sturkopf, der nur ungern vom geplanten Weg abweicht. Dazu kommt seine Vergangenheit. Was Frauen betrifft, hat er einen echten Knacks.«

»Dabei sieht er phantastisch aus und ist dazu auch noch klug, sympathisch und erfolgreich.«

»Es reicht, genug der Lobeshymnen auf Nat, sonst werde ich noch eifersüchtig.« Tom drehte eine von Lauries Haarsträhnen um seinen Finger und zog sie näher zu sich. »Lassen wir jetzt die anderen die anderen sein. Was hältst du davon, wenn du mir bei den Tischen hilfst? Dann kommen wir schneller nach Hause.«

»Und was machen wir dort?«

»Ich koche uns einen Tee, wir kuscheln uns auf der Couch zusammen und sehen noch etwas fern. Ich denke dabei an einen Horrorfilm. Bei den grauenvollen Szenen schmiegst du dich immer so wunderbar an mich. Das liebe ich, und ich darf mich obendrein als Beschützer aufspielen. Männer brauchen das Gefühl, die Liebste vor dem Zombie zu retten.«

»So ändern sich die Zeiten. Am Beginn unserer Beziehung waren es Gin Tonic und Discofieber, heute sind es Tee und Fernsehen.« Laurie lächelte. »Eine hervorragende Idee, mein Schatz.«

Kapitel 21

Molly erwachte mit den ersten Sonnenstrahlen. Sie schlüpfte unter Nats Arm hindurch, der schräg über ihrem Kopf lag, setzte sich auf und betrachtete ihn. Sein Kopf war zurückgefallen und ruhte seitlich auf dem Kopfende des Bettes, sonst befand er sich in derselben Position wie gestern Nacht. Er hatte stundenlang sitzend geschlafen.

Vorsichtig strich sie eine Locke aus seiner Stirn, dann stand sie auf und schlich die Treppe hinunter in die Küche. Leise schloss sie die Tür. Molly wusste nicht, wann Nat normalerweise aufstand, aber es war noch früh, und sie wollte ihn nicht wecken. Sie machte sich einen Kaffee und setzte sich auf ihren Platz.

Was war gestern nur geschehen? Die Ereignisse drehten sich in ihrem Kopf, und sie war nicht fähig, die Begebenheiten vernünftig einzuordnen. Aber schließlich ging es nicht nur um den gestrigen Abend. Sie befand sich inmitten einer Veränderung von immenser Tragweite, die sie noch nicht einmal im Ansatz erfassen konnte.

Sie hatte hart dafür gearbeitet, dieses Leben in New York zu führen. Viele wünschten sich, das zu erreichen, was sie geschafft hatte: Traumjob, Traummann, Traumwohnung, Traumleben. Beruflich stand sie fast am Zenit und zweifelte nicht daran, auch den nächsten Schritt zu schaffen. Jackson und sie führten eine gute Partnerschaft, geprägt von gemeinsamen Interessen und Zielen. Sie hatten ein schönes Heim, keine Geldsorgen und einen breit gefächerten Bekanntenkreis. Es hätte nicht besser laufen können.

Dann, mit einem Schlag, war auf einmal alles anders. Sie war zurückgekehrt nach Maple Creek, nicht freiwillig, sondern unter Zwang, und musste sich einem Teil ihrer Vergangenheit stellen, der mit ihrem Leben eigentlich nichts mehr zu tun hatte.

Jackson gegenüber war sie stark gewesen und hatte die vier Wochen in Maple Creek als notwendige Last präsentiert, die es einfach zu absolvieren galt. Tief in ihrem Inneren war jedoch ein ganz anderer Film abgelaufen. War sie restlos ehrlich zu sich selbst, hatte sie die plötzliche Verantwortung für das Hotel anfänglich als lästig und mühsam empfunden, wie einen Stolperstein auf ihrem geraden Weg. Dazu war das schlechte Gewissen gekommen, das ihr schwer zu schaffen gemacht hatte. Nat hatte das Seine dazu beigetragen, dass sie nicht in Vogel-Strauß-Manier den Kopf in den Sand stecken und alles beiseiteschieben konnte. Am liebsten wäre es ihr gewesen, alles so rasch wie möglich hinter sich zu bringen und die Vergangenheit wieder dorthin zu schicken, wo sie hingehörte. Aber ihr Aufenthalt in Maple Creek verlief völlig anders, als sie es sich vorgestellt hatte.

Die Menschen kamen offen auf sie zu. Ohne großes Aufsehen hatte man sie wie selbstverständlich in die Gemeinschaft integriert und ihr einen Platz darin eingeräumt. Der Artikel entwickelte sich in seiner Klasse als kleines persönliches Meisterwerk. Und sie hatte gelernt, die Natur zu schätzen. Vielleicht waren ihre Pflanzen in der New Yorker Wohnung bereits ein Hinweis darauf gewesen, was sie wirklich um sich brauchte: Wälder, Wiesen, Wasser, Berge.

Dank all dieser Faktoren war sie auf zauberhafte Weise zur

Ruhe gekommen. Förmlich spürte sie, wie alles hier positiv auf sie einwirkte und welche Energie es in ihr freisetzte.

Hätte man sie vor einem Monat gefragt, ob sie sich als eine Getriebene des Zeitgeistes sah, wäre sie allein über diesen Gedanken verwundert gewesen. Jetzt allerdings würde ihr die Frage zu denken geben.

Sie war dabei, Frieden zu schließen. Die Erinnerung an Tante Gynnie war ein wertvolles und wunderbares Geschenk, das sie nicht mehr durch ihr schlechtes Gewissen trüben wollte. Darüber hinaus hatte sie erfahren dürfen, wie ihr Vater tatsächlich gefühlt und gedacht hatte. Das war mit nichts aufzuwiegen.

Mollys Gedanken glitten zurück zum gestrigen Abend, und abermals stellte sie sich die Frage, was geschehen war. Nat und sie hatten miteinander geredet, sie war aufgewühlt gewesen und hatte ihm ihre Gefühle offenbart. Nats Reaktion darauf war voller Wärme und Verständnis gewesen, und dann hatte er sie berührt. Es war nur seine Hand gewesen, die ihre beruhigend gedrückt und gestreichelt hatte, doch es hatte ein Feuer in ihr ausgelöst, das sie nicht kannte. Diese Wärme bereitete ihr eine Form des Wohlbefindens, das sie nur mit einem Wort beschreiben konnte: Glück.

»Guten Morgen.«

Mollys Kopf ruckte hoch. Sie erwiderte Nats Lächeln. »Guten Morgen.«

»Wie geht es dir?«

»Gut, danke. Und dir?«

»Bis auf eine leichte Verspannung im Nacken hervorragend.«

»Du hast meinetwegen die ganze Nacht sitzend zugebracht.«

»Ich hätte noch länger durchgehalten für dich.«

»Ich danke dir.« Molly legte alles in diese drei Worte, was sie nicht auszusprechen wagte.

Wieder lächelte er. »Ich muss leider los. Im Hotel wartet die Arbeit auf mich, und mein Auto steht noch bei der Tavern.«

»Nat, ich will das Hotel nicht verkaufen müssen«, platzte sie heraus. Schon seit einiger Zeit spürte sie das schmerzende Ziehen in sich, wenn es um den Verkauf des Hotels ging. Mit voller Heftigkeit traf sie nun die Erkenntnis.

»Reden wir am Nachmittag in Ruhe darüber, wenn wir zur Sammelstelle fahren. Ist das okay?«

Molly nickte.

Sie wartete, bis Nat das Haus verlassen hatte, dann ließ sie den Kopf auf die Tischplatte sinken. Sie musste auf der Stelle mit jemandem reden. Abrupt sprang sie auf und lief in den Vorraum, wo sie ihre Handtasche gestern abgestellt hatte. Sie zog ihr Handy heraus und wählte Dorothys Nummer. Schon früher hatten sie sich in Notfällen zu unmöglichen Zeiten angerufen.

Dorothy hob ab und fragte ohne Umschweife: »Was ist los?«

»Entschuldige, ich weiß, du hattest ein Date und … habe ich dich geweckt?«

»Das Date war langweilig, und ich habe die restliche Nacht durchgearbeitet. Du konntest mich nicht wecken, weil ich noch gar nicht geschlafen habe. Ich bin also wach und aufmerksam.«

Molly stieß einen Seufzer aus und begann zu erzählen, dabei ließ sie kein Detail aus. »Und was soll ich nun tun?«, fragte sie am Ende.

»Moment, ich muss das alles erst kurz auf mich wirken lassen. So kenne ich dich gar nicht. Eigentlich bin doch ich die Spontane von uns beiden, du bist immer die mit dem fixen Plan. Du weißt, ich sehe dich als meinen Felsen in der Brandung, wenn ich wieder einmal drauf und dran bin, überzukippen und irgendeine Unbedachtheit anzustellen.«

»Vielleicht bin ich deshalb komplett durcheinander. Zum ersten Mal bin ich planlos.«

»Das merke ich.« Dorothy hüstelte. »Unabhängig davon, was ich unlängst wegen Nat zu dir gesagt habe, dachte ich eigentlich schon, dass du mit deinem Leben in New York und mit Jackson grundsätzlich zufrieden seist.«

»Das war ich auch. Aber wenn ich jetzt nur daran denke, zurückzukehren, schnürt es mir die Kehle zu.«

»Du hast dich zeitgleich in einen Ort, in das Leben dort und in einen Mann verliebt.«

»Sag das nicht!«

»Es ist ganz offensichtlich die Wahrheit.«

»Hilf mir weiter, Dorothy, bitte.« Das Gespräch mit Dorothy trieb Molly noch tiefer hinein in ihre Gefühlswirren. Aber Dorothy war nichts anderes als restlos ehrlich zu ihr, was sie auch von ihrer besten Freundin verlangte. Sie brauchte keine verbalen Streicheleinheiten, sondern einen Gesprächspartner, der ihr half, die Lage von verschiedenen Seiten zu betrachten. Ihre eigene Sichtweise war festgefahren und zeigte ihr keinen Ausweg.

»Hätte ich mich in eine solche Situation gebracht, wäre es ganz einfach«, entgegnete Dorothy.

»Du würdest deine Sachen packen und nach Maple Creek ziehen.«

»Selbstverständlich. Aber es geht um dich und nicht um mich. Bis wann sind die Arbeiten am Hotel abgeschlossen?«

»Bis Ende des Monats.«

»Dann hast du nicht mehr besonders viel Zeit, die Uhr tickt. Ich an deiner Stelle würde die nächsten zwei, drei Tage nutzen, um deine Gefühle aufmerksam zu erkunden. Stürze dich nicht hinein, sondern prüfe, was du empfindest und in welcher Form sich das mit der Realität vereinbaren lässt. Im Augenblick bist du aufgewühlt. Du hast entdeckt, wie lebendig das Herz deines Vaters in Wahrheit geschlagen hat, und kurz darauf wiegt dich ein toller Mann in den Schlaf. Dazu kommt, dass du endlich auch einmal durchatmen darfst. Dein normales Leben ist, das muss ich sagen, in der Tat ziemlich stressig. Ich würde das nicht durchhalten. Mir reichen meine Spitzen, dazwischen habe ich weitgehend Ruhe.«

»Du meinst, in zwei Tagen könnte die Welt schon wieder ganz anders aussehen?«

»Deine hoffnungsvolle Frage in allen Ehren, aber die Tatsachen werden bleiben. Es geht vielmehr darum, ein Gefühl dafür zu bekommen, was für dich wirklich zählt. Im Augenblick fehlt dir der Klarblick.«

»Ich möchte das Richtige tun, Dorothy.«

»Ich weiß, meine Liebe, das Richtige ist aber leider nicht immer unbedingt das Beste. Folge einfach deinem Glück, dann kannst du nichts falsch machen. Ich persönlich finde ja, du solltest bereits jetzt vor Freude hochspringen. Nicht jeder findet und erkennt seine Bestimmung. Viele kommen nie dahinter, was es überhaupt ist. Die Leere stellt sich unvermutet ein und wird immer größer. Du hingegen erfährst es gerade hautnah. Es mag verwirrend sein und dich durcheinanderbringen, doch du hast wenigstens die Wahlmöglichkeit.«

»Noch kann ich mit deinen Worten nicht besonders viel anfangen, aber danke, Dorothy.«

»Du wirst bald wissen, was ich meine. Vertrau mir. So, ich werde jetzt mein Handy abschalten und mich schlafen legen. In ein paar Stunden bin ich wieder erreichbar. Ruf mich bitte sofort an, wenn du das Bedürfnis hast, zu reden. Egal wie früh oder spät es ist.« Sie lachte. »Melde dich aber wirklich. Du musst auch an mich denken, ich sterbe sonst vor Neugierde.«

Molly stimmte in das Lachen ihrer Freundin ein. »Versprochen.«

Kapitel 22

Nachdem Nat Mollys Haus verlassen hatte, ging er erst direkt in Richtung Tavern, um sein Auto zu holen, entschied sich dann aber anders und nahm den kleinen Weg entlang dem Seeufer. Es gab genug Abzweigungen in den Ort, auf denen er dann von der anderen Seite die Tavern erreichte.

Er musste sich jetzt einfach bewegen. Es würde ihm helfen, seine Gedanken zu ordnen. Noch immer spürte er Mollys warmen Körper, der sich im Schlaf an ihn geschmiegt hatte, und der Duft ihres Haares befand sich noch immer in seiner Nase.

Automatisch lächelte er. Er kannte diese Art des Glücksgefühls nicht. In der Vergangenheit hatte er sich immer die Frage nach dem eigentlichen Sinn einer Partnerschaft gestellt. Auf einmal musste er nicht einmal mehr darüber nachdenken. Er stellte sich keine Fragen, weil er sich keine Antworten geben musste.

Nat hatte immer geglaubt, dass er sein Herz bewusst verschlossen habe und deshalb niemand an ihn herangekommen sei. Aber das stimmte nicht. Es hatte nur die richtige Person in sein Leben treten müssen. Molly war es immer gewesen, er hatte die kleinen Hinweise nur nicht verstanden. Die kurzen Erinnerungsblitze an den gemeinsamen Sommer, das Behalten ihrer Züge in seinem

Gedächtnis, selbst seine zornesgeballte Überreaktion bei ihrer Wiederkehr. Keine andere hätte das je in ihm auslösen können, weil Molly und er einfach füreinander bestimmt waren.

Mit dieser Erkenntnis konnte er sich endlich öffnen. Der Wunsch, Molly alles zu erzählen, ihr von seinen Gefühlen zu berichten, war schier übermächtig. So vieles gab es, über das er mit ihr reden wollte.

Auch einige ernste Punkte mussten sie klären. Sie würden Entscheidungen treffen, die schwerwiegende Folgen hätten. Aber daran wollte er in diesem Augenblick nicht denken. Seine Gedanken galoppierten zu weit voraus in die Zukunft. Noch war nichts geschehen. Im Moment galt es, dieses unsagbar schöne Gefühl bewusst zu erleben und das pure Glück zu empfinden.

Ein eiskalter Schauer durchfuhr Nats Körper. Es war nicht möglich, die Fakten beiseitezuschieben. Er konnte sie nicht ignorieren. Molly hatte gesagt, dass sie das Hotel nicht verkaufen wolle. Dennoch lebte sie in New York, und es gab Jackson.

Beim Gedanken an Jackson breitete sich ein unbehagliches Gefühl in ihm aus. Molly hatte nie über ihn gesprochen. Es war, als existiere er nicht. Aber es gab ihn, und er spielte eine wesentliche Rolle in ihrem Leben.

Bis jetzt war Jackson unwichtig gewesen. Nat hatte ihn kennengelernt, sich eine Meinung gebildet und ihn im Grunde sofort wieder vergessen. Dieser Mann hatte für ihn nicht gezählt, plötzlich trat er jedoch in den Vordergrund.

Nat war nicht bereit, die vergangene Nacht mit Molly und seine Gefühle als ein einmaliges Erlebnis abzutun, das irgendwann einmal in seinen Erinnerungen verschwinden würde. Er wollte mit ihr zusammen sein, sich die Zukunft mit ihr ausmalen, dieses unendliche Glück gemeinsam auskosten.

In Gedanken ermahnte er sich zur Ruhe. Mit einem Schlag war alles neu und ungewohnt. Er brauchte seine Gefühle nicht zu hinterfragen, aber er musste Schritt für Schritt vorgehen.

Wie Molly sich jetzt wohl gerade fühlte? Er hatte das Strahlen in ihren Augen gesehen, es besagte alles. Wie gern wäre er gestern seinem Verlangen gefolgt und hätte sie zumindest geküsst, doch es war gut, dass nichts dergleichen geschehen war. Es hätte ihn nur noch mehr verwirrt.

Unmerklich schüttelte Nat den Kopf. Wie rasch sich das Leben doch wandeln konnte und was man mit einem Schlag bereit war, zu verändern.

Tom kam ihm in den Sinn. Oft hatte er ihm davon erzählt, wie er Laurie kennengelernt und was er dabei empfunden hatte. Nat hatte Toms Beschreibungen stets aufmerksam zugehört, allein die Begeisterung seines Freundes war herzerwärmend gewesen, aber wirklich verstanden hatte er ihn nicht.

Nun erst begriff Nat, was Tom ihm eigentlich hatte näherbringen wollen. Es handelte sich um ein Gefühl, das man nur nachvollziehen konnte, wenn man es selbst erlebt hatte. Und er erlebte es gerade in einer Intensität, wie er es nicht für möglich gehalten hatte.

Nat warf einen Blick auf den See hinaus, dann bog er den nächsten Weg nach rechts ab. So gern er noch weiterspaziert wäre, musste er jetzt seinen Wagen holen und sich in die Arbeit stürzen. Außerdem wollte er bei Laurie und Tom klingeln, um die gestrige Rechnung zu bezahlen. Nat kannte den Rhythmus seines Freundes, er hatte wahrscheinlich sogar bereits gefrühstückt.

Natürlich ging es nicht darum, so rasch wie möglich zu bezahlen, das konnte er genauso gut abends erledigen. Vielmehr hatte Nat das Bedürfnis, mit Tom zu reden. Er musste sich jemandem anvertrauen, der ihn verstehen würde. Aber nicht nur das. Auch eine Frage lag ihm auf der Zunge, die er so rasch wie möglich klären wollte.

Nat war sich sicher, dass Tom die gestrigen Maples ganz bewusst großzügig gemixt und sie nicht ohne Grund ungefragt weiter bedient hatte. Auch war er immer sofort wieder verschwunden und hatte sich nicht, wenn auch nur kurz, zu ihnen gesellt. Das war normalerweise nicht seine Art, außer er hatte viel zu tun, aber das war gestern nicht der Fall gewesen.

Hatte Tom gar das zu unterstützen versucht, was dann tatsächlich geschehen war? Wahre Freunde sahen oft mehr und bisweilen viel früher, als man es selbst bemerkte.

Kapitel 23

Nat hievte den letzten Karton mit Gynnies Kleidung auf den Transporter. Dann hielt er Molly die Beifahrertür auf und ließ sie einsteigen.

»Können wir vielleicht vorher bei Laurie und Tom vorbeischauen?«, fragte Molly, als er losfuhr. »Ich möchte mich entschuldigen.«

»Wofür willst du dich entschuldigen?«

»Ich habe mich nur flüchtig verabschiedet und nicht bezahlt. Das ist mir unangenehm.«

»Ich habe schon bezahlt. Schöne Grüße übrigens von Laurie und Tom. Weißt du eigentlich, dass Laurie dich richtig ins Herz geschlossen hat?«

»Danke, dass du meine Rechnung übernommen hast.« Molly lächelte. »Ich habe Laurie auch sehr gern, eigentlich gleich von Anfang an. Ich wünschte, meine beste Freundin Dorothy könnte Laurie kennenlernen. Die beiden würden sich gut miteinander verstehen. Überhaupt sollte Dorothy alles hier sehen. Sie wäre begeistert.«

»Warum besucht sie dich nicht?«

»Das würde sie sofort, Dorothy ist der spontanste Mensch, den ich kenne, aber sie hat einen Abgabetermin und muss unter Hochdruck arbeiten. Sie ist Schriftstellerin.«

»Interessant. Welche Art von Büchern schreibt sie?«

Molly warf einen verstohlenen Blick auf Nat. Er sah geradeaus und konzentrierte sich auf die Straße. Obwohl sie sich normal unterhielten, hatte sich etwas verändert. Seine Stimme klang einen Hauch sanfter, und jeglicher Sarkasmus war verschwunden. Er lächelte häufig und schien ihr seinen Körper eine Spur zuzuwenden. Wenn er den Schaltknüppel betätigte, streckte er seine Finger in ihre Richtung aus, als wolle er sie berühren. Auch sie spürte das Verlangen, ihre Hand nach Nat auszustrecken.

Fast hätte Molly vergessen, über ihren Gedanken hinweg auf Nats Frage zu antworten. Schnell sagte sie: »Dorothy schreibt Frauenratgeber, einen nach dem anderen. Im Augenblick vollendet sie ihren vierzehnten Teil. Sie ist recht bekannt in diesem Bereich.«

»Kann man zu diesem Thema so viel schreiben?«

»Ehrlich? Eigentlich nicht. Sie lässt sich natürlich immer wieder etwas Neues einfallen, aber vieles verpackt sie in andere Worte und ändert die Zusammenhänge. Die ersten drei Bücher waren allgemeiner Natur, seit dem vierten arbeitet sie mit Themenschwerpunkten.«

»Du hast also deine persönliche Beziehungsberaterin.« Kurz löste er den Blick von der Straße und sah Molly an. »Habt ihr heute schon miteinander telefoniert?«

Sie wollte ihn nicht belügen. »Kaum dass du in der Früh das Haus verlassen hattest, habe ich sie angerufen und ihr alles erzählt.«

»Was meint sie *dazu?*«

Molly schien es, als wisse Nat nicht recht, wie er die Geschehnisse der gestrigen Nacht benennen sollte. Sie empfand seine Vorsicht als sehr angenehm. Ohne Zweifel spürten sie beide, wie bedeutungsvoll die letzten Stunden gewesen waren. Sie mussten aber nichts zerreden. Vielmehr ging es darum, besonnen miteinander umzugehen. »Sie sagt, ich solle meinem Glück folgen. Dann werde alles gut.«

»Das klingt sehr schön. Ich mag deine Dorothy schon jetzt.«

»Sie würde dich auch mögen.« Molly schloss die Augen und lehnte den Kopf an die Nackenstütze. Wie konnte das, was sie in diesem Moment ersehnte und wovon sie träumte, in Erfüllung gehen? Allein die Vorstellung, dass Dorothy Nat wahrscheinlich niemals kennenlernen würde, versetzte ihr einen schmerzhaften Stich.

In zehn Tagen musste sie ihre Koffer packen und Maple Creek verlassen, egal ob sie das Hotel verkaufte oder verpachtete. Sie würde weiter in New York leben, gemeinsam mit Jackson, und ihrer Arbeit bei der *NY Woman* nachgehen. Alles wäre wie vor ihrem Aufenthalt in Maple Creek und doch gänzlich anders.

Sie würde damit leben müssen, dies alles hier aufgegeben zu haben. Wie sollte sie das verkraften? Die Antwort auf die Frage traf Molly wie ein Peitschenhieb: Es war überhaupt nicht möglich. Sie würde das nicht verwinden können. Automatisch zuckte sie zusammen.

»Ist alles in Ordnung mit dir? Soll ich stehen bleiben?«, fragte Nat besorgt.

»Fahr weiter, bitte. Es ist alles okay. Ich habe nur gerade …« Sie vollendete den Satz nicht.

Nat war feinfühlig genug, nicht nachzuhaken. Stattdessen fragte er: »Möchtest du jetzt über das Maple Lake Inn reden?«

»Ja«, antwortete Molly knapp. Am liebsten wollte sie über alles sprechen, was ihr auf der Seele lag. Sie wollte über das Hotel reden und über sie beide, über Maple Creek und über New York, auch über Jackson. Sie wollte nicht zurückkehren müssen. Dort war nicht mehr ihr Zuhause. Was sollte sie nur tun?

Wie gern hätte sie Nat gebeten, ihr einen Ausweg zu zeigen, sie jedenfalls einfach nur zu halten und nie mehr loszulassen. Aber all das konnte sie jetzt nicht aussprechen, noch nicht. Es war viel zu früh, um ihm eine solche Bürde aufzuladen. Zumal sie auch gar nicht wusste, was er fühlte und wie intensiv er ihr Zusammensein erlebte.

»Du hast in der Frühe gesagt, dass du es eigentlich doch nicht verkaufen willst. Die Alternative kennst du«, lenkte Nat ein.

Molly atmete tief durch und besann sich. »Ich würde das Hotel so gern behalten und vermieten, aber ich weiß nicht, wie ich das schaffen soll. Über das Zeitproblem haben wir schon gesprochen. Es kommt aber noch etwas anderes dazu. Ich habe das Erbe meiner Eltern für die Renovierung eingesetzt, und ich musste auch etwas von meinen Ersparnissen dazugeben. Ich habe es als Durchlaufposten angesehen. Verkaufe ich nicht, fließt auch kein Geld zurück.«

»Wenn du das Geld nicht sofort brauchst, könnten sich die Mieteinnahmen im Laufe der Zeit durchaus rechnen. Hast du es schon durchkalkuliert?«

»Um ehrlich zu sein, weiß ich nicht, wie.«

»Wenn du möchtest, kann ich dir dabei helfen. Und du solltest auch mit Morris darüber sprechen. Er ist ein guter Makler und arbeitet überaus korrekt.«

»Danke. Ich nehme deine Hilfe mit Freude an«, antwortete Molly und fügte in Gedanken hinzu: *Ich brauche dich.* Die drei Worte drangen bis in ihr Innerstes vor. Auch wenn sie sie nicht ausgesprochen hatte, war ihr die Tragweite dieses Satzes absolut bewusst. *Ich brauche dich.* Sie war bereit, einem Mann ihr Herz zu öffnen.

Zwischen Nat und ihr war nichts passiert, und doch war unendlich viel geschehen. Jackson gegenüber verspürte sie Schuldgefühle, und dennoch trieb sie auf einer Wolke des Glücks dahin, nur weil sie Nats Nähe spürte. Im Grunde verhielt es sich mit Nat und Jackson wie mit Maple Creek und New York. Und alles zusammen zerriss sie förmlich.

»Heute Abend habe ich einen Termin, aber morgen können wir alles in Ruhe durchrechnen.«

»Wo musst du hin?«

»Es ist geschäftlich.«

Offensichtlich wollte Nat nicht darüber sprechen. Sofort machte Molly einen Rückzieher. »Entschuldige, ich wollte nicht neugierig sein.« Sie hatte ihm bereits so viel von sich erzählt. Es traf sie, dass er im Gegenzug nichts von sich preisgab. Sie drehte den Kopf zur Seite.

Nat reagierte auf der Stelle. »Nein, *ich* muss mich entschuldigen. Ich bin es nur nicht gewohnt, über Firmenangelegenheiten zu reden. Ein Bekannter von mir leitet ein großes Bauunternehmen. Er ist von meiner Arbeit angetan und möchte meine Firma in sein Unternehmen integrieren. Wir werden heute Abend essen gehen und darüber sprechen.«

»Er möchte deine Firma kaufen?«

»Mehr oder weniger, ja. Ich weiß noch keine Details, aber es läuft wohl darauf hinaus, meine Firma als Subunternehmen einzugliedern und auszubauen.«

»Das wäre ein großer Schritt, oder?«

»Ein immenser Schritt und eine massive Veränderung. Im Augenblick beschäftige ich achtzehn Männer, drei davon können unter meiner Aufsicht eine Baustelle leiten. Wenn es nach der Auftragslage geht, bräuchte ich fünfzig Männer und zehn

Baustellenleiter. Dafür reichen meine Ressourcen aber nicht aus. Die Anfragen kommen von überallher. Wie du weißt, bin ich der Einzige in der Gegend.« Nat klopfte auf das Lenkrad. »Am Abend weiß ich mehr. Soll ich dir dann erzählen, was die Besprechung ergeben hat?«

»Aber ja, natürlich. Es interessiert mich.«

Nat lächelte. »Dann haben wir morgen Abend ein richtiges Arbeitsdate. Wir stellen Berechnungen wegen des Hotels an, und ich erzähle dir von meiner Firma.« Leise ergänzte er: »Ich fände es sehr schön, wenn wir darüber hinaus auch über uns sprechen würden.«

Mollys Herz machte vor Freude einen Sprung. Sie nickte.

Kapitel 24

Die Abgabe der Kleidung hatte länger gedauert, als Molly angenommen hatte. Die Frau hatte jeden Karton geöffnet und die Stücke einzeln herausgenommen. Dabei war sie für Mollys Empfinden nicht sorgsam genug mit Tante Gynnies Sachen umgegangen.

Kaum befanden sie sich wieder im Auto, machte sie ihren Gefühlen Luft. »Es wäre mir lieber gewesen, die Frau hätte die Kartons nicht vor unseren Augen ausgeräumt.«

»Sie müssen alles kontrollieren, weil sie verhindern wollen, als Mülldeponie benutzt zu werden. Ich war schon einige Male hier, um Kleidung abzuliefern. Eine Angestellte hat mir erzählt, was manche Menschen bei ihnen loszuwerden versuchen. Du würdest es nicht glauben.«

»Das verstehe ich. Aber musste sie die Kleidungsstücke so herausreißen? Es hat richtig wehgetan, das mit ansehen zu müssen.«

»Sie hat sich nur beeilt, damit wir so rasch wie möglich wieder wegkommen. Außerdem gehört es zu ihrem Alltag, sie denkt sich nichts dabei. Gynnie würde es gefallen, dass ihre Sachen einem guten Zweck dienen. Das ist das Wichtigste. Daran musst du denken.«

»Ich versuche es.« Molly wünschte sich, Nat würde ihre Hand nehmen. Aber er hielt das Lenkrad fest umklammert.

»Vielleicht kann ich dich auf andere Gedanken bringen«, sagte Nat nach einer Weile des Schweigens.

Molly drehte sich ihm zu. Sein Unterkiefer bewegte sich. Er schien über etwas nachzudenken. »Das wäre schön. Aber wie willst du das anstellen? Ich sehe die Frau noch immer vor mir, wie sie in den Kartons herumwühlt. Keine Ahnung, warum mir das so nahegeht.«

»Lass es mich versuchen.« Er neigte den Kopf, als überlege er. Schließlich sagte er: »Es gibt etwas, was ich dir eigentlich schon längst hätte erzählen sollen. Nur eine Person weiß davon.«

»Tom?«

»Nein. Es ist geschehen, als er noch in Toronto gelebt hat. Außerdem ist es viele Jahre nicht wichtig gewesen.«

Molly war verwirrt. »Und jetzt ist es wieder wichtig?«

»Lass es mich anders ausdrücken: Es war immer bedeutungsvoll, aber lange Zeit nicht wichtig. Nun ist es bedeutungsvoll *und* wichtig … für mich.«

»Geht es um Tante Gynnie?«

Statt einer Antwort fragte er: »Kennst du das Spiel Crokinole?«

»Ich weiß nicht. Es sagt mir etwas. Handelt es sich um dieses Brettspiel, bei dem man kleine Scheiben in ein Loch schnipsen muss?«

»Genau das meine ich. Das älteste Brett steht übrigens in einem Museum in Ontario. Es stammt aus dem Jahr achtzehnhundertirgendwas.«

»Ich glaube, ich habe es ein paarmal gespielt, als ich zu Besuch bei Tante Gynnie gewesen bin. Aber die Erinnerung ist total verschwommen. Warum fragst du?«

»Das wirst du gleich erfahren. Sei nicht ungeduldig. Es fällt mir schon so schwer genug, darüber zu sprechen.« Kurz schwieg er. »Und kannst du dich daran erinnern, dass du dich einmal im See an der Fußsohle verletzt hast? Du musst etwa dreizehn Jahre alt gewesen sein.«

»O ja, und wie ich mich daran erinnere. Es war schrecklich. Ich bin wohl auf einen spitzen Stein getreten und habe mir die linke Fußsohle richtiggehend aufgeschlitzt. Tante Gynnie musste sogar den Arzt kommen lassen. Ich habe die Narbe jetzt noch. Na ja, man muss schon sehr genau schauen, um sie zu erkennen, aber sie ist da. Woher weißt du davon? Hat Tante Gynnie es dir erzählt?«

Nat ging wieder nicht auf ihre Fragen ein. »Ein Junge hat dir damals aus dem Wasser geholfen.«

»Auch das werde ich nie vergessen. Er hat mir nicht nur geholfen, sondern sich die nächsten Tage rührend um mich gekümmert. Ich konnte nicht laufen, und er ist die ganze Zeit bei mir geblieben, auch noch, als es mir wieder besser gegangen ist. Ich habe meinen ganzen Sommer mit ihm verbracht.« Molly tippte sich auf die Stirn. »Du liebe Güte! Mit ihm habe ich Crokinole gespielt. Er hat das Brett mitgenommen und es mir beigebracht.«

»Ihr habt viel gelacht, in Büchern gelesen, ferngesehen und gespielt. Später seid ihr vorsichtig ein wenig herumspaziert und habt oft am Steg gesessen, ganz vorn. Du musstest aufpassen, weil die Wunde nicht ins Wasser durfte.«

»Ja, ganz genau. Am Anfang bin ich so unglücklich gewesen. Aber dann ist eine ganz tolle Zeit daraus geworden. Woher weißt du das alles so genau?«

Nat lächelte und schwieg.

Versonnen strich Molly sich durchs Haar. »In diesem Jahr bin ich vierzehn Jahre alt geworden. Es war mein letzter Sommer bei Tante Gynnie. Danach musste ich die Sommerferien für meine Fortbildung verwenden.«

Die Erinnerung an die Zeit mit dem Jungen wurde immer klarer. In diesem Sommer hatte sie sich zum ersten Mal verliebt. Es war eine Schwärmerei am Beginn eines neuen Lebensabschnitts gewesen, aber die Intensität der Gefühle hätte jeder Erwachsenenliebe standhalten können. Als sie zurück nach Washington D.C. musste, war sie todunglücklich gewesen und hatte monatelang Tränen vergossen.

Irgendwann waren der junge Mann und die Zeit mit ihm aber verblasst. Den darauffolgenden Sommer hatte sie in einem Sprachcamp verbracht und den nächsten Sommer in einem Forschungscamp mit Schwerpunkt auf Mathematik und Physik. In dieser Manier war es weitergegangen.

Nat betätigte den Blinker und stellte den Wagen am Straßenrand ab. Er wandte sich Molly zu, und endlich ergriff er ihre Hand. »Der Junge war ich.«

Molly stieß einen erstaunten Laut aus und starrte Nat entgeistert an. »Du …?«

»Ja, ich.«

Sie presste die Lippen aufeinander. Vor ihrem inneren Auge sah sie sich auf der Veranda des Hotels sitzen. Gerade schoss sie eine Scheibe über das Spielbrett direkt ins Ziel. Der Junge strahlte sie an. Seine blaugrünen Augen blitzten, und je breiter er lächelte, desto tiefer zeigten sich die kleinen Grübchen auf seinen Wangen. Der Junge war klein und zart gewesen, sie hätte ihn niemals mit Nat in Verbindung gebracht. Aber natürlich! Wie blind war sie doch gewesen. Diese Grübchen und seine Augenfarbe hatten sie damals schon zutiefst berührt.

Obwohl Molly die Lippen fest geschlossen hielt, stieß sie einen gequälten Ton aus, und eine Träne löste sich aus dem Augenwinkel. »Tante Gynnie hat dich immer Nathan genannt«, flüsterte sie. Mehr brachte sie nicht hervor.

»Ich habe mich damals um dich gekümmert, weil ich mich schrecklich in dich verliebt hatte. Monatelang war ich traurig, dann ist es irgendwann einmal im Strudel der Zeit verschwunden, aufgehört hat es aber nie.« Zärtlich wischte er die Träne von ihrer Wange und zog sie in seine Arme.

Molly vergrub ihr Gesicht an seiner Brust. Sie spürte die Wärme seines Körpers und fühlte, wie sich seine Muskeln anspannten, als er sie an sich drückte. Wie schon in der Tavern, als sie sich einfach nur angesehen hatten, verlor sie jedes Zeitgefühl. Nichts zählte mehr, als dass er sie jetzt festhielt und sie sich an ihn schmiegen durfte.

Als sich sein Griff lockerte und er sie schließlich küsste, meinte Molly, von einer Woge fortgetragen zu werden, die sie in eine Welt mitriss, die fern jeglicher Vorstellungen und Wünsche lag. Sie schien sich aufzulösen und im selben Augenblick mit Nat zu verschmelzen.

Kapitel 25

Molly befand sich in einem Ausnahmezustand. Obwohl Nat sie schon vor längerer Zeit zu Hause abgesetzt hatte und zu seinem Besprechungstermin weitergefahren war, spürte sie noch immer seine Lippen auf ihren, und seine Arme schienen sie nach wie vor zu umschlingen.

Sie schwebte auf Wolken und war durchströmt von diesem besonderen Gefühl, das kaum in Worte zu fassen war. Das Glück überwältigte sie förmlich, doch sie verspürte auch ein unangenehmes Ziehen in der Magengegend, wenn sie an New York und Jackson dachte.

Folge deinem Glück, hatte Dorothy ihr geraten, und sie war drauf und dran, genau das zu tun, in jeder Hinsicht. Zwar schaffte sie es noch nicht, alles vollends zu erfassen und ihre Gedanken planvoll zu ordnen – das würde Schritt für Schritt vonstattengehen –, aber sie hatte ein erstes konkretes Ziel: Sie wollte das Maple Lake Inn behalten. Nat würde ihr beistehen, und mit Jims Hilfe konnte sie den Mehraufwand bewältigen. Sie sah es nicht mehr als Bürde. Das Hotel war ihre Verbindung zu Maple Creek, und dieses Band durfte sie nie wieder durchtrennen.

So rasch wie möglich musste sie mit Morris darüber reden, am besten gleich morgen, dann konnten Nat und sie am Abend wie ausgemacht in Ruhe alles besprechen und durchrechnen.

Daran, wie Jackson auf ihre Entscheidung reagieren würde, wollte sie im Augenblick nicht denken. So ablehnend er dem Hotel gegenüberstand, war er doch Broker und erkannte gewinnbringende Projekte auf Anhieb. Passte die Kalkulation, wäre er nicht mehr dagegen, das Hotel zu vermieten. Aber zählte seine Meinung überhaupt noch? Molly schob die Frage beiseite.

Sie lehnte sich zurück und las die letzten beiden Absätze, die sie gerade geschrieben hatte. Die Worte waren wie von selbst aus ihr geflossen. Kaum hatte sie bewusst registriert, was sie geschrieben hatte.

Kennt ihr das Gefühl, wenn das Ende eines wunderbaren Urlaubs naht? Alles in euch sträubt sich dagegen, den Ort verlassen zu müssen. Man versucht, jede Minute noch bewusster zu erleben, und will am liebsten die Uhr anhalten. Und unweigerlich kommt immer wieder der Gedanke hoch: Wie wäre es, könnte ich hierbleiben? Allen Umständen zum Trotz stellt man sich vor, wie man die Zelte des alten Lebens abbricht und ein neues in seinem erwählten Paradies beginnt.

Ich möchte euch von meiner besten Freundin erzählen. Ich nenne sie D. Wir sind sehr unterschiedlich. D. ist voller Leben und Spontaneität, ich hingegen überlege jeden Schritt dreimal, bevor ich ihn gehe. Bei mir muss immer alles passen, bei ihr passt es von selbst. Unlängst hat sie zu mir gesagt, ich solle meinem Glück folgen. Meine Lieben, diese Worte möchte ich euch mitgeben: Folgt eurem Glück!

Gerührt über ihren eigenen Text, rieselte ein Schauer über Mollys Rücken. Sie warf einen Blick auf die Uhr, speicherte das Dokument und stand auf. Es war höchste Zeit für das Abendessen.

Sie verließ das Haus und machte sich auf den Weg. Mittlerweile war ihr die Strecke so vertraut, dass sie sie mit verbundenen Augen hätte gehen können. Obwohl sie Nat heute nicht mehr sehen würde, freute sie sich auf den Abend in der Tavern. Es lag etwas Besonderes darin, mit diesen wunderbaren Gefühlen bei ihren Freunden zu sein. Ob sie es ihr ansehen würden?

Als sie die Tavern erreichte, hielt sie kurz inne und fasste sich. Alles war wie immer, und doch fühlte es sich neu an. Schließlich trat sie ein. Jim saß wie üblich an der Bar. Elisabeth und Morris standen bei ihm.

Perfekt, dachte Molly und steuerte direkt auf die drei zu. Im Vorbeigehen begrüßte sie Charlotte, die gerade einen Tisch neu deckte.

Charlotte hob den Kopf und starrte sie mit zusammengekniffenen Augen an, reagierte aber nicht auf die Begrüßung. Sie nickte nicht einmal.

Verwundert ging Molly weiter. Was war mit Charlotte los? Normalerweise suchte sie doch ihre Nähe und ließ keine Möglichkeit aus, zumindest ein paar Worte mit ihr zu wechseln.

Jim deutete auf den freien Barhocker neben sich. »Hallo Molly. Ich habe den Platz für dich frei gehalten. Du bist wieder einmal spät dran.«

»Danke. Ich habe noch gearbeitet. Mein Artikel ist fast fertig.« Sie setzte sich.

»Maple?«, fragte Tom mit einem breiten Grinsen.

»O nein, heute bestimmt nicht. Hast du einen Apfelsaft für mich?« Molly beugte sich vor. »Ich möchte mich bei dir und Laurie entschuldigen. Wir sind gestern so schnell verschwunden. Ich habe mich nicht einmal richtig verabschiedet … und nicht bezahlt. Das ist mir echt unangenehm. Bitte sag es auch gleich Laurie.«

Tom winkte ab. »Vergiss es. Nat ist extra in der Frühe gekommen und hat bezahlt. Es hätte auch abends oder in einem Monat gereicht. Laurie kommt sicherlich bald aus der Küche. Sie hat als Abendgericht Chili con Carne gemacht. Sobald es fertig gekocht ist, gibt es nicht mehr viel Arbeit damit. Hast du gut geschlafen?« Er zwinkerte vielsagend und setzte abermals sein Grinsen auf.

Molly durchfuhr es heiß und kalt. Sie spürte, wie die Röte in ihre Wangen schoss. Nat und Tom hatten sich also über den gestrigen Abend unterhalten. Von heute konnte er allerdings noch nichts wissen. Sie kam nicht dazu, Tom zu antworten.

Elisabeth schaltete sich ein. »Ich habe schon gehört, dass du und Nat gestern lang miteinander gesprochen habt … in trauter Einigkeit, sagt man. Stimmt das denn?«

Molly nickte. Sie konnte es nicht abstreiten, wollte Elisabeth aber nicht die Gelegenheit geben, nachzubohren, und sagte deshalb: »Ja, wir hatten einiges zu bereden. Apropos bereden … Morris, hast du morgen vielleicht Zeit für mich? Ich möchte die weiteren Schritte, das Hotel betreffend, durchsprechen.«

»Natürlich, gern. Wie wäre es um zehn bei dir in Gynnies Haus?«

»Ja, zehn Uhr passt hervorragend.«

»Wo ist Nat heute?«, fragte Elisabeth. Ihre Worte bekräftigend drehte sie den Kopf in alle Richtungen. Natürlich wollte sie das Thema nicht loslassen.

»Er hat eine geschäftliche Besprechung«, antwortete Molly und überlegte im selben Atemzug, ob es besser gewesen wäre, mit »Ich weiß nicht« oder »Keine Ahnung« zu reagieren. Immerhin handelte es sich um Elisabeth, die fragte.

Elisabeth nickte. »Ihr verbringt viel Zeit miteinander. Selbstverständlich weißt du, was er macht. Sicherlich seid ihr euch dabei auch nähergekommen?«

»Wegen des Hotels … dafür bin ich hier«, entgegnete Molly zurückhaltend.

»Ihr werdet doch abends an der Bar nicht auch über die Baustelle sprechen? Es gibt bestimmt noch andere wichtige Dinge …?« Elisabeth lachte gekünstelt auf. Ihr Blick streifte Charlotte, die mit ernster Miene gerade an ihnen vorbei in die Küche ging. »Tja, so mancher Person gefällt dieser Umstand wohl weniger. Was meint ihr dazu?« Sie blickte in die kleine Runde.

Molly zog die Brauen hoch, erwiderte jedoch nichts, auch Jim und Morris schwiegen. Bisher hatte sie Elisabeth zwar als neugierig, aber durchaus nett empfunden. Jetzt ging ihr Verhalten jedoch deutlich zu weit. Wahrscheinlich formte sich in ihrem Kopf bereits eine Geschichte, die nichts mit der Wahrheit gemein hatte.

Charlotte kam mit Mollys Abendessen zurück. Wortlos stellte sie den Teller auf die Theke, legte die Serviette bereit und ließ das Besteck geräuschvoll neben der Serviette fallen. Dann ging sie wieder.

Elisabeth legte nach. »Ja, ja. Es gefällt jemandem so gar nicht. Ich habe doch recht?«

Es reichte. Molly holte bereits tief Luft, um zu antworten, als Jim helfend einsprang. »Das Hotel sieht fast schon wieder wie früher aus. Freust du dich darüber, Molly?« Kaum merklich zwinkerte er ihr zu.

Molly lächelte dankbar. »Ich kann dir gar nicht sagen, wie sehr. Gerade setzen sie die Wege rund um das Haus und die Zufahrt instand.«

Morris räusperte sich. »Mahlzeit, Molly. Lass dein Essen nicht kalt werden.« Er sah Elisabeth eindringlich an. »Wir werden jetzt gemütlich nach Hause spazieren. Was sagst du?«

»Warum?« Elisabeths Blick sprach Bände.

»Ich muss noch arbeiten, meine Liebe, und will nicht zu spät ins Bett kommen.«

»Ach so, nun, dann … einen schönen Abend noch.« Zögerlich wandte sie sich zum Gehen.

Beherzt ergriff Morris Elisabeths Hand und führte sie zum Ausgang.

Jim schmunzelte. »Morris weiß genau, wann er seine Frau von der Bildfläche entfernen muss. Er hat bestimmt nichts mehr zu tun. Die Ausrede benutzt er von jeher.«

»Er ist so nett und freundlich …«, bemerkte Molly nachdenklich.

»Du meinst im Gegensatz zu Elisabeth? Ich denke, er hat sich mit ihrer Art arrangiert. Ihre Neugierde ist nicht immer zu seinem Nachteil. So bekommt er manche Information aus erster Hand frei Haus geliefert. Er kann sie für seine Arbeit nutzen, egal ob für die Immobilien oder Versicherungen.«

»Versicherungen?«

»Das Immobiliengeschäft in der Gegend ist nicht zeitfüllend. Morris ist auch der hiesige Versicherungsfachmann.«

»Oh, das wusste ich nicht.«

»Beides erledigt er gewissenhaft und umsichtig. Morris verfügt wirklich über ein umfassendes Fachwissen, als Anwalt kann ich das beurteilen. Es ist nicht nur so dahingesagt.«

Laurie kam aus der Küche und gesellte sich zu ihnen.

Jim stand auf. »Ich werde euch jetzt auch verlassen. Cicero wartet. Laurie, nimm meinen Platz.«

Laurie setzte sich. »Wie schmeckt dir das Chili?«

»Ich bin noch nicht zum Essen gekommen. Aber ich weiß schon jetzt, es wird mich genauso begeistern wie alles andere aus deiner

Küche. Laurie, ich schwöre dir, ich habe noch niemals durchgehend so gut gegessen. Ich sehe überhaupt nicht in eure Karte, sondern bestelle automatisch das Tagesgericht. Das würde mir in New York nicht im Traum einfallen.«

»Ich liebe es, einfachen und gängigen Gerichten den speziellen Kick zu geben. Es bereitet mir Freude, jeder Speise ein bisschen Nouvelle Cuisine einzuhauchen. Ich langweile dich jetzt aber nicht mit den kleinen Geheimnissen meiner Kochkunst, keine Sorge.«

»Für ein paar Tipps wäre ich dir durchaus dankbar. Ich komme eigentlich nie zum Kochen, obwohl es mir Spaß macht, dementsprechend verhält es sich mit meinem Können.«

»Du kannst mich jederzeit fragen.«

Während des Gesprächs mit Elisabeth war Molly hellhörig geworden. Sie hatte nicht verstanden, was Elisabeth meinte, aber ihr Hinweis auf Charlotte und deren eigenartiges Verhalten machten sie unruhig. Sie wollte der Sache auf den Grund gehen. »Darauf komme ich gern zurück. Laurie, darf ich dich etwas anderes fragen?«

»Ja, klar. Was denn?«

»Charlotte ist heute so anders zu mir, richtig ablehnend, als hätte ich ihr etwas angetan. Und Elisabeth hat so komische Bemerkungen fallen lassen.«

»Ach, das ist Elisabeths Art. So bringt sie die Menschen in Verlegenheit und schafft es immer wieder, dass sie sich rechtfertigen wollen. Auf diese Weise kommt sie an Infos heran und kann ihre Neugierde stillen. Das ist aber längst kein Geheimnis mehr für dich. Vergiss, was sie gesagt hat.«

»Ich habe kein gutes Gefühl und noch weniger Ahnung, was hinter diesen Bemerkungen steckt. Aber sie haben eine Bedeutung, ich spüre es.«

Lauries Blick wanderte unstet durch den Raum. »Du musst dir wirklich keine Gedanken darüber machen. Es ist … nichts.«

Das Gespräch war ihr sichtlich unangenehm. Molly wollte dennoch nicht lockerlassen. Sie hatte das unumstößliche Gefühl, dass es um etwas ging, das sie wissen sollte. »Laurie, entschuldige, dass ich nicht aufhöre. Aber da ist doch etwas. Bitte sag es mir.«

»Du hast recht, es tut mir leid. Ich will nur nicht, dass du dir wegen unnötiger Dinge Sorgen machst.« Laurie seufzte. »Charlotte hat dich und Nat gestern natürlich an der Bar gesehen. Ich glaube, er hat dich wirklich gern.«

Unwillkürlich musste Molly lächeln. »Ich habe ihn auch sehr gern.« Sie besann sich. »Charlotte …«

»Ich an deiner Stelle würde es auch nicht ruhen lassen können. Also: Nat und Charlotte sind ab und zu miteinander ausgegangen. Ich weiß, dass Nat nie etwas Ernstes im Sinn hatte. Sie ist aber verliebt in ihn und hat sich wohl deshalb darauf eingelassen.«

»Was bedeutet ›Sie sind ab und zu miteinander ausgegangen‹? Und worauf hat sie sich eingelassen? Wie lange ist das überhaupt her?«

Laurie wand sich. »So viele Fragen, Molly. Na ja, du weißt schon … sie hatten etwas miteinander.« Noch einmal stieß Laurie einen Seufzer aus. »Okay. Nach dem, was ich gestern Abend gesehen und heute in der Frühe mitangehört habe – Nat und Tom haben zwar leise miteinander geredet, aber ich bin nicht taub –, hast du ein Recht darauf, es zu erfahren.«

Molly nickte. Jeder Muskel in ihrem Körper spannte sich an.

»Das mit Charlotte und Nat ist eine Weile gegangen. Er hat eigentlich nichts von ihr gewollt, aber sie hat sich ihm regelrecht an den Hals geworfen. Das sage ich nicht deinetwegen oder um

Nat zu entschuldigen, sondern weil es genau so gewesen ist. Kürzlich hat er endgültig mit ihr Schluss gemacht.«

Molly hielt den Atem an. »Was bedeutet … kürzlich?«

»Rund um deine Ankunft in Maple Creek. Ich weiß keine Details. Tom und Nat reden über alles miteinander, aber Tom behält das meiste für sich. Ich muss ihm schon auf den Zahn fühlen und mich gehörig anstrengen, wenn ich etwas von ihm erfahren will.«

Molly fiel ein, wie sie unlängst in die Tavern gekommen war und Nat und Charlotte miteinander geredet hatten. Sie war eindeutig ärgerlich oder enttäuscht gewesen. Nun verstand sie auch Charlottes heutige Reaktion, obwohl sie selbst nichts dafür konnte. Sie hatte das Gefühl, als läge plötzlich ein zentnerschwerer Stein auf ihrer Brust. »Er hat mir kein Wort gesagt«, flüsterte sie. Es war, als stürze ihre kleine Welt mit einem Schlag in sich zusammen. Auf einmal erschien alles sinnlos. Sie fühlte sich wie paralysiert.

»Molly, du kennst doch die Männer. Sie reden nicht gern über so etwas. Nimm es dir nicht zu Herzen.«

»Er hätte es mir aber sagen müssen.«

»Sie erledigen diese Dinge auf ihre Art, gerade jemand wie Nat. Charlotte hat nie gezählt für ihn. Und ganz ehrlich, ihr Verhalten dir gegenüber ist absolut unangebracht, sowohl persönlich als auch den Job betreffend. Ich kann so etwas nicht dulden. Noch heute rede ich mit ihr.« Laurie streichelte Mollys Arm. »Ich glaube wirklich, dass er dich sehr gern hat. Ich kenne Nat gut und täusche mich bei solchen Dingen nicht. Tom ist übrigens derselben Meinung.«

Molly schüttelte den Kopf. »Darum geht es nicht. Wir alle haben ein Vorleben, und es gibt Angelegenheiten zu regeln, bei mir genauso. Aber man darf es nicht verheimlichen. Ein einziger Satz hätte genügt. Nichts zu sagen, ist wie … Betrug.« Sie spürte eine tiefe Trauer in sich aufsteigen. Wie rasch alle Pläne und Wünsche doch zerplatzen konnten.

»Ach, Molly, ich hätte es dir nicht erzählen sollen.«

»Doch, ich bin sehr dankbar für deine Offenheit. Laurie, bist du mir böse, wenn ich jetzt nach Hause gehe? Ich kann keinen Bissen essen und muss nachdenken. Alles dreht sich in meinem Kopf.«

»Natürlich nicht. Ich kann dich gut verstehen. Das Essen packe ich dir ein, und du nimmst es mit. Keine Widerrede, vielleicht bekommst du später Hunger. Und tu mir bitte einen Gefallen.«

»Welchen?«

»Versuche, Nat zu verstehen, und gib ihm eine Chance. Er ist ein guter Mensch und hat es verdient.«

Molly nickte, obwohl sie wusste, Lauries Wunsch im Moment nicht entsprechen zu können. Die Enttäuschung saß zu tief. Ihr nächster Gedanke traf sie mitten ins Herz: Wenn sie jetzt nicht darüber hinwegsehen und Nat verzeihen konnte, war es ohnehin zu spät.

Bald würde sie in ihr altes Leben zurückkehren.

Kapitel 26

Ich will dir nichts vormachen, Molly.« Morris saß neben ihr und tippte auf das linke der drei Blätter Papier, die vor ihnen auf dem Küchentisch ausgebreitet lagen. »Mit dem Verkauf des Hotels erhältst du eine fixe Summe auf einmal und hast natürlich keinerlei Arbeit mehr mit dem Haus. Erfahrungsgemäß rechne ich damit, das Hotel innerhalb von zwölf Monaten verkauft zu haben. Sei bitte nicht enttäuscht, wenn es fünfzehn Monate oder länger dauert. Das Hotel hat seinen Wert, und darunter sollten wir nicht gehen.«

Morris' Blick glitt zu den Berechnungen auf dem mittleren Blatt. »Für diese Monatsmiete wirst du recht rasch einen Pächter finden, meine ich. Auch Hotelketten übernehmen gern kleinere Häuser. Es wird die angegebenen Jahre dauern, bis sich die Investition amortisiert hat, aber dann bekommst du ein monatliches Fixum als reines Plus.« Morris zeigte auf das dritte Blatt Papier. »Eine umsatzorientierte Miete birgt das größte Risiko, kann aber den Gewinn genauso maximieren. Dabei ist der Pächter ausschlaggebend. Je nachdem, wer sich für das Hotel interessiert, können wir noch immer abwägen und verhandeln.«

»Was würdest du in meinem Fall tun, Morris?«

»Speziell in deinem Fall? Mir scheint, du hast das Maple Lake Inn und die Gegend lieb gewonnen und möchtest das Hotel eigentlich behalten. Also sage ich: Vermiete es. Ginge es um rein sachliche Überlegungen, käme es darauf an, ob du das Geld gleich brauchst oder den Besitz als Sicherheit ansiehst.«

»Ich möchte das Hotel wirklich nicht mehr verkaufen.«

»Dann lass mich einen guten Mieter suchen. Ganz ehrlich, du kannst in fünf oder zehn Jahren immer noch verkaufen. Man muss nur eine entsprechende Laufzeit mit dem Pächter vereinbaren, die dann auch verlängert werden kann. Wenn dir die Entscheidung jetzt schwerfällt, probiere die andere Variante aus. Es ist dein Besitz, und du kannst entscheiden, wann und ob du verkaufen willst.«

Molly atmete erleichtert auf. Daran hatte sie noch gar nicht gedacht. Sie konnte das Hotel vermieten, und sollte der Zeitaufwand zu gewaltig werden oder sollten andere Gründe eintreten, war ein Verkauf auch noch später möglich.

»Vielen Dank, Morris. Du nimmst mir eine große Last von den Schultern. Ist es denn möglich, einen Mieter auf fünf Jahre befristet zu finden? Natürlich mit der Option auf Verlängerung, wenn alles gut läuft.«

»Ja, das ist es. Vor allem Hotelketten agieren auf diese Weise. Sie sehen sich die Erträge an und können bei Negativzahlen leicht aus dem Vertrag aussteigen.«

»Das ist nachvollziehbar. Ich wäre nie darauf gekommen, ehrlich. Aber alles ist so neu für mich, weißt du, der Entschluss selbst und natürlich seine Auswirkungen.«

»Ich denke, du hast immer noch nicht ganz verinnerlicht, dass das Maple Lake Inn dein Eigentum ist. Niemand außer dir kann darüber bestimmen.«

»Das stimmt wohl. Es ist ein riesiges Paket, das ich nun trage.«

»Du wirst dich daran gewöhnen. Immerhin warst du überhaupt nicht darauf vorbereitet. Plötzlich flattert ein Brief ins Haus, und auf einmal dreht sich alles um ein Hotel am Ende der Welt.« Morris lachte herzlich.

»Du ahnst nicht, wie recht du mit dieser Aussage hast.« Molly legte die Finger auf ihren Mund. »So meinte ich es nicht. Ich habe mich auf den Brief bezogen, nicht auf das Ende der Welt.«

»Schon gut, ich weiß, wie du es gemeint hast. Wenn es für dich in Ordnung ist, werde ich die notwendigen Unterlagen vorbereiten, und wir treffen uns dann zur Unterzeichnung im Lauf der nächsten Woche. Ich rufe dich an.« Morris stand auf und reichte Molly die Hand. »Ich freue mich sehr, dass du das Hotel nicht gleich verkaufen wirst. Als Makler entgeht mir zwar ein bisschen Geld, aber persönlich finde ich deine Entscheidung genau richtig.«

»Ich bin auch froh darüber.«

Molly brachte Morris zur Tür, und sie verabschiedeten sich voneinander.

Als Morris in sein Auto gestiegen war, schloss sie die Tür und ging zurück in die Küche. Den ersten Teil ihres Vorhabens hatte sie trotz ihrer Verfassung erfolgreich hinter sich gebracht. Obwohl sie froh darüber war, wie gut es mit Morris gelaufen war, stellte sich kein richtiges Glücksgefühl ein. Sie war einfach zu niedergeschlagen. Aber sie wollte ihre Trauer nicht die Oberhand gewinnen lassen. Sie würde wegen Nats Verhalten ihr Ziel nicht aus den Augen verlieren.

Nun kam der zweite Teil an die Reihe: Sie musste Jackson informieren. Hoffentlich war er erreichbar, sie wollte das Gespräch so rasch wie möglich hinter sich bringen.

Sie nahm ihr Handy und wählte seine Nummer. Tatsächlich hob er sofort ab und begrüßte sie fröhlich.

»Nanu, du klingst ja bestens gelaunt.«

»Bill hat Geburtstag, und wir haben zuerst im Büro auf ihn angestoßen. Es gab ein ziemliches Gelächter.«

»Bist du in Eile, Jackson?«

»Erstaunlicherweise nicht. Wir haben uns alle den Vormittag locker eingeteilt, weil Bill einen Runden hat. Das gehört gebührend gefeiert.«

»Ich muss dir etwas sagen.« Molly spürte Nervosität in sich aufsteigen. Sie fühlte sich wie vor einer schwierigen Prüfung in der Schule. Aber warum?, fragte sie sich. Morris hatte es treffend formuliert. Es ging um ihr Erbe, ihr Eigentum. Sie konnte damit machen, was sie wollte.

»Schieß los.«

»Ich habe gerade mit Morris – du weißt, dem Immobilienmakler in Maple Creek – zusammengesessen und mir alle Varianten durchrechnen lassen. Ich werde das Hotel nicht verkaufen. Morris sucht für mich einen Mieter.« Es war heraus.

Kurz war es still. »Was?«, fragte Jackson schließlich gedehnt.

»Ich werde das Hotel mit einem befristeten Vertrag auf fünf Jahre verpachten. Dann sehe ich weiter.«

»Wie kommst du plötzlich auf diese schwachsinnige Idee?« Jacksons Fröhlichkeit war verflogen.

Molly bemerkte, wie ihre Nervosität dem Gefühl von Ärger Platz machte. Schwachsinnige Idee? Wie konnte er nur so mit ihr reden? »Die Idee ist durchaus in Ordnung. Das Hotel kann laufend gutes Geld bringen.«

»Und der Verkauf bringt das Geld auf einmal.«

Gern hätte Molly ihre Empfindungen ins Spiel gebracht. Was sie fühlte, wenn sie vom Küchenfenster auf das Hotel blickte, wie sie sich hier eingelebt hatte, das Wohlbefinden, das sie mit jedem neuen Tag in Maple Creek förmlich aufsaugte. Aber sie behielt das alles für sich. Jackson würde es weder verstehen noch darauf eingehen. Also sagte sie: »Ich habe mir alles reiflich überlegt. Die Zahlen sprechen für sich. Das Maple Lake Inn zu vermieten ist eine gute Chance darauf, einen Gewinn zu erzielen. Geht die Rechnung nicht auf, kann ich in fünf Jahren immer noch verkaufen.«

»Seit wann hast du eine Ahnung von Zahlen? Nichts für ungut, mit Wörtern kannst du umgehen, aber mit Zahlen …?«

»Jackson, ich bin kein unbedarftes Mädchen. Es ist keine Fehlentscheidung. Außerdem hänge ich an dem Hotel.« Sie musste es einfach aussprechen.

»Das dachte ich mir! Deine Gefühle spielen gerade verrückt. Ich verstehe ja, dass du da oben in Erinnerungen an deine Tante schwelgst, doch du musst sachlich bleiben. Wie willst du das Hotel beaufsichtigen? Ich möchte nicht noch einmal anführen, was an Arbeit und Aufwand anfallen wird.«

»Ich habe es mir wirklich gut überlegt und alles mit einbezogen. Ich werde es schaffen.«

»Haben dir die Hinterwäldler den Verkauf ausgeredet? Ha, natürlich. Wahrscheinlich haben sie bereits einen an der Angel, der das Hotel übernehmen will, jedoch nicht genug Geld zur Verfügung hat, um es zu kaufen. Und du lässt dir das gefallen.«

»Niemand hat mir etwas ein- oder ausgeredet. Es ist allein meine Entscheidung.«

»Und was ist mit mir? Warum hast du mich nicht gefragt? Dabei hatte ich dir doch extra gesagt, du sollst mich anrufen, wenn etwas passiert.«

Jackson war wütend, das erkannte Molly an seinen hervorgepressten Worten. Es fehlte nicht viel, und er würde zu schreien beginnen. »Ich habe dich nicht gefragt, weil du das Hotel von der ersten Minute an gehasst hast. Selbst wenn ein Verkauf Nachteile bringen würde, wärst du noch immer dafür.«

»Das Hotel ist ein hässlicher alter Schuppen, der unser Leben durcheinandergebracht hat. Schön, dass du ihn geerbt hast und ein bisschen Geld dafür bekommst, sonst dient er keinem Zweck.«

»Du hattest doch gar nichts damit zu tun.«

»Ich musste mit dir nach Kanada fliegen und mich dort begaffen lassen, als wäre ich ein entflohener Löwe aus dem Zoo. Und du verpasst vier Wochen lang alles hier in New York. Ist das nicht genug?«

»Was verpasse ich denn?«

»Na, eben alles.«

»Jackson, das ist unfair.«

»Dann bin ich eben unfair. Du bildest dir ein, alles im Griff zu haben. Warte ab, bis sich die ersten Probleme einstellen. Der Mieter will dies! Der Mieter braucht jenes! Du wirst festsitzen und mich anflehen, dir zu helfen.«

»Das werde ich nicht. Jackson, bitte. Hör auf, so zu sein.« Er hatte die sachliche Ebene längst verlassen und ließ seiner persönlichen Unzufriedenheit über ihre Entscheidung freien Lauf.

»Oh, und wie du das wirst! Ich werde dir dann aber nicht aus der Misere helfen. Weißt du was, mach doch, was du willst … ehrlich. Es ist zum … Egal.« Jackson legte auf.

Einen Moment lang starrte Molly auf das Display ihres Handys. Dann tippte sie auf seine Nummer. Es läutete. Als sich die Mobilbox einschaltete, unterbrach sie und wählte nochmals. Er hob nicht ab. Was sollte sie jetzt tun? Jackson war enorm aufgebracht. Dabei war normalerweise er derjenige, der auf der Vernunftebene agierte und ihr zu große Emotionen vorwarf.

Molly sprang auf und lief einige Runden um den Küchentisch, dann setzte sie sich wieder und versuchte noch einmal, Jackson anzurufen. Er nahm auch dieses Gespräch nicht an.

So konnte es nicht weitergehen. Das Telefonat war aus den Fugen geraten, und nun waren die Fronten verhärtet. Es ging nicht nur um das Hotel. Sie musste ihm endlich auch von ihren Gefühlen erzählen und wie es ihr erging.

Alles in ihr hatte sich verändert, ihre Wünsche und Träume waren nicht mehr dieselben. New York lag meilenweit entfernt, nicht nur im buchstäblichen Sinn.

Es war an der Zeit, Entscheidungen zu treffen.

Molly aktivierte ihren Laptop. Es war Freitagmittag, am Wochenende ruhte die Baustelle, sie wurde nicht gebraucht. Problemlos konnte sie einen Nachtflug nach New York bekommen und am Samstag mit Jackson in Ruhe reden. Am Telefon ging zu viel verloren, sie mussten sich Auge in Auge gegenübersitzen. Am Sonntagabend würde sie zurückfliegen, um am Montag bereitzustehen.

Sie dachte an den geplanten Abend mit Nat. Wäre dieser Teil ihrer kleinen neuen Welt in Ordnung, hätte sie sich darauf gefreut, gemeinsam mit ihm Überlegungen anzustellen, welche Form der Miete sie anstreben sollte. Und sie wäre gespannt darauf gewesen, was sein gestriger Termin ergeben hatte. Wie die Dinge lagen, konnte sie ihn im Augenblick aber nicht einmal ansehen.

Am Laptop öffnete sie die Suchmaschine und fand rasch einen geeigneten Flug nach New York, den sie sofort buchte. Dann schrieb sie eine Nachricht an Jackson: *»Wir müssen reden. Ich habe gerade einen Flug gebucht. Morgen früh bin ich in New York.«*

Gleich darauf schrieb sie Nat: *»Heute Abend kann ich nicht. Ich muss dringend nach New York. Pünktlich Montag früh bin ich wieder* *zurück.«* Sofort setzten sich wieder alle Räder in ihrem Kopf in Gang.

Warum hatte Nat ihr nichts von Charlotte erzählt? Eine kurze Erklärung hätte doch ausgereicht, und sie wäre im Bilde gewesen. Sie hätte nicht weiter nachgefragt und nicht jedes Detail erfahren wollen, es ging nur um die Information selbst. Würde es sich um eine fremde Frau handeln, wäre es vielleicht anders. Aber Charlotte war nun einmal keine Fremde, sie befand sich mitten im direkten Umfeld und hatte täglich Kontakt zu ihr – und zu Nat.

Womöglich dachte sie auch in eine völlig falsche Richtung. Ihre Gefühle waren dermaßen aufgewallt, dass sie automatisch angenommen hatte, Nat empfinde wie sie. Für sie war es einzigartig und besonders, eventuell hatte er aber nur eine nette Abwechslung in ihr gesehen. Lauries Meinung über Nat war durch ihre Freundschaft zu ihm natürlich beeinflusst. Unvermeidlich sah sie ihn dadurch in einem besseren Licht. Laurie hatte ihr jedoch auch verraten, dass Tom derselben Ansicht war wie sie. Tom und Nat waren beste Freunde und redeten offen miteinander. Er wusste auf jeden Fall mehr.

Dennoch konnte sie sich nicht auf die Meinung anderer verlassen. Zeigte Nats Verhalten Charlotte gegenüber nicht deutlich seinen wahren Charakter? Molly war nicht weltfremd und wusste, wie viele Männer und auch Frauen laufend auf die Suche nach Abenteuern gingen.

Wahrscheinlich war er wirklich einer von *diesen Männern.* Natürlich, so musste es sein. Dann war es auch logisch und erklärte, warum er ihr nichts von Charlotte erzählt hatte. Sie sollte es erst gar nicht erfahren.

Alles in Molly verkrampfte sich. Der Schmerz durchfuhr sie, als würden tausend Nadeln in ihre Haut gebohrt. Sie wollte die Erkenntnis aus ihren Gedanken verbannen, aber sie stand wie eine meterhohe Wand direkt vor ihr und ließ sich nicht beiseiteschieben.

Das Display ihres Handys flammte auf. Jackson hatte geantwortet. Er hob nicht ab, las jedoch sofort ihre Nachricht? Stopp!, dachte Molly. Sie musste handeln und durfte sich nicht in Kleinigkeiten verlieren. Er war verärgert und hatte nicht mit ihr reden wollen, aber natürlich las er ihre Nachricht. Sie brauchte dem nicht weiter auf den Grund zu gehen.

Sie öffnete die App und las: *»Ich habe morgen einen wichtigen Kunden in der Stadt. Es wird bis circa zwei oder drei Uhr dauern, dann komme ich nach Hause, und wir können reden.«*

Sie antwortete mit einem knappen *»Okay«* und legte das Handy vor sich auf den Tisch. Es war gut, dass Jackson am Vormittag beschäftigt war. So konnte sie sich auf das Gespräch vorbereiten und New York und ihr Leben dort auf sich wirken lassen. Sie wollte erfahren, was sie empfand, wenn sie wieder zu Hause war.

Erneut schaltete sich das Handydisplay ein. Die Nachricht kam von Nat. Sie öffnete ihre Kommunikation und las: *»Was ist geschehen? Kann ich dir helfen? Bitte sag mir, was los ist. Soll ich zu dir kommen? Ich vermisse dich.«*

Sofort spürte Molly die Tränen aufsteigen. Am liebsten hätte sie ihn auf der Stelle angerufen und ihm alles um die Ohren geworfen, aber sie beherrschte sich. Er sollte nicht erfahren, wie sie sich fühlte.

Es genügte schon, wie sie sich im Auto auf der Rückfahrt von der Sammelstelle verhalten hatte. Ihre Gefühle konnten ihm nicht verborgen geblieben sein. Auch sie hatte ihren Stolz und durfte sich nicht noch weiter herabsetzen. Nat würde sie nicht wütend oder weinend, nicht trauernd oder verletzt sehen.

Kurz und bündig schrieb sie zurück: *»Ich muss etwas Dringendes erledigen. Wir sehen uns am Montag.«*

Sie legte das Handy zur Seite, öffnete am Laptop die Airport-Seite und bestellte ein Flughafentaxi. Dann klappte sie den Bildschirm zu und ging in ihre Kammer hoch, um eine Tasche zu packen.

Kapitel 27

Nat starrte auf sein Handy. Was hatte Mollys Antwort zu bedeuten? Und warum wirkten ihre Worte auf einmal so kühl und distanziert?

Als er ihre erste Nachricht gelesen hatte, war die Sorge um sie sein einziger Gedanke gewesen. Hatte sie Probleme im Job? Gab es irgendeinen Notfall in New York? Was war geschehen, dass sie so überstürzt abreisen musste? Und warum sprach sie nicht mit ihm darüber? Die letzte Frage beschäftigte ihn am meisten. Sie musste doch wissen, dass er für sie da war und sie bei allem unterstützen würde. *»Ich muss etwas Dringendes erledigen. Wir sehen uns am Montag«* war doch keine richtige Antwort nach dem, was zwischen ihnen geschehen war.

Was war eigentlich geschehen? Sie hatten einen wunderbaren Abend miteinander verbracht und waren in Mollys Gefühlswelt vorgedrungen. Sie hatte sich ihm geöffnet und ihm von ihren Empfindungen erzählt: Tante Gynnie und das Hotel betreffend, wie es ihr in Maple Creek erging und unter welchem Druck sie in New York stand. Am nächsten Tag hatte er ihr seine einstige Verliebtheit gestanden, und die Emotionen waren aufgewallt. Sie hatten einander umarmt und geküsst, aber es war kein einziges

Wort über Mollys Gefühle dabei gefallen. In diesem Augenblick hatte Nat jeden Satz als unnötig erachtet, ihre Blicke und das leise Beben ihres Körpers in seinen Armen waren ihm Antwort genug gewesen.

Bestimmt hätte sie seinen Kuss nicht erwidert, wenn sie nichts für ihn empfände. Aber entsprach diese Annahme wirklich der Wahrheit? Charlotte kam ihm in den Sinn. Hatte er bei ihr nicht dasselbe getan? Sie geküsst und noch mehr, obwohl er keine Gefühle für sie gehabt hatte? Vielleicht irrte er sich bei Molly.

Automatisch hatte er seine Empfindungen auf sie projiziert und angenommen, sie fühle genauso. Möglicherweise verhielt es sich in Wirklichkeit ganz anders. Er kannte sie zu wenig, um ihren wahren Charakter einschätzen zu können. Womöglich war sie sprunghaft und ließ sich ohne tiefere Gedanken in bestimmten Momenten dahintreiben.

Nats Stirn legte sich in Falten. Sicherlich ging es bei der Reise nach New York um ihren Lebensgefährten. In seiner Euphorie hatte er den Mann an Mollys Seite beinahe komplett ignoriert. Jackson war kurz in seinen Fokus gerückt, nachdem er bei Molly übernachtet hatte, aber genauso schnell wieder verschwunden. Er hatte zwar vorgehabt, sie heute Abend auf ihn anzusprechen, dennoch stand er nicht im Mittelpunkt.

Es war aber auch leicht gewesen, ihn in der momentanen Situation wegzuschieben. Molly befand sich allein in Maple Creek. Hier war sie frei und ungebunden. Doch das war ein Trugschluss, sie war nämlich nicht frei und sehr wohl gebunden. Warum hatte er die Tatsache umgangen, dass sie mit jemandem zusammenlebte?

Er spürte, wie sich seine Muskeln verkrampften. Sie führte eine Beziehung und hatte sich trotzdem bereitwillig in seine Arme geworfen. Die Erkenntnis traf ihn wie ein Faustschlag. Er hatte nicht nachgedacht und sich von seinen Gefühlen mitreißen lassen. Sie war weit weg von zu Hause und konnte tun und lassen, was sie wollte. War er der Spielball ihrer Launen gewesen?

Nat gab einen dumpfen Ton von sich. Molly hatte nach Abwechslung gesucht, und er war ihr gerade recht gekommen. Vielleicht hatte sie aber auch eine Auseinandersetzung mit ihrem Freund wegen des Hotels gehabt und bei ihm ihr Ego wiederaufgerichtet.

Egal, ob eine dieser Varianten oder eine weitere zutraf, sie hatte es nicht ernst gemeint. Das bewiesen ihre Nachrichten und die Reise nach New York doch hinlänglich.

Ohne Erklärung hatte sie den geplanten Abend abgesagt und war einfach verschwunden. Sie hatte ihn nicht einmal für wert befunden, anzurufen, sondern bloß diese neutralen Zeilen geschrieben, die für einen entfernten Bekannten gerade passend gewesen wären.

Wie blind war er doch gewesen! Er hatte wirklich geglaubt, zwischen ihnen sei etwas Besonderes geschehen.

Warum hatte er seine Grundeinstellung nur ignoriert und alles über den Haufen geworfen? Er wusste doch längst, dass es mit ihm und Frauen nicht klappte. Warum hätte ausgerechnet mit Molly auf einen Schlag alles anders sein sollen?

Insgeheim hatte er sich sogar bereits eine Zukunft ausgemalt. Ihre Entscheidung, das Hotel nicht zu verkaufen, hatte eine Perspektive eröffnet. Eine Tür hatte sich aufgetan, und er war, ohne zu zögern, hindurchgegangen. Es waren keine detaillierten Pläne gewesen, die er gesponnen hatte, vielmehr ein loses Dahingleiten in Phantasiewelten.

Sogar das Wort »Fernbeziehung« war durch seinen Kopf ge-

geistert. Er hätte es akzeptiert, dass sie in New York lebte und ihn, so oft es ging, besuchte. Gynnie hatte ihm vorgelebt, wie gut eine solche Verbindung funktionieren konnte.

Entschieden schüttelte Nat den Gedanken ab. Er musste sich damit abfinden, dass seine Träume mit Molly nichts als Hirngespinste gewesen waren. Und je schneller er sich dessen vollkommen bewusst wurde, umso eher konnte er sein normales Leben wieder aufnehmen.

»Chef?« Ein Mitarbeiter riss Nat aus seinen Grübeleien. »Wir sind fertig mit dem Aufladen der ersten Fuhre. Sollen wir schon losfahren?«

Außer dem Maple Lake Inn hatte Nat drei weitere kleine Baustellen zu beaufsichtigen. In der Frühe war eine Lieferung Holz in die Firma gekommen, die jetzt auf die Baustellen verteilt werden musste, um dort weiterarbeiten zu können.

»Ja, mit dem Lkw braucht ihr sowieso länger. Ich komme mit dem Wagen gleich nach.«

Der Mann tippte sich an die Schläfe und ging wieder.

Nat sah ihm nach. Für einen Moment hatte er seine Aufgaben völlig vergessen. Das durfte nicht passieren. Ärger stieg in ihm hoch. Wie konnte er sich von Molly dermaßen ablenken lassen? Das hier war sein Leben. Er trug die Verantwortung für ein Unternehmen und musste sich konzentrieren. Es ging nicht, die Arbeit einfach beiseitezuschieben und sich in irgendwelchen Gedanken zu verlieren. Es war Freitag, und bis zum Feierabend gab es noch eine Menge zu tun.

Er atmete tief durch und setzte sich in Bewegung. Die Gefühle für Molly würden vergehen und irgendwann einmal zu nicht mehr als einer blassen Erinnerung werden. *Die Zeit heilt alle Wunden*, hieß es doch.

Entgegen seinem Vorhaben glitten seine Gedanken zurück zu Mollys Nachricht. Sollte er ihr antworten? Aber welche Worte waren die richtigen? Ein leiser Zweifel kam in ihm hoch. Er spann sich etwas zusammen, das womöglich nicht der Wahrheit entsprach.

Egal, worauf er hoffte oder was er befürchtete, er musste erfahren, was wirklich geschehen war, sonst fände er keine Ruhe.

Entschlossen zog er sein Handy aus der Gesäßtasche und schrieb Molly eine Nachricht.

Kapitel 28

Molly schloss die Wohnungstür auf und betrat den Vorraum. Automatisch stellte sie ihre Schuhe in den Schrank und hängte ihre Jacke an den Haken. Dann ging sie ins Schlafzimmer, legte ihre Tasche ab und setzte sich auf den Bettrand.

Jackson war bereits auf dem Weg zu seinem Termin. Willy aus der Lobby hatte ihr gesagt, dass sie sich nur um wenige Minuten verpasst hatten.

Sie sah sich um, stand wieder auf und ging ins Wohnzimmer. Kurz blieb sie in der Mitte des Raums stehen und blickte sich auch hier um.

Einige ihrer Pflanzen befanden sich in einem schlechten Zustand. Jackson musste vergessen haben, sie regelmäßig zu gießen. Die Orchideen hatten es gut überstanden, auch die Wüstenpflanzen. Andere hingegen ließen ihre Blätter und Blüten hängen. Molly holte die Gießkanne und versorgte alle Pflanzen mit ausreichend Wasser. Hoffentlich würden sie sich erholen.

Sie setzte sich auf die Couch und überlegte, was sie bis zu Jacksons Rückkehr tun sollte. Diese Frage hatte sie sich an einem Samstagmorgen in New York noch nie gestellt. Warum wusste sie auf einmal nicht, was sie mit ihrer Zeit anfangen sollte? Sie hatte sich doch vorgenommen, den Tag zu nutzen, um alles hier bewusst aufzunehmen.

In Maple Creek würde sie jetzt einen Spaziergang machen oder einkaufen gehen. Sie könnte auch an ihrem Platz in der Küche sitzen und aus dem Fenster schauen oder arbeiten.

Jackson hatte in der Wohnung nichts umgestellt, das eifrige Treiben auf den Straßen war natürlich gleich geblieben, selbst Willy hatte sie mit seinem üblichen »Hallihallo, Miss Jensen« begrüßt. Alles hier war genau so, wie sie es verlassen hatte.

Ich bin anders!, durchfuhr es Molly. Es lag nicht an der Wohnung, nicht an der Stadt, auch nicht an Jackson. Sie allein hatte sich verändert und war zu einem Fremdkörper im eigenen Heim geworden.

Plötzlich fühlte sie sich beengt. Vom Fenster aus konnte man kaum den Himmel sehen, und es gab keine Weite. Sie stand auf und holte ihr Handy aus der Handtasche. Vielleicht hatte Dorothy Lust und Zeit, mit ihr frühstücken zu gehen.

Als das Display aufflammte, sah sie, dass Nat mehrere Nachrichten gesendet hatte. Sie wollte sie jetzt nicht lesen und wählte direkt Dorothys Nummer.

»Werden deine frühmorgendlichen Anrufe zur Gewohnheit? Glaub mir, der frühe Vogel fängt nicht immer den Wurm.« Dorothy lachte.

»So früh ist es nun auch nicht mehr, aber ich werde es mir zu Herzen nehmen. Willst du frühstücken gehen?«

»Nichts lieber als das, aber …«

»Ich bin in New York.«

»Du bist hier? Was ist geschehen? Nein, sag es mir nicht. In einer halben Stunde in Barney's Café? Dann kannst du mir alles erzählen.«

»Super, bis in einer halben Stunde dann …« Molly legte auf. Wenn sie gleich losging, schaffte sie es, pünktlich im Café zu sein. Ein Lächeln erschien auf ihren Lippen. Noch vor kurzer Zeit wäre sie nicht auf den Gedanken gekommen, zu Fuß zu Barney's zu gehen. Sie hätte zehn Minuten verstreichen lassen, weitere zehn Minuten ein Taxi gesucht und wäre dann zehn Minuten zum Café gefahren. Offenbar hatte sich wirklich alles verändert.

Sie verließ die Wohnung und machte sich auf den Weg. Auf der Straße fühlte sie sich deutlich wohler als in der Wohnung. Was sie sich bei ihren Spaziergängen in Maple Creek angewöhnt hatte, funktionierte auch in New York. Zwar entdeckte sie naturgemäß keinen Vogel und konnte das Spiel der Wolken am Himmel nicht beobachten, aber sie betrachtete die Menschen, die an ihr vorbeieilten, und blieb kurz vor einigen Schaufenstern stehen. Wie viele Eindrücke das Gehirn hier doch zu verarbeiten hatte, überlegte sie.

Alles um sie herum schien zu laufen, zu blinken, sich in irgendeiner Form zu bewegen. Sie empfand das Treiben als übertrieben und unangenehm. Früher hatte sie es nicht einmal bemerkt.

Pünktlich erreichte Molly Barney's Café und setzte sich an einen Tisch am Fenster. Dorothy kam wenige Minuten nach ihr. Sie umarmten sich.

»Nun erzähl. Was ist los?«, fragte Dorothy, nachdem sie bestellt hatten.

»Ich werde das Hotel nicht verkaufen, sondern vermieten. Jackson ist damit nicht einverstanden, und wir hatten einen furchtbaren Streit am Telefon«, fasste Molly zusammen.

»Und du hast dich daraufhin geradewegs ins Flugzeug gesetzt und bist hierhergeflogen, um die Situation zu klären.«

»Genau.«

»Da ist aber noch etwas, wenn ich dich so anschaue.«

Molly nickte und erzählte, was mit Nat geschehen war.

»Und das ist immer noch nicht alles. Hab ich recht?«

»Ach Dorothy, es ist wirklich noch nicht alles.« Molly seufzte. »Ich glaube, ich bin hier nicht mehr zu Hause.«

»Wie meinst du das?«

»Ich fühle mich fremd in New York. Meine Ziele sind nicht mehr dieselben. Ich schiebe die Erkenntnis zur Seite und will es mir nicht eingestehen, aber ich …« Molly atmete tief durch und sprach es zum ersten Mal aus: »Ich möchte in Maple Creek leben.«

»Wow.«

»Du sagst es: Wow.« Ein Schauer rann über Mollys Rücken. Tief in ihrem Inneren war es ihr längst bewusst gewesen, aber sie hatte die Tatsache schlicht beiseitegeschoben. Der Satz klang in ihr nach und drang nun endlich in den Vordergrund: *Ich möchte in Maple Creek leben.*

Dorothy nickte bedächtig. »Nun gut. Im Gegensatz zu dir habe ich das ja schon einige Male hinter mich gebracht. Bei mir verhält es sich nur ein bisschen einfacher. Die New Yorker Wohnung gehört mir allein, mein Bankkonto ist prall gefüllt, und schreiben kann ich, wo ich will. Du arbeitest für die *NY Woman,* die Wohnung ist zur Miete gemeinsam mit Jackson; ab deinem Auszug musst du sie ihm unweigerlich überlassen. Deine Ersparnisse stecken in dem Hotel. Du bist, verzeih, dass ich das so direkt sage, auf verschiedene Arten eingeschränkt.«

»Ich weiß, und ich habe keine Idee, wie das alles überhaupt funktionieren soll. Der einzige wahre Pluspunkt ist, dass ich mich dank meinem neuen Eigentum und der getätigten Investition ohne Zeiteinschränkung in Kanada aufhalten darf.«

»Feste Knoten werden vorsichtig gelöst, also langsam und der Reihe nach. Beginnen wir mit deinem Job …«

»Den müsste ich wohl aufgeben.«

»Welche Möglichkeiten, zu arbeiten, hättest du in Maple Creek?«

»Ich wiederhole: keine Idee. Noch habe ich mir keine Gedanken darüber gemacht. Maple Creek liegt nicht so weit entfernt von einigen größeren Städten. Ich müsste mich bei Verlagen bewerben.«

»Und dass du das Maple Lake Inn selbst leitest, kannst du dir nicht vorstellen?«

»Definitiv nicht. Ich habe von der Hotellerie keine Ahnung und bin auch nicht dafür geschaffen. Außerdem liebe ich meinen Beruf und möchte ihn nicht aufgeben. Er ist meine Passion.«

»Das verstehe ich. Mit deiner Reputation als Journalistin wird es nicht allzu schwierig sein, etwas zu finden. Die Frage ist nur, ob es deinem Können gerecht wird? Wobei, mal ganz ehrlich, was du für die *NY Woman* schreiben musst, ist auch nicht unbedingt die große Herausforderung. Wie läuft es eigentlich mit deinem aktuellen Artikel?«

»Hervorragend. Ich habe einen ersten Entwurf bereits an Nora geschickt, und sie ist begeistert.«

»Vielleicht kannst du ja freiberuflich weiter für die *NY Woman* schreiben. Hast du dir das schon überlegt? Mach dich selbstständig und such dir noch zwei, drei weitere Verlage. Das würde dich zumindest über die Runden bringen. Wie sieht es denn generell mit deinem Budget aus?«

»Ich habe ein wenig gespart, aber das meiste ist in die Renovierung geflossen. Solange das Hotel nicht vermietet ist, kann ich in dem Haus von Tante Gynnie bleiben. Es ist mein Eigentum und kostet mich nichts außer den üblichen Auslagen. Schließe ich einen Mietvertrag ab, erhalte ich die monatliche Miete. Finanziell würde es ausreichen, zumal das Leben in Maple Creek deutlich billiger ist als in New York.«

»Okay, die Themen Arbeit und Geld können wir also abhaken. Nächster Punkt: Jackson.«

»Sein Leben findet in New York statt, und er hasst Maple Creek. Er würde meine Entscheidung nicht mittragen, demnach kann ich mir jeglichen Gedanken an eine Fernbeziehung gleich aus dem Kopf schlagen. Es würde nicht funktionieren. Eine Trennung wäre unvermeidbar, wenn nicht sofort, dann innerhalb kürzester Zeit. Das liegt leider auf der Hand.«

»Liebst du ihn?«

»Was?«

»Es ist eine einfache Frage: Liebst du ihn?«

Molly seufzte. »Ich kann dir die Frage nicht beantworten. Er ist Bestandteil meines Lebens in New York. Wir verstehen uns gut und bewältigen den Alltag ohne Probleme. So viel Zeit verbringen wir nicht miteinander. Die Arbeit nimmt uns beide gewaltig in Beschlag. Ich weiß nicht, wie die Beziehung aussehen würde, hätten wir mehr Zeit füreinander. Wir sind sehr unterschiedlich, haben aber immer ein gemeinsames Ziel verfolgt. Dieses Ziel sehe ich nun nicht mehr. Außerdem …« Molly benötigte einige Sekunden, um auch diese Wahrheit auszusprechen. »Als Nat mich geküsst hat, ist etwas in mir geschehen, was ich nicht in Worte fassen kann. Das Gefühl hat alles beherrscht. So kitschig es klingt, ich habe das wahre Glück empfunden. Es war, als hätten mich rosafarbene Wolken fortgetragen. Dorothy, ich schwöre dir, ich habe so etwas bis jetzt noch nie erlebt. Ich hatte keine Ahnung, dass es solche Empfindungen überhaupt gibt.«

»Das klingt nicht kitschig, sondern wunderschön. Es ist genau das, was wir alle suchen, ob Frau oder Mann. Leider finden es nur die wenigsten.«

»Oder verlieren es gleich wieder, wie ich.« Molly senkte den Blick. Allein der Gedanke daran schmerzte sie zutiefst.

»Dazu habe ich auch etwas zu sagen. Du bist maßlos enttäuscht und stellst alles infrage, was zwischen dir und Nat geschehen ist. Du gehst dabei aber ausschließlich von dir aus und interpretierst Dinge hinein, die stimmen können oder auch nicht. Womöglich ist er tatsächlich der Schwerenöter, für den du ihn plötzlich hältst. Vielleicht aber empfindet er dieselben Gefühle für dich wie du für ihn. Dass es Jackson gibt, musstest du ihm nicht gestehen, er wusste es von Anfang an. Möglicherweise hat er einfach nicht den richtigen Zeitpunkt gefunden, um dir von dieser Frau zu erzählen. Du weißt im Grunde nichts. Wenn du ihn nicht darauf ansprichst, wirst du auch die Wahrheit nicht erfahren.«

»Ich will ihn nicht darauf ansprechen. Er soll meine Gefühle erst gar nicht erfahren und sich darin suhlen können.«

»Ich kenne deine Sturheit, und dein Stolz in allen Ehren, aber deshalb auf die Möglichkeit zu verzichten, glücklich zu sein, ist einfach … dämlich.« Dorothy kniff die Augen zusammen. »Was denkst du, warum ich wieder und wieder Beziehungen eingehe, nur um mich kurz darauf zu trennen? Weil ich genau diesem Gefühl hinterherlaufe, das du gerade beschrieben hast. Ehrlich, Molly, du hast einen Ort entdeckt, den du liebst und wo du Zufriedenheit finden kannst. Und du hältst die Möglichkeit in deinen Händen, die wahre Liebe zu erleben. Ersteres ist Fakt und steht außer Frage. Das Zweite musst du ergründen. Nimm dein Leben in die Hand und trau dich. Spring über deinen Schatten. Nach New York kannst du immer noch zurückkehren, und Jacksons gibt es hier viele.« Dorothy lachte auf. »Entschuldige, so meinte ich das nicht. Du weißt, ich habe nichts gegen Jackson.«

Molly streckte den Arm aus und ergriff Dorothys Hand. »Ich danke dir. Ich weiß nicht, was ich ohne dich täte.«

»Es ist doch umgekehrt genauso. Ich will die unzähligen Situationen jetzt nicht aufzählen müssen, in denen du mir weitergeholfen hast.« Dorothy lächelte. »Aber eines versprich mir: Wenn ich endlich mit dem Buch durch bin, musst du mir in deinem Maple Creek einen wundervollen Urlaub bereiten. Ich erwarte Betreuung rund um die Uhr.«

»Das verspreche ich dir. Ich wäre bitter enttäuscht, würdest du mich nicht besuchen.« Einen Moment lang verspürte Molly einen leisen Schwindel.

Was sie niemals für möglich gehalten hatte, war eingetreten. Sie wollte an einem anderen Ort als in New York leben. Und ein nächster Gedanke trat im selben Zug hervor.

Sosehr sie unter der Situation mit Nat litt, hatte es doch etwas Gutes. Sie wusste nun mit Bestimmtheit, dass ihr Wunsch, in Maple Creek zu leben, nicht daraus resultierte, dass sie sich in Nat verliebt hatte. Maple Creek war zuerst da gewesen und hatte nichts mit ihm zu tun. Er war nur dazugekommen.

Es handelte sich um zwei voneinander unabhängige Bereiche ihres Lebens. Sie waren zwar fest miteinander verwoben, schlossen sich aber gegenseitig nicht aus.

Kapitel 29

Molly ging im Wohnzimmer auf und ab. Sie erinnerte sich an Jacksons Worte am Telefon. Er hatte sich in Maple Creek gefühlt wie ein entflohener Löwe aus dem Zoo. Sie fühlte sich gerade wie ein eingesperrter Löwe, der durch die Gitterstäbe blickte und sich wünschte, entfliehen zu können.

Es war bereits vier Uhr, und Jackson war immer noch nicht zu Hause. Er hatte ihr eine kurze Nachricht geschrieben, dass er sich verspäten werde. Sie konnte nur warten.

Mittlerweile hatte sie auch Nats Nachrichten gelesen.

Er war sehr besorgt und wollte wissen, was geschehen war. Mit jeder seiner Mitteilungen war er eindringlicher und eindringlicher geworden. Dennoch hatte sie nur kurz geantwortet: *»Am Montag erzähle ich dir alles.«*

Zu mehr war sie noch nicht fähig. Sie sehnte sich nach ihm, und Dorothys Worte hatten ihr Hoffnung gegeben. Auf der anderen Seite traf sie jeder Gedanke an ihn derart schmerzhaft, dass sie förmlich erstarrte. Noch nie hatte sie auf der Gefühlsebene eine solche Qual verspürt.

Sie blieb stehen und blickte aus dem Fenster. Erst jetzt wurde ihr bewusst, dass sie in der Wohnung nie einen bevorzugten Fleck gehabt hatte. In Maple Creek war der Stuhl in der Küche auf Anhieb zu ihrem ganz persönlichen Platz geworden.

Molly senkte den Kopf und atmete tief durch. Die Zeit war gekommen. Es gab nichts, worauf sie warten sollte.

Mit einem Seufzer ging sie ins Schlafzimmer und holte zwei Koffer aus dem kleinen Abstellraum neben der Ankleide. Dann begann sie, die wichtigsten Dinge für die nächsten Wochen einzupacken.

Sie war bereits mit dem ersten Koffer fertig und stand gerade im Ankleideraum, als sie Jackson aus dem Schlafzimmer fragen hörte: »Was ist denn hier los?«

Sie legte die Frühlingspullis, die sie gerade aus dem Regal gezogen hatte, zurück und ging ins Schlafzimmer.

Jackson zeigte auf die beiden Koffer auf dem Fußboden und wiederholte seine Frage: »Was ist denn hier los?«

»Jackson, wir müssen reden«, antwortete sie leise.

»Ja, das denke ich auch.« In seiner Stimme lag noch immer Ärger.

»Ich fühle mich in New York nicht mehr wohl.« Die Worte kamen wie von selbst über ihre Lippen.

»Was – bitte – meinst du damit? Bist du sauer auf mich, weil ich es falsch finde, dass du das Hotel nicht verkaufen willst? Wir hatten doch schon öfter Differenzen. Willst du es nicht verkaufen, dann vermiete es um Himmels willen. Ich werde mich daran gewöhnen, dass du ab und zu nach Kanada fliegst. Sofern ich nicht mitkommen muss, ist es in Ordnung für mich.«

»Darum geht es nicht.« Sie setzte sich aufs Bett. Jetzt, da ihr bewusst geworden war, welchen Weg sie einschlagen musste, und eine endgültige Entscheidung getroffen hatte, spürte sie einen tiefen inneren Frieden. Mit ganzer Kraft wollte sie versuchen, Jackson ihre Gefühle zu erklären.

Sie begann zu erzählen.

Jackson hörte ihr zu, ohne sie zu unterbrechen. »Ist das dein voller Ernst? Empfindest du wirklich so?«, fragte er, als sie schließlich geendet hatte. In seiner Stimme lag kein Ärger, nur noch blankes Staunen.

»So schwer es mir fällt, New York zu verlassen, weiß ich doch von ganzem Herzen, dass ich nach Maple Creek gehöre. Ich habe mich verändert, und ich bitte dich, mich zu verstehen.«

Er fuhr sich mit der flachen Hand über die Stirn. »Ich gebe zu, das kommt unerwartet für mich. Ich weiß nicht, was ich sagen soll. Verstehen kann ich dich nicht, auch wenn ich es gern würde.« Er wirkte verwirrt. »Was ist mit deiner Arbeit und … mit uns? Was willst du dort machen? Wie soll die Beziehung weiter funktionieren?« Er schüttelte den Kopf. »Ich denke nicht, dass wir so zusammenbleiben können.«

»Ich möchte dir eine Frage stellen, und bitte beantworte sie ehrlich.«

Er nickte.

»Hast du mich vermisst?«

»Nun, na ja … Ich habe viel gearbeitet und war abends oft mit Kollegen unterwegs.« Hörbar stieß er die Luft aus den Lungen und sah Molly direkt an. »Du möchtest keine Ausflüchte hören, sondern eine ehrliche Antwort von mir haben. Okay. Ohne dich war alles eine Spur unkomplizierter. Ich habe mich nicht mit dir abstimmen müssen. Wenn ich noch auf einen Drink gehen wollte, bin ich gegangen. Wenn ich Lust hatte, bis Mitternacht zu arbeiten, habe ich bis Mitternacht gearbeitet.« Abermals schüttelte er den Kopf. »Ich habe dich nicht vermisst, aber natürlich hast du mir gefehlt. Ich habe dich immerhin sehr gern, Molly, wirklich.«

»Ich dich doch auch, aber wir lieben uns nicht. Das ist leider die Wahrheit.«

Eine Weile lang schwiegen sie beide. Schließlich fragte Jackson: »Und was machen wir jetzt?«

»Jetzt gehen wir etwas essen und danach auf einen Drink. Was meinst du?« Molly versuchte ein Lächeln. Es fiel ihr schwer. Obwohl sie spürte, wie eine Last von ihr abfiel, war sie doch mitgenommen und traurig. Sie war gerade dabei, einen wesentlichen Abschnitt ihres Lebens abzuschließen, und damit verlor sie auch einen bedeutsamen Menschen. Der Verlust tat weh.

»Die Idee ist gut. Wann geht dein Rückflug?«

»Noch habe ich nicht gebucht. Ich werde in die Redaktion müssen, das möchte ich gleich Montag früh erledigen. Am Montagnachmittag oder am Abend sollte ich dann zurückfliegen.«

Jackson antwortete mit einem verlegenen Lächeln: »Morgen bin ich eigentlich schon verplant. Ich wusste ja nicht, dass du kommst und was du mir zu sagen hast. Bills Geburtstag … er will groß feiern und hat – du wirst es nicht glauben – eine Bowlinghalle gemietet. Eine reine Männergruppe. Es beginnt um zehn Uhr vormittags und wird bis in die Nacht hinein dauern, denke ich.«

»Das ist kein Problem. Ich habe einiges vorzubereiten. Kann ich meine restlichen Sachen noch eine Weile in der Wohnung lassen? So viel ist es nicht, nur die übrige Kleidung und einige persönliche Dinge. Ich muss den Umzug erst organisieren.«

»Lass deine Sachen hier, solange du willst. Ich habe nicht vor, umzuziehen. Du beanspruchst die Wohnung doch nicht? Immerhin habe ich damals die Kaution hinterlegt.«

»Natürlich nicht. Und wir lassen meinen Namen selbstverständlich aus dem Mietvertrag streichen.«

Jackson fixierte die beiden Koffer. »Ich finde das alles gerade etwas seltsam.«

Einem Impuls folgend ging Molly zu ihm und umarmte ihn.

Er erwiderte ihre Geste.

Molly spürte Wärme in sich aufsteigen. Still dankte sie Jackson für seine Ehrlichkeit und sein Verhalten. Ob er ahnte, wie sehr er ihr damit half?

Kapitel 30

Nat hatte schlecht geschlafen. Immer wieder war er aufgewacht und hatte einen Blick auf sein Handy geworfen. Bis auf ihre knappe Nachricht, dass sie ihm am Montag alles erklären werde, war nichts von Molly gekommen. Dabei hatte er ihr Fragen gestellt und sie darum gebeten, ihm zumindest kurz zu schreiben, was los war.

Um sich abzulenken, hatte er den Samstag bislang damit zugebracht, Dinge zu erledigen, die er bereits seit Wochen vor sich hergeschoben hatte. Erst hatte er seinen Schreibtisch im Wohnhaus aufgeräumt, dann war er in den Garten gegangen und hatte die Gräser rund um den kleinen Teich geschnitten. Als er auch noch einige Sträucher von vertrockneten Schlingpflanzen befreit hatte, war nichts mehr übrig, was er um diese Jahreszeit im Garten hätte erledigen können. Für das Düngen der Bäume und Sträucher war es noch zu früh, auch der Rasen musste nicht gemäht werden.

Nat ging zurück ins Haus und schrieb Molly eine weitere Nachricht, dann goss er die Pflanzen im Wintergarten. Das Warten zermürbte ihn. Er durchlebte ein wahres Wechselbad der Gefühle, und immer wieder kreisten seine Gedanken um dieselben

Fragen: Warum war Molly abrupt abgereist? Was hatte sie in New York zu erledigen? Weshalb sprach sie nicht mit ihm und erklärte ihm alles?

In der einen Minute sah er einen Hoffnungsschimmer und sorgte sich um Molly, in der nächsten wechselte seine Stimmung schlagartig, und er fiel ins genaue Gegenteil. Sie hatte mit ihm gespielt. Er war in ihrem Leben nicht mehr als eine Momentaufnahme gewesen, und so rasch wie möglich musste er sie aus seinen Gedanken verbannen. Aber wie sollte er das bewerkstelligen?

Die kurze Zeit mit Molly war Nat wie ein wahr gewordener Traum erschienen. Als er in der Tavern ihre Hand zum ersten Mal berührt hatte, war ein Feuer durch seinen Körper geschossen, das ihn völlig aus der Fassung gebracht hatte. Vergangenheit und Gegenwart waren verschmolzen und hatten ihm eine neuartige, wunderbare Welt eröffnet. Er hatte nur noch den Gedanken in sich getragen, wie es weitergehen konnte und welche Möglichkeiten sie hatten.

Gestern Abend hatte er Molly seine Gefühle und Gedanken offenbaren wollen. Wie ursprünglich geplant, wäre er mit ihr die Vermietungsvarianten durchgegangen und hätte ihr von seinem Treffen mit dem Unternehmer erzählt: Noch gab es viele offene Punkte, die sie klären mussten, aber die Idee begann langsam tatsächlich konkrete Formen anzunehmen. Dann wäre er in den persönlichen Teil hinübergeglitten. Die Vorstellung des Moments befand sich noch immer in seinem Kopf. Er hätte sie in die Arme gezogen und ihr ins Ohr geflüstert, dass er sie nie mehr verlieren wolle.

Nichts davon war jedoch geschehen, weil Molly überstürzt abgeflogen war.

Nat sah sich um. Er musste sich beschäftigen, sonst würde er noch durchdrehen. Kurz entschlossen verließ er das Haus und fuhr in die Zimmerei. Dort gab es immer etwas zu tun.

Wie schon zu Hause räumte er auch hier seinen Schreibtisch auf, machte sich über die Ablage her und begann, Angebote abzuarbeiten und Rechnungen zu schreiben.

Knapp vor acht Uhr abends hatte er schließlich alles erledigt. Es gab nicht einmal mehr einen Bleistift zu spitzen.

Er verließ die Zimmerei und fuhr zur Sycamore Tavern. Sämtliche Tische waren besetzt, an der Bar gab es auch keinen freien Platz mehr, die Gäste standen in Zweierreihe.

Nat stellte sich zu Jim, der ihn sofort fragte: »Warst du gestern Abend vielleicht mit Molly unterwegs? Ich will nicht neugierig sein, aber ihr seid beide nicht in der Tavern aufgetaucht, und ich sorge mich um sie.«

»Wir waren nicht zusammen. Ich habe länger gearbeitet und hatte dann keine Lust mehr auszugehen. Und Molly ist nach New York geflogen.« Tatsächlich war er gestern nicht fähig gewesen, sich in der Tavern an die Bar zu setzen und so zu tun, als wäre nichts geschehen.

Jim machte ein erstauntes Gesicht. »Sie hat nichts davon erwähnt.«

»Ich wusste es auch nicht. Sie muss spontan aufgebrochen sein. Ich habe nur eine Nachricht von ihr erhalten.«

Tom winkte Nat und bedeutete ihm, sich an die Seite der Bar zu ihm zu stellen.

»Entschuldige, Jim, Tom will etwas.« Nat ging um die Bar herum. »Brauchst du Hilfe?« Nicht nur einmal war Nat eingesprungen und hatte hinter der Bar einfache Tätigkeiten für Tom erledigt, wenn es zu voll gewesen war.

»Nein, das geht schon. Ich habe alles im Griff. Nat, hör zu, ich muss dir etwas erzählen. Ich weiß nicht, ob es von Bedeutung ist, aber …« Ein Gast hob die Hand.

Tom bediente ihn. Als er zurückkam, sprach er weiter. »Als du am Donnerstag bei deinem Termin warst, ist Molly hier gewesen. Elisabeth hat ein paar unnötige Meldungen geschoben, worauf Molly Laurie ausgefragt hat. Laurie hat mir dann erzählt, dass Molly …« Abermals musste Tom pausieren.

Als er sich wieder zu Nat stellte, rief bereits der nächste Gast nach ihm. Tom zuckte entschuldigend mit den Schultern. »Nat, sorry. Warten wir, bis es ruhiger wird. Dann erzähle ich dir alles. Aber kein Wort zu Laurie, sie hat es mir im Vertrauen berichtet.« Er verdrehte die Augen. »Warum greifen wir Männer nicht zum Telefon, wenn wir etwas zu bereden haben? Frauen schaffen das doch auch. Ich hätte dich echt anrufen sollen.«

Nat nickte. Telefonate zwischen Tom und ihm konnte er an einer Hand abzählen. Telefonierten sie, musste es schon um die Arbeit oder eine kurzfristige Terminverschiebung gehen. »Ja, reden wir dann. Bringst du mir ein Bier? Aber lass dir Zeit, bediene erst die anderen.«

Tom hob den Daumen und startete los.

Nat spürte das Vibrieren seines Handys und sah sofort nach. Molly hatte geschrieben! Sofort spannte sich alles in ihm an. Er öffnete ihre Nachricht und las: *»Ich muss länger als geplant in New York bleiben. Montag komme ich spät zurück und bin ab Dienstag für die Baustelle wieder verfügbar.«*

Unwillkürlich schüttelte Nat den Kopf. Dies war definitiv keine Nachricht, wie Verliebte sie verfassten. Molly informierte ihn und nahm ausschließlich Bezug auf das Hotel, kein persönliches oder herzliches Wort befand sich darin.

Er konnte sich doch nicht dermaßen geirrt haben. Deutlich hatte er gespürt, wie es ihr ergangen war. Sie hatte wie er empfunden. Etwas musste geschehen sein, aber was?

Gar nichts war geschehen, gab er sich die Antwort. Sie befand sich in New York und verbrachte Zeit mit ihrem Partner. So einfach war das. Er brauchte nicht zu grübeln und sich unzählige Fragen zu stellen. Träume wurden nun einmal nicht wahr. Er befand sich nicht in einem Märchen mit gutem Ausgang, sondern in der Realität.

Was sollte er Molly antworten? Er hatte bereits alles geschrieben, was ihn beschäftigte. *»Okay, bis Dienstag«,* tippte er schließlich und steckte das Handy weg.

Tom wollte ihm unbedingt etwas erzählen. Normalerweise hätte er bei der vollen Bar nie versucht, etwas Privates mit ihm zu besprechen. Tom agierte in der Arbeit professionell, er musste es für dringend erachten. Hatte es gar mit Mollys überstürzter Abreise zu tun?

Am Donnerstagabend musste etwas geschehen sein. Molly hatte mit Laurie gesprochen, und auch Elisabeths Finger waren im Spiel gewesen, so weit war Tom mit seinem Bericht gekommen. Plötzlich machte sich ein mulmiges Gefühl in Nat breit.

Eilig ließ er die vergangenen Tage Revue passieren: Er war mit Molly zu der Kleiderabgabestelle gefahren, und sie hatten sich für Freitag verabredet. Dann war er zu seinem geschäftlichen Termin gehetzt, und Molly war in die Tavern gegangen. Alles war bis dahin in Ordnung gewesen.

Nat verfluchte sich dafür, gestern Abend zu Hause geblieben zu sein. Tom und er hätten Gelegenheit gehabt, miteinander zu sprechen, und er müsste nicht mehr Rätsel raten und bangen.

Vielleicht wusste Jim etwas. Nat nahm sein Glas, das Tom ihm währenddessen hingestellt hatte, und ging zu ihm.

»Ist alles in Ordnung mit dir, Junge?«, fragte Jim, nachdem er Nat eingehend betrachtet hatte.

Nat vollführte eine abweisende Handbewegung. »Ganz und gar nicht. Jim, du bist doch am Donnerstag sicher auch in der Tavern gewesen. Hast du durch Zufall etwas mitgehört? Elisabeth muss mit Molly geredet und irgendetwas Falsches zu ihr gesagt haben.«

»Du machst dir Sorgen um Molly?«

»Und ob. Ich weiß nicht, was das alles zu bedeuten hat, und drehe langsam durch.«

»Ich denke, deine Sorge ist berechtigt. Du kennst ja Elisabeth, sie ist –« Jim brach mitten im Satz ab und starrte zur Eingangstür. »Das glaube ich nicht. Nat! Pamela ...«

Nat riss den Kopf herum und starrte auf die Frau, die direkt auf ihn zukam. »Pam? Was um alles in der Welt machst du denn hier?«

»Was ist, kleiner Bruder, willst du deine Schwester nicht umarmen?« Sie wartete nicht und schlang ihre Arme um ihn. Dann begrüßte sie Jim ebenfalls mit einer Umarmung.

Ihre Augen richteten sich wieder auf Nat. »Ich war schon beim Haus. Nachdem ich erfolglos geklingelt habe, bin ich in die Tavern gefahren. Es gibt nicht so viele Plätze, wo du abends aufzufinden bist.«

»Was willst du trinken, und hast du Hunger?«, fragte Nat. Er wusste nicht, was er sonst sagen sollte. Das plötzliche Erscheinen seiner Schwester brachte ihn noch mehr durcheinander, als er ohnehin schon war.

»Um ehrlich zu sein, würde ich lieber nach Hause fahren. Ich muss mit dir reden.«

»Natürlich, wir können sofort los.«

»Lass mich nur schnell alle begrüßen, dann fahren wir.«

Nat blickte Pamela mit starrer Miene nach, wie sie in die Küche zu Laurie verschwand. War es also wieder einmal so weit, dachte er. Obwohl er sich sehr freute, seine Schwester zu sehen, überkam ihn auf der Stelle zugleich auch ein bestens bekanntes und entmutigendes Gefühl.

Ihre Ankunft konnte nichts anderes bedeuten, als dass sie wieder einmal ihren Job hingeschmissen hatte und sich treiben ließ. Er kannte das Spiel. Euphorisch begann sie eine neue Arbeit, dann schlichen sich Unzufriedenheit und Langeweile ein, woraufhin sie kurzerhand kündigte und nach Maple Creek zurückkehrte. Sie blieb so lang, bis auch hier der Alltag zuschlug und sie an einen neuen Ort, zu einem neuen Job flüchtete. Dabei hatte er dieses Mal wirklich gedacht, es könne anders sein. Sie hatte einen tollen Job gefunden und einige Jahre durchgehalten.

Nat reichte Jim einen Geldschein. »Kannst du für mich mitbezahlen? Ich bringe Pam nach Hause.« Er seufzte. »Mich erwartet wohl eine altbekannte Neuigkeit.«

Jim nickte. »Dich erwischt es gerade von links und rechts. Alles Gute, Nat.«

Kapitel 31

Jim blickte Nat und Pamela nach, wie sie die Tavern verließen. Wegen Pams überraschenden Auftauchens war er nicht mehr dazu gekommen, Nat zu erzählen, was er am Donnerstagabend mitbekommen hatte.

Jim brauchte keine Details zu kennen, um längst zu wissen, dass Molly und Nat sich ineinander verliebt hatten. Mollys Abreise und Nats Sorge ließen ihn den Rest zusammenzählen. Es lag auf der Hand, was geschehen war.

Inständig hoffte er, Nat und Molly würden es schaffen, miteinander zu reden. Als Außenstehender war es leicht, zu erkennen, dass ein solches Gespräch sämtliche Probleme aus der Welt schaffen konnte. Befand man sich allerdings mitten in der Situation und war persönlich beteiligt, war ein neutraler Blickwinkel nicht möglich. Mannigfaltige Gefühle kamen hinzu und verhinderten, aufeinander zuzugehen. Es begann mit falsch verstandenem Stolz und reichte bis zur Trauer, die einen Menschen Schutzmauern errichten ließ, die im schlimmsten Fall nicht mehr zu durchdringen waren.

Jim kannte Nat von Geburt an und hatte hautnah miterlebt, wie der Junge unter dem Tod seiner Mutter gelitten hatte. Gynnie hatte versucht, Nat die Geborgenheit und Liebe zu geben, die er vermisste. Ihre größte Sorge war gewesen, dass Nat diesen Verlust vielleicht nie loslassen konnte und er sein Leben maßgeblich beeinflussen würde. »Er braucht unbedingt die richtige Frau an seiner Seite, und er muss lernen, zu lieben«, hatte Gynnie es auf den Punkt gebracht.

Es war nicht gut, sein Herz zu verschließen. Er selbst war der beste Beweis dafür. Als Lucy gestorben war, hatte er geglaubt, niemanden mehr an seiner Seite zu brauchen. Er hatte sich gar nicht vorstellen können, mit einer anderen Frau seine Zeit zu verbringen. Aber die Jahre waren dahingezogen, und mittlerweile musste er sich eingestehen, dass er sich nach Zweisamkeit sehnte.

Morris hatte schon recht. Er wünschte sich eine Ansprechperson, mit der er seine Gedanken teilen und die Freizeit gestalten konnte. Es wäre schön, Hand in Hand spazieren zu gehen, ein Lächeln geschenkt zu bekommen, jemandem von den kleinen Erlebnissen des Tages berichten zu können.

Schon vor einiger Zeit hatte er seine Arbeit dahingehend reduziert, dass er nur noch Klienten in der Gegend von Maple Creek betreute. Er wollte nicht mehr für die Arbeit herumreisen müssen, zumal er im Laufe der Jahre genügend Geld angespart hatte, um angenehm leben zu können. Dementsprechend gestalteten sich seine Fälle deutlich einfacher als früher. Im Grunde ging es um Kleinigkeiten. Auch das trug dazu bei, dass ihm etwas fehlte – die Kehrseite der Medaille.

Jim seufzte. Allein die Spaziergänge mit Molly hatten ihm deutlich vor Augen geführt, wie inspirierend es sein konnte, sein Wissen und seine Eindrücke mit einer anderen Person zu teilen.

Wieder kehrten seine Gedanken zu Nat zurück. Sollte er mit ihm reden? Oder besser ein Gespräch mit Molly führen? Grundsätzlich war er kein Mensch, der sich in die Angelegenheiten anderer einmischte. Hatten sich die Fronten zwischen Molly und Nat allerdings verhärtet, würden sie die Hürde ohne fremde Hilfe womöglich nicht schaffen. Er kannte Nats Charakterzüge, und auch bei Molly hatte er eine Ahnung davon bekommen, wie sie in bestimmten Situationen reagierte. Beide waren auf ihre jeweils spezielle Art stolz und durchaus eigenwillig.

Als ersten Schritt müsste er herausfinden, ob seine Vermutungen überhaupt der Realität entsprachen. Es konnte sich bei den beiden genauso um ein Strohfeuer gehandelt haben, was er allerdings nicht glaubte.

Dann würde er ergründen müssen, welche Zukunft Molly und Nat jeweils für sich sahen. Immerhin lebte Molly meilenweit von Maple Creek entfernt mit einem festen Partner. Und Nat hatte grundsätzlich Schwierigkeiten, eine Beziehung aufrechtzuerhalten.

Unmerklich schüttelte Jim den Kopf. Es war schön, daran zu denken, Nat und Molly zu unterstützen, aber er war eindeutig die falsche Person dafür.

Was aber, wenn sie wirklich keinen Weg fanden, zumindest miteinander zu sprechen und die Angelegenheit zu klären? Die Antwort war einfach: Er würde sich ewig Vorwürfe machen.

Wäre doch nur Gynnie noch am Leben! Sie hätte sofort gewusst, was zu tun wäre. Wahrscheinlich hätte sie kurzerhand beide zu sich bestellt und die Moderation des Gesprächs übernommen. Jim konnte sich die Szene lebhaft vorstellen. Gynnie hätte sich beide Seiten angehört, sich eine Meinung daraus gebildet und ihnen dann ihre Sichtweise direkt und nachhaltig dargelegt. Allein die Vorstellung ließ ihn lächeln.

Nun, auf jeden Fall wollte er zumindest Augen und Ohren offen halten. Vielleicht ließ ihn der Zufall auf indirekte Weise eingreifen. Gab ihm das Schicksal einen Wink, würde er nicht zögern.

Kapitel 32

Der Montag war schneller gekommen, als Molly befürchtet hatte. Sie verließ die Wohnung und machte sich auf den Weg zur Redaktion der *NY Woman*.

Am Samstag hatten Jackson und sie noch lang miteinander geredet. Vor allem am Anfang waren sie beide bedrückt gewesen und hatten hauptsächlich über gemeinsame Erinnerungen gesprochen. Dann war die gedämpfte Stimmung jedoch langsam gewichen, und sie waren beinahe wie Freunde miteinander umgegangen.

Obwohl Jackson ihre Entscheidung nicht nachvollziehen konnte, bemühte er sich, sie zu akzeptieren. Molly verstand, wie schwer der Umstand für ihn sein musste. Es hatte von ihrer Seite keinerlei Anzeichen gegeben, dass sie das Landleben der Stadt vorziehen würde.

Den Sonntag hatte sie vorrangig mit der Planung ihres Umzugs zugebracht. Es gab viele Kleinigkeiten zu bedenken und durchzuführen, die nun der Reihe nach auf einer To-do-Liste standen. Sie hatte auch Nora, ihrer Chefin bei *NY Woman*, eine Nachricht geschrieben und einen Termin für Montagmorgen um neun Uhr mit ihr vereinbart. Nora kannte wie viele andere kein Wochenende im eigentlichen Sinn. Die Türen der Arbeit schlossen sich nie.

Nat hatte sie ebenfalls eine Nachricht geschrieben, dass sie erst am Dienstag wieder zur Verfügung stünde. Schon an ihn zu denken berührte sie bis ins Innerste. Aber sie musste lernen, mit den Tatsachen umzugehen.

Nat lebte in Maple Creek, und sie würden einander naturgemäß oft begegnen. Dagegen konnte sie nichts tun. Ihre wichtigste Erkenntnis war gewesen, dass sie nicht seinetwegen in Maple Creek bleiben wollte. Es war illusorisch, zu glauben, sein Glück auf allen Ebenen finden zu können.

Dennoch keimte in Molly immer wieder eine leise Hoffnung. Sie wünschte sich nichts sehnlicher als eine gute Erklärung, warum Nat ihr nichts von Charlotte erzählt hatte. Womöglich lag die Wahrheit meilenweit von ihren gesponnenen Ängsten entfernt. Aber sie wollte sich nicht an einen Strohhalm klammern. Das Leid würde sich nur vergrößern, wenn sie sich dem Wunschtraum hingab. Immerhin kannte sie die groben Fakten und war Realistin genug, um zu wissen, dass die Wirklichkeit nicht zu verdrehen war.

Die Zeit würde vergehen, und irgendwann einmal konnten die Momente mit Nat vielleicht als eine schöne Erinnerung in ihrem Kopf weiterexistieren. Dann würde sie mit einem Lächeln daran denken, ohne dass ihre Gefühle direkt damit verknüpft waren.

Molly betrat das Gebäude der *NY Woman* und fuhr mit dem Lift in den achten Stock hinauf. Dort war die Redaktion untergebracht. Während sie den Gang zu Noras Tür entlanglief, ermahnte sie sich, sämtliche Gedanken an Nat jetzt wegzupacken. Es ging um ihre Arbeit.

Sie erreichte das Büro und klopfte. Als sie ihre Chefin »Ja bitte!« rufen hörte, trat sie ein. »Hallo, Nora!«

»Molly! Komm und setz dich. Deine Nachricht gestern ist überraschend gekommen und war zugegeben etwas kryptisch. Ich bin neugierig. Was machst du überhaupt hier in New York? Dein Artikel ist übrigens der Hammer. Also, was musst du mit mir besprechen? Ein paar kleine Anmerkungen habe ich noch, den Artikel betreffend, meine ich.«

So war Nora. Stets trug sie mehrere Gedanken auf einmal in sich und formulierte sie in einem bunten Wirrwarr. Nora war bereits Chefredakteurin gewesen, als Molly bei der *NY Woman* begonnen hatte. Anfangs hatte sie ihre Schwierigkeiten damit gehabt, Nora zu folgen, aber nach einigen Wochen hatte sie den sprühenden Geist ihrer Chefin schätzen gelernt.

Molly nahm Platz. Sie wollte nicht lang um den heißen Brei herumreden. »Nora, ich werde New York verlassen.«

»Was meinst du damit?«

»Ich werde nach Maple Creek in Kanada ziehen.«

Nora starrte sie entgeistert an, fing sich aber sofort wieder. »Das musst du mir erklären. Warum willst du dorthin ziehen? Was ist so besonders an diesem Maple Creek?« Sie hob die Hand. »Nein, lass ruhig. Ich denke, ich brauche keine Extraerklärung. Es steht alles in deinem Artikel. Habe ich recht?«

Molly lächelte. »Und wie recht du hast!«

»Deshalb ist er auch so gut, weil er ehrlich ist und von deiner Seele kommt. Warte mal …« Nora kramte in einem Stapel von Papieren und zog eine Mappe heraus. Sie schlug sie auf und las. Nora war nicht nur für ihre Gedankensprünge bekannt, sondern auch für ihre Lesegeschwindigkeit. »O ja.« Sie nickte. »Ganz genau.« Dann blätterte sie um und murmelte: »Faszinierend.« Als sie am Ende angelangt war, legte sie die Mappe beiseite. »Ich wollte nur schnell deinen Artikel in meinen Kopf hereinholen. Molly, hör zu. Die persönliche Note ist perfekt. Die Heiterkeit bringst du toll rüber. Aber du könntest für meinen Geschmack noch ein bisschen mehr unmittelbares Gefühl hineinbringen. Weißt du, was ich meine?« Sie gab sich selbst die Antwort. »Der Artikel ist so aufgebaut, dass du durchaus in die Vollen greifen kannst. Erzähl mehr von dir selbst, bring deine eigene Geschichte ein. Die Leserinnen sollen vor Rührung und Freude weinen, wenn sie das lesen. Ich möchte, dass sie hautnah spüren, was du als Person dort empfindest.«

»Das wird nicht schwer sein.«

Nora nickte und lehnte sich zurück. »Du teilst mir also gerade deine Kündigung mit?«

»Schweren Herzens, aber ich habe mich entschieden.«

»Hm …« Nora tippte mit dem Zeigefinger auf ihre Lippen. Ruckartig setzte sie sich wieder auf. »Wir verschieben die Erscheinung um eine Ausgabe. Schreib den Artikel in meinem Sinne um, das Ende ebenfalls. Ich will am Schluss einen gekonnten Cliffhanger stehen sehen … Du fühlst dich dort zu Hause, du willst nicht mehr weg, was wirst du tun? Oder so ähnlich. Und dann mach gleich weiter mit dem zweiten Teil. Hast du dort vielleicht auch eine Liebelei? Nimm sie dazu! Das gibt die richtige Würze. Es muss ja nicht alles stimmen. Sechs Teile vorerst, dann sehen wir weiter.«

»Ich kann weiterschreiben und muss nicht sofort kündigen?«

»Mehr oder weniger. Wir machen einen neuen Vertrag.« Wieder tippte Nora auf ihre Lippen. »Acht Monate vorläufig. Dann sehen wir weiter, je nachdem, wie die Serie ankommt. Du bist aber nicht mehr voll beschäftigt, ich kann dir also dein aktuelles Gehalt nicht weiterbezahlen. Was sagst du zu meinem Vorschlag?«

Molly brauchte einen Moment, um zu begreifen, was Nora ihr anbot. Am liebsten hätte sie aufgejubelt. »Nora, das ist toll. Ich danke dir.«

»Oh, du brauchst mir nicht zu danken. Ich handle aus purem

Eigennutz.« Sie beugte sich vor. »Ich überlege schon seit einiger Zeit, was ich mit deinem Talent anfangen könnte. Jetzt hat das Schicksal entschieden. Molly, sag mal, ist es dort wirklich so schön?«

»Es ist kaum in Worte zu fassen. Ich erlebe in Maple Creek eine Art von Ruhe und Zufriedenheit, wie ich sie nicht kenne. Das stimmt nicht ganz. Wie du aus dem Artikel weißt, habe ich als Kind einige Sommer dort verbracht. Schon damals war ich in Maple Creek schlichtweg glücklich.«

»Ich versuche es mir vorzustellen, aber mir fehlt der Bezug. Kein Wunder bei unserem Leben. Vor dem nächsten Artikel schick mir bitte eine kurze Zusammenfassung. Gegebenenfalls können wir dann noch ein wenig daran feilen. Vielleicht komme ich sogar höchstpersönlich bei dir vorbei. Eine Auszeit würde mir auch guttun. Ich sehe mich schon durch die Wälder spazieren und die frische Luft einatmen. Wie du weißt, verschwinde ich einmal im Jahr für zwei Wochen in ein Beautyhotel: Massagen, Schlammbäder, Peelings, Gesichtspackungen und ein bisschen Botox.« Sie grinste. »Auch ich werde nicht jünger. Womöglich hilft die Natur besser als ein Schlammbad. Als Draufgabe könnte ich mich in einen strammen Kanadier in meinem Alter verlieben, keinen jungen. Das wäre zu anstrengend. Gäbe es denn einen? Ja, die Idee gefällt mir gut.«

Molly schmunzelte. »O ja. Jim, er ist Anwalt. Ich weiß nicht genau, wie alt er ist. Vielleicht zwei oder drei Jahre älter als du. Er ist wortgewandt und hat einen guten Humor.«

»Ist er ein typischer Anwalt?«

»Du meinst, wie wir sie aus New York kennen? Genau das Gegenteil. Groß, kräftig, leger gekleidet, und genauso ist auch sein Wesen. Und einen Hund hat er auch, Cicero.«

»Dann hätte meine Sugar sogar einen Spielgefährten.« Nora warf einen Blick unter ihren Schreibtisch, wo Sugar, ein Yorkshireterrier, seinen festen Platz hatte.

»Ich weiß nicht, Cicero ist ein bisschen größer als Sugar. Sehr viel größer.«

»Kleiner Körper, umso größeres Selbstbewusstsein, das ist Sugar. Ich sage dir jetzt etwas, Molly, ich komme bestimmt. So, aber nun müssen wir den bürokratischen Kram erledigen. Ich rufe gleich im Personalbüro an. Der Vertrag ist Standard. Sie sollen ihn sofort aufsetzen, dann können wir unterschreiben. Vorher lasse ich dich nicht gehen. Gibt es jetzt eine Liebelei oder nicht?«

Molly nickte. »Sogar eine mit unglücklicher Wendung.«

»Wunderbar. Entschuldige, so meinte ich es nicht. Du weißt, worauf ich hinauswill. Tragische Wendungen sind perfekt, aber sorge dafür, dass es ein Happy End gibt. Das ist wichtig.«

Kapitel 33

Molly bezahlte den Taxifahrer und gab ihm ein gutes Trinkgeld. Er war so nett gewesen, ihr die beiden schweren Koffer ins Haus zu tragen. Die Rollen hätten Molly auf dem Kiesweg nicht geholfen.

Sie schloss die Eingangstür hinter sich und schaltete das Licht ein. Es war bereits dunkel. Sofort ging sie weiter in die Küche. Versonnen betrachtete sie ihren Stuhl, dann glitt ihr Blick weiter durch den Raum.

Hier war sie nun zu Hause. Ihr Leben, wie sie es kannte, existierte nicht mehr. Sie hatte einen gewaltigen Schritt gewagt und befand sich auf der Schwelle zu einem neuen Dasein. Der Gedanke bescherte ihr ein unbändiges Glücksgefühl, aber auch ein wenig Furcht machte sich in ihr breit. Hatte sie zu spontan gehandelt? War ihre Entscheidung wirklich richtig? Sie hatte einem tiefen Empfinden nachgegeben und war ihrer Intuition gefolgt.

Mit einem leisen Seufzer setzte sich Molly und legte die Hände flach auf den Tisch. Sie spürte die Struktur der Oberfläche, das Holz fühlte sich warm an. »Ich habe die richtige Entscheidung getroffen«, sagte sie laut und erschrak über ihre eigene Stimme. Unweigerlich musste sie lachen. Es war ein befreiendes Lachen.

Wäre Tante Gynnie noch am Leben und hier, würden sie bestimmt nicht mehr zu Hause sitzen, sondern wären längst unterwegs, um allen die Neuigkeit zu erzählen.

Und genau das wollte Molly jetzt auch tun. Auf einmal konnte sie es nicht mehr erwarten, ihren Freunden von der großen Neuigkeit zu berichten.

Sie sprang auf und verließ eilig das Haus.

Im Laufschritt absolvierte sie den Weg zur Sycamore Tavern und riss ungeduldig die Tür auf, als sie ankam.

Es war schon spät, und es befand sich gerade noch ein gutes Dutzend Gäste im Raum. Jim saß an der Bar, Laurie und Tom standen etwas abseits. Mollys Blick glitt weiter, und sie erstarrte.

Nat saß ebenfalls an der Bar, neben ihm lehnte eine Frau am Tresen. Sie hatte den Arm um seine Schulter gelegt, ihre Köpfe befanden sich dicht beieinander. Angeregt unterhielten sie sich.

Am liebsten hätte Molly auf der Stelle kehrtgemacht und wäre davongelaufen, aber Jim hatte sie bereits entdeckt und winkte ihr zu. Unter Aufbringung all ihrer Kraft setzte sie ein Lächeln auf und ging zu ihm.

Laurie hatte sie ebenfalls gesehen und setzte sich bereits in Bewegung.

»Wir haben dich vermisst. Ist alles in Ordnung?«, fragte Jim.

Laurie drückte sie kurz an sich. »Ja, was war los, Molly? Wir haben uns Gedanken gemacht.«

Molly erklomm einen Barhocker. Sie freute sich aufrichtig über den herzlichen Empfang. Es half ihr ein wenig über den Schock hinweg, Nat in den Armen einer fremden Frau sehen zu müssen. »Es tut mir leid, dass ich euch nicht informiert habe, bitte entschuldigt. Aber alles ist so schnell gegangen.«

»Morris hat uns erzählt, dass er Freitagvormittag noch bei dir war und du dich entschieden hast, das Hotel nicht zu verkaufen. Wir sind übrigens alle sehr glücklich darüber«, sagte Jim.

»Nat war krank vor Sorge. Er wusste nur, dass du nach New York geflogen bist, aber nicht, warum«, bemerkte Laurie.

»Oh, ich sehe, wie er sich sorgt«, antwortete Molly mit einem Seitenblick auf Nat und die Frau. »Er hat noch nicht einmal bemerkt, dass ich da bin.«

»Pamela ist am Samstag aus heiterem Himmel hier aufgetaucht. Seitdem nimmt sie ihn vollends in Beschlag. Kein Wunder, die beiden haben sich lange nicht mehr gesehen.« Laurie wirkte kein bisschen beunruhigt.

Molly zog die Brauen hoch. »Und wer ist … Pamela?«

Laurie griff sich an die Stirn. »Natürlich, du kannst es nicht wissen.« Sie lachte. »Sie ist Nats ältere Schwester.«

»Seine Schwester? O ja, Pamela …« Schlagartig fiel es Molly wieder ein: Zu Beginn ihres Aufenthalts in Maple Creek hatte Jim ihr von Nats Schwester erzählt.

Kurz musste sie sich an der Theke festhalten. Alles in ihrem Kopf drehte sich. Die Aufregung der letzten Tage war einfach zu viel. Zum Glück schien es keiner zu bemerken.

Laurie hob den Arm und rief: »Nat! Pam! Molly ist wieder da.«

Nat sprang sofort auf. Er eilte auf Molly zu, bremste abrupt ab und umarmte sie nur kurz. »Ich habe mir Sorgen um dich gemacht.« Kaum hatte er ausgesprochen, trat er einen Schritt zurück und verschränkte die Arme.

»Geh zur Seite, ich will mich vorstellen.« Pamela gab Nat einen Schubs und umarmte Molly ebenfalls. »Ich bin Pamela. Es freut mich, dich kennenzulernen. Ich habe schon von dir gehört.«

Pamelas überschwängliche Art war ansteckend. Molly sah in die Gesichter, wobei sie Nat aussparte, und nahm den Gefühlsschwall voller Freude auf. Natürlich hatte sie damit gerechnet, dass sie fragen würden, was geschehen war, aber diese aufrichtige Besorgnis und die Begeisterung über ihre Rückkehr hatte sie nicht erwartet.

Molly räusperte sich. »Ich muss euch etwas mitteilen.«

»Worum geht es?«, fragte Jim sofort.

»Ich bin nach New York geflogen, weil ich wichtige Dinge zu klären hatte. Meine Zeit hier in Maple Creek hat mir zu denken gegeben, und ich …« Molly wusste nicht recht, wie sie es den anderen sagen sollte, und begann von Neuem. »Mein Leben in New York und …« Sie fand einfach nicht den richtigen Ansatz.

Laurie half ihr auf die Sprünge. »Spann uns nicht auf die Folter. Sag uns bitte geradeheraus, was los ist.«

Molly presste die Luft aus der Lunge. »Ich habe mich entschlossen, hierzubleiben. Ich werde in Maple Creek leben.«

Kurz herrschte Schweigen. Alle starrten sie entgeistert an. Laurie fing sich als Erste. Sie zog Molly in die Arme und jubelte. »Phantastisch! Ich freu mich so!« Sie winkte Tom, der mit einem Gast plauderte, und rief ihm zu: »Molly bleibt hier!«

Tom entschuldigte sich und kam sofort zu ihnen. »Das sind ja wunderbare Nachrichten.« Er sah zu Nat.

Molly fing Toms Blick auf und folgte ihm, kam aber nicht weiter zum Nachdenken. Sie registrierte nur Nats aufgerissene Augen.

Jim schnappte sich ihre Hände und drückte sie. »Ich weiß nicht, wie du zu der Entscheidung gelangt bist, aber sie ist fabelhaft.«

»Freu dich nicht zu früh. Meine Chefin bei der *NY Woman* hat ihren Besuch angedroht und will hier nach einem passenden Mann Ausschau halten. Ich habe dich gedankenlos erwähnt, und wenn sie dich erst sieht …«

»Ist sie denn nett, hübsch, inspirierend, warmherzig, klug und tough?« Jim zwinkerte Molly zu.

»Und sie spricht zwanzig Gedanken auf einmal aus. Gewöhnungsbedürftig, aber sehr lebendig. Im Job trifft sie schnelle und gute Entscheidungen. Und sie ist ein herzensguter Mensch, aber sie lässt sich nicht ausnutzen.«

»Wir freuen uns über jede Bereicherung«, antwortete Jim mit bedeutungsvoller Miene.

Pamela räusperte sich. »Wenn wir schon dabei sind, ich habe auch eine Ankündigung zu machen.«

Alle Augen richteten sich auf sie, und Molly hatte endlich Gelegenheit, Nat verstohlen zu beobachten. Er wirkte verkrampft, und es schien, als habe er aufgehört, zu atmen. Lag es an ihr oder an den Worten seiner Schwester?

»Ich möchte auch hierbleiben«, sagte Pamela und strahlte.

»Oh, wie schön!« Laurie umarmte auch Pamela und sagte lachend: »Wenn wir so weitermachen, verwandeln wir uns am Ende noch in eine Großstadt.«

»Darauf trinken wir.« Tom klatschte in die Hände und machte sich sofort daran, Drinks vorzubereiten.

»Wenn Elisabeth wüsste, welche Neuigkeiten gerade preisgegeben worden sind, spränge sie auf der Stelle aus dem Bett«, bemerkte Laurie.

Jim schmunzelte. »Es tut ihr ganz gut, einmal nicht die Erste zu sein, die etwas erfährt. Aber ich bin schon gespannt, welche Geschichten in Kürze kursieren werden, warum Molly und Pamela hierbleiben.«

»Ich glaube, mir ergeht es genauso, wie es Tante Gynnie damals empfunden haben muss, als sie nach Maple Creek gekommen ist. Sie hat ihre Heimat gefunden und ich nun meine«, antwortete Molly gedankenvoll. Die Rührung steckte noch immer tief in ihr.

»Könnte Gynnie nur hier sein und das miterleben. Sie wäre überglücklich.« Jim schwenkte zu Pamela. »Und du, Pam? Was ist bei dir geschehen, dass du wieder nach Hause kommen willst?«

»Ach, es war an der Zeit, die Rocky Mountains zu verlassen. Ich habe mich nicht mehr wohlgefühlt. Ein ruhiger Job hier in der Gegend wird mir besser gefallen.«

»Was hast du denn gemacht in den Rocky Mountains?«, fragte Molly.

»Ich war Executive Housekeeper im Fairmont. Das ist ein großes Hotel mit über siebenhundert Betten. Sehr malerisch gelegen in den Bergen. Eine traumhafte Gegend.«

»Du musst für viele Menschen verantwortlich gewesen sein.«

Pamela nickte. »O ja. Als Hausdame eines Hotels in der Größenordnung trägt man tatsächlich eine gewaltige Verantwortung.« Sie wirkte nachdenklich.

»Eine Verantwortung, die man offenbar gern wieder abgibt. Aber dich hat es nie lang an einem Ort gehalten«, bemerkte Nat.

In seiner Stimme lag jener stechende Unterton, den Molly nur allzu gut kannte und selbst zu spüren bekommen hatte. Molly hatte das Bedürfnis, Pamela von Nats Aussage abzulenken. »Ich habe einmal gehört, die Hausdame sei das Herz eines Hotels.«

Pamela schenkte Molly einen dankbaren Blick. »Sie ist natürlich sehr wichtig, und wenn dieser Bereich nicht einwandfrei funktioniert, kann es zu enormen Problemen kommen. Aber das ganze Team eines Hotels muss gut sein und zusammenarbeiten. Der Chefkoch ist genauso wichtig wie der Leiter der Rezeption oder der Barchef.«

Tom kam aufs Stichwort. »Dieser Barchef hier hat passend zum Anlass einen Manhattan für euch zubereitet. Mit echtem Canadian Rye Whisky aus Roggen, und wie in seinen Ursprüngen mit dem gleichen Anteil Vermouth und in diesem Fall einem Schuss Maraschino dazu. Molly, damit du New York nicht zu sehr vermisst.« Er reichte jedem ein Glas und erhob seines: »Auf Molly und Pamela. Wir freuen uns. Herzlich willkommen!«

Kapitel 34

Jim ließ Cicero von der Leine und zeigte ihm an, dass er laufen durfte. Cicero startete sofort los, wobei er immer wieder stehen blieb und Jims Blick suchte.

»Du hast ihn gut erzogen«, bemerkte Molly.

»Aber nein, überhaupt nicht. Ich benötige diesen ausgeprägten *will to please* bei einem Hund eigentlich nicht. Cicero hat mir seinen Gehorsam sozusagen aufgedrängt.«

Molly und Jim hatten sich zu einem längeren Spaziergang verabredet. Jim wollte Molly mehr von der Gegend um Maple Creek zeigen und in diesem Zuge alles über die Hintergründe ihres Umzugs erfahren. Sie waren bereits eine halbe Stunde unterwegs, und Molly hatte Jim den gesamten Ablauf freimütig erzählt.

»Ich liebe Hunde«, sagte Molly. »Eigentlich könnte ich nun auch einem süßen Fellknäuel ein Zuhause geben. Aber erst muss ich alles ins Reine gebracht haben. Ich weiß noch nicht einmal, wo ich endgültig wohnen werde. Wenn das Hotel erst vermietet ist, muss ich aus Tante Gynnies Haus bestimmt ausziehen.«

»Es kommt darauf an, wer das Hotel übernimmt. Jemand von außerhalb wird sicherlich eine Wohnmöglichkeit brauchen. Im

Endeffekt liegt die endgültige Entscheidung dennoch bei dir, vergiss das nicht.«

»Das Haus gehört zum Hotel, und es ist praktisch, dort zu wohnen, wenn man das Hotel betreibt. Wenn es der neue Mieter will, werde ich es freigeben. Wo wohnt Pamela eigentlich?«, fragte Molly.

»Im Augenblick bei Nat. Sein Haus ist groß, und er hat genug Platz. Noch ist er skeptisch, ob sie tatsächlich hierbleiben wird. Ich verstehe ihn.«

»Für mich klang es wie ein fester Entschluss.«

»Bei Pamela verhält es sich nicht ganz so einfach. Der Ursprung der Geschichte liegt weit zurück. Ich habe dir ja erzählt, dass Nats und Pams Mutter früh gestorben ist. Ihr Vater hat sich gut um die beiden gekümmert, aber er musste zur Arbeit und konnte nicht die notwendige Zeit aufbringen, die Kinder eigentlich benötigen. Obwohl Gynnie sich rührend um Nat gesorgt hat, musste Pamela doch in irgendeiner Form zu Hause die Mutterrolle übernehmen. Ich glaube, diese Verantwortung ist ihr damals zu viel geworden. Als sie siebzehn Jahre alt war, ist sie aus Maple Creek buchstäblich abgehauen. Sie ist nicht heimlich gegangen, für mich glich es jedoch einer Flucht.« Jim hob einen Stock auf und warf ihn für Cicero. »Pamela hat im Hotelgewerbe Fuß gefasst und sich hochgearbeitet. Aber nie hat sie es auf einem Platz lang ausgehalten. Auch nach Maple Creek ist sie einige Male zurückgekommen, aber dann wieder gegangen. Sie führt ein unstetes Leben und ist nie zur Ruhe gekommen.«

»Vielleicht schafft sie es jetzt. Wie alt ist Nat gewesen, als sie fortgegangen ist?«, fragte Molly.

»Er war zwölf Jahre alt. Erst die Mutter, dann die Schwester. Es wundert mich nicht, dass er zu Frauen ein gespaltenes Verhältnis hat.« Jim warf einen seiner prüfenden Blicke auf Molly. »Zwischen dir und Nat stimmt auch etwas nicht, wie mir aufgefallen ist. Nach euren anfänglichen Unstimmigkeiten hatte ich den Eindruck, ihr wärt euch nähergekommen.«

Molly seufzte. »Das stimmt, dann ist –«

»Ich habe es mitbekommen. Charlotte dürfte recht heftig reagiert haben, als sie dich und Nat in Harmonie gesehen hat. Und Elisabeth hat Öl ins Feuer gegossen. Darauf brauchst du nichts zu geben. Ich weiß nicht, was zwischen dir und Nat vorgefallen ist, auch nicht genau, was zwischen ihm und Charlotte vor sich geht, aber vielleicht solltet ihr miteinander reden. Ich kann dir nur sagen, als du spontan nach New York gereist bist und er keine Ahnung hatte, warum, ist er ziemlich außer sich geraten. Nicht auf eine offensive Weise, doch man hat ihm die Anspannung deutlich angemerkt.«

»Weißt du, Jim, ich finde, Ehrlichkeit und Vertrauen sind elementare Bestandteile, egal ob es um eine Freundschaft, eine Partnerschaft bei der Arbeit oder um eine Beziehung geht. Wenn es jemand nicht schafft, offen und ehrlich zu sein, beginnt man automatisch, ihm zu misstrauen. Anhand der wenigen Brocken, die man zugeworfen bekommt, entwickelt man dann eigene Vorstellungen, die möglicherweise nicht einmal ganz der Realität entsprechen, doch sie setzen sich fest.«

»Ich verstehe dich, aber wir Männer verhalten uns bisweilen recht seltsam. Vertrau mir, ich gehöre zu dieser Spezies. Leider glauben wir oft, die Dinge allein lösen zu müssen. Wir denken nicht daran, dass der Schuss nach hinten losgehen kann.«

»Jetzt möchte ich mich erst einmal auf mein neues Leben konzentrieren. Es gibt so viel zu tun, und noch weiß ich gar nicht genau, was alles geschehen wird. Vorläufig habe ich meine Serie bei der *NY Woman,* und Morris sucht einen Pächter für das Hotel. Wie wird es jedoch in einem Jahr aussehen? Ich werde auf Arbeitssuche gehen müssen, und was sich mit dem Hotel tatsächlich ergibt, steht noch in den Sternen.«

Jim nickte. »Du hast ein riesiges Paket zu tragen. Ich gehe davon aus, dass deine Vergangenheit in New York auch noch nachwirkt. Egal wie reibungslos alles abgelaufen ist. Gibt es jemanden, mit dem du offen über deine Gefühle sprechen kannst? Das ist nämlich wichtig.«

Automatisch musste Molly lächeln. Jim war einfach ein ungemein wertvoller und einfühlsamer Mensch. Das bewies allein dieses Gespräch. Er versuchte sie nicht auszufragen und mischte sich nicht ein, aber er war interessiert und tat seine Meinung auf eine Weise kund, die keinen Widerstand hervorrief. Maximal gab er Hinweise und versuchte nicht, einem seinen Standpunkt aufzudrängen.

»Ich habe eine beste Freundin in New York. Wir kennen einander seit der Studienzeit. Sie heißt Dorothy. Wir stehen uns immer bei.«

»Das freut mich aufrichtig zu hören.« Jim streckte sich im Gehen. »Wir werden heute Abend einen gehörigen Hunger mit in die Tavern bringen. Fehlt dir die Abwechslung denn so gar nicht?«

»Das ist doch einer der Punkte, die das Besondere für mich ausmachen. Ich brauche keine hundert Restaurants zur Auswahl, eines, in dem ich mich wohlfühle und wo ich meine Freunde treffe, zählt tausendmal mehr.« Sie schmunzelte. »Manches Mal muss ich über mich selbst lachen. In Tante Gynnies Küche zum Beispiel habe ich *meinen Stuhl*. Ich sitze auf keinem anderen.«

Jim lachte. »Du bist im wahrsten Sinne des Wortes *sesshaft* geworden.«

»Ich habe erkannt, dass ich nicht die große Welt mit unzähligen Plätzen und Möglichkeiten benötige, mir reicht ein kleiner Ort, um glücklich zu sein.«

Kapitel 35

Molly betrat die Tavern und setzte sich an die Bar. Noch war niemand ihrer Freunde anwesend, aber das störte sie nicht. Unwillkürlich musste sie an das Gespräch von heute Nachmittag mit Jim denken. Es war wirklich genau diese Routine, die sie unter anderem so sehr ins Herz geschlossen hatte.

»Darf ich mich zu dir setzen?«

Molly sah auf. Pamela stand vor ihr. »Entschuldige, ich habe dich gar nicht gesehen. Aber ja, natürlich.«

»Ich habe hinten in der Ecke gestanden. Nat hat einen Termin, und ich wollte nicht allein im Haus herumsitzen und auf ihn warten. Ohnehin muss er sich erst an meine Anwesenheit gewöhnen. Noch ist er nicht ganz davon überzeugt, ob er sich über mich freuen soll oder nicht.«

»Ich selbst habe keine Geschwister, aber ich kenne ein paar Geschichten von Freunden über die legendäre Hassliebe zwischen Geschwistern.«

»Das ist es eigentlich gar nicht. Nat und ich haben nur eine spezielle Vorgeschichte. Es ist etwas kompliziert zwischen uns. Wir sind sehr unterschiedlich.«

»Ich habe erst von dir gehört, als ich dich gesehen habe. Und nicht einmal das stimmt. Jim hat mir davor von dir erzählt.« Molly lachte. »Das klingt verdreht, du weißt schon, was ich meine.«

»Ich bin nicht unbedingt Nats Gesprächsthema Nummer eins, musst du wissen. Ich bin früh von zu Hause weggegangen. Das trägt er mir nach. Und besonders stolz ist er außerdem auch nicht auf mich.«

»Ich habe mir heute das Hotel im Internet angesehen, in dem du gearbeitet hast. Dort als Hausdame beschäftigt zu sein finde ich persönlich äußerst beeindruckend. Wie viele Zimmermädchen hast du geführt?«

Pamela winkte ab. »Genug, glaub mir. Und dabei trifft man auf sehr viele Einzelschicksale, bei denen man als Vorgesetzte mit Herz und Verstand eingreifen muss. Eigentlich sollte ein Miteinander stattfinden, natürlich im Sinn des Hotelbetriebs, aber dann findest du nur Ausbeutung und ungerechtes Verhalten. Da kann man doch nicht einfach nur zuschauen und die Hände in den Schoß legen.«

Pamela hatte voller Emotion gesprochen. Molly war sicher, dass in dem Hotel etwas für Pamela Belastendes vorgefallen sein musste. Hinter ihren Worten steckte viel mehr. Kurz überlegte Molly, ob sie nachhaken sollte. Sie wollte Pamela nicht zu nahe treten, jedoch auch nicht ignorant erscheinen. Außerdem war sie neugierig. »Ist das in dem Hotel geschehen? Ungerechtes Verhalten?«, fragte sie vorsichtig.

»Ja, leider. Ich habe dort wirklich gern gearbeitet. Vier Jahre lang ist alles reibungslos gelaufen, dann haben wir einen neuen Direktor bekommen. Ich habe fast eineinhalb Jahre für meine Mitarbeiter und eine faire Behandlung gekämpft, doch ich war chancenlos. Irgendwann wird man es leid und kann nicht mehr. Also habe ich gekündigt und meine Koffer gepackt.« Sie stieß einen

Seufzer aus. »Nat denkt natürlich, mir wäre wieder einmal langweilig geworden und ich hätte deshalb gekündigt. Das ist in der Vergangenheit schon manchmal so gewesen, das gebe ich zu, diesmal aber nicht.«

»Tut mir wirklich leid, dass dir das passiert ist. Hast du Nat denn nichts von diesen Schwierigkeiten erzählt?«

»Doch. Er hat es abgetan, auf seine herablassende Art, die ich so sehr hasse. Dabei kann er ein wundervoller und einfühlsamer Mensch sein, wenn für ihn alles passt und stimmig ist.«

»Wem sagst du das!«

Pamela musterte Molly. »Sag bloß? Er hat mir zwar von dir erzählt, ist allerdings nicht ins Detail gegangen. Interessant … Als ich am Samstagabend überraschend in der Tavern aufgetaucht bin, war er ziemlich aus dem Häuschen. Gefühlsregungen äußern sich bei Nat nicht besonders auffällig, doch ich kenne jede Geste und jedes Zucken im Gesicht meines Bruders. Ärger, Freude, Schmerz, Aufregung, ich brauche ihn nur anzusehen. Aktuell stimmt etwas nicht mit ihm. Ich habe mir schon einiges zusammengereimt, aber *das* erklärt vieles. Was muss ich wissen?«

»Es gibt nichts zu wissen.« Molly hatte die Worte voller Bitterkeit ausgesprochen. »Entschuldige, es sollte nicht abweisend klingen. Da ist nur wirklich nichts zwischen deinem Bruder und mir.«

»Hätte denn etwas sein können?« Pamela beugte sich vor. »Wie vorsichtig wir doch alles umschreiben. Aber klar, wir kennen uns kaum.«

Molly zuckte nur mit den Schultern.

Pamela hakte sofort nach. »Weißt du was? Ich schlage vor, wir verzichten auf die Vorsicht. Ich höre es lieber direkt als über Umwege. Was hat mein lieber Bruder getan?«

»Im Grunde nichts. Er hat mir nur etwas verschwiegen, was er jedoch unbedingt hätte erzählen sollen.«

»Ich möchte nicht neugierig erscheinen … ach, Schwachsinn. Ich bin total neugierig. Worum ist es gegangen?«

Unwillkürlich musste Molly trotz des schwierigen Themas lächeln. »Keine Sorge, ich war gerade eben nicht weniger neugierig. Nun, dein Bruder und ich sind uns wirklich etwas nähergekommen, auf sehr schöne und achtsame Art. Dann habe ich über Dritte erfahren, dass er jüngst mit einer anderen etwas gehabt hat.« Sie machte eine verzagte Geste. »Jeder hat ein Vorleben, und es kann sogar geschehen, dass trotz einer Beziehung plötzlich eine andere Situation eintritt. So ist es mir passiert, ich nehme mich nicht aus. Aber man muss doch ehrlich zueinander sein. Bereits am Beginn Dinge zu verbergen ist einfach falsch. Vorausgesetzt natürlich, man möchte überhaupt etwas beginnen. Nimmt man es nicht ernst, hält man selbstverständlich lieber seinen Mund und belässt alles beim Alten.«

»Mein Bruder ist kein Heiliger, aber worauf du anspielst, passt nicht zu ihm. Ich kann mich irren, glaube jedoch, du denkst in eine völlig falsche Richtung. Nat ist nicht gedankenlos und oberflächlich. Er spielt nicht mit Frauen. Dabei hätte er mit seinem Aussehen mehr als genug Möglichkeiten. Weißt du, wer die andere Frau ist?«

»Charlotte.«

Pamela stieß einen abfälligen Ton aus. »Ich mag Charlotte nicht. Seit ich zurückdenken kann, redet sie davon, Maple Creek zu verlassen. Ständig spricht sie von der großen Welt, als warte dort jemand auf sie. Laurie zum Beispiel ist wirklich viel herumgekommen, auch Tom, ich ebenso, Jim hat zwar immer hier gewohnt, war aber beruflich in ganz Kanada und über die Grenzen hinweg unterwegs. Eine Einzige quasselt ständig darüber, sitzt jedoch noch immer in Maple Creek.«

»Sie macht gerade eine Marketingausbildung, wie sie mir erzählt hat.«

»Charlotte wird trotzdem nicht fortgehen, dafür braucht man nämlich auch eine Portion Mut. Ich kann einfach Menschen nicht leiden, die ständig etwas schlechtmachen und nichts ändern. Ich habe zwar an unzähligen Orten gelebt, liebe Maple Creek aber über alles. Und dieses Mal möchte ich wirklich hierbleiben.« Die letzten Worte schienen mehr ihr selbst zu gelten als Molly. Pamela wiegte den Kopf. »Du solltest meinen Bruder darauf ansprechen, oder schrei ihn an, wenn dir das leichter fällt. Egal wie, es muss auf den Tisch gebracht werden. Wir haben uns gerade erst kennengelernt, doch ich sehe, dass er dir nicht egal ist. Was mir übrigens sehr gut gefällt. Und ganz nebenbei bemerkt, du bist voll und ganz sein Typ.«

»Und was ist sein Typ?«

»Blond, zart, hübsch, intelligent. Eben du, nicht Charlotte.«

»Hübsch liegt im Auge des Betrachters, und ob ich intelligent bin, kannst du nicht wissen.«

»Seit meinem achtzehnten Lebensjahr arbeite ich in der Hotellerie und bin mit Tausenden Menschen zusammengekommen. Nach einem zweiminütigen Gespräch kann ich dir sagen, wie eine Person tickt. Das Aussehen und die Wirkung einer Frau vermag ich ebenso gut zu beurteilen.«

»Dann werte ich deine Aussage als Kompliment.«

»Das darfst du auch.«

Unbemerkt war Jim an sie herangetreten. »Unsere beiden neuen Einwohnerinnen sind so sehr ins Gespräch vertieft, dass sie mich nicht einmal registrieren. Störe ich euch?«

»Überhaupt nicht, setz dich zu uns«, sagte Molly.

Jim lächelte hintergründig. »Nat parkt draußen gerade ein, nur zur Info.«

Kaum hatte Jim ausgesprochen, öffnete sich die Tür, und Nat trat ein. Er gesellte sich zu ihnen.

»Dein Termin war aber kurz«, bemerkte Pamela.

»Wir haben keine halbe Stunde zusammengesessen, als Friedrichs Frau angerufen hat. Es gab irgendein Problem mit dem Warmwasser. Er hat zwei kleine Kinder und ist natürlich gleich losgefahren«, erklärte Nat seiner Schwester.

Pamela stand auf und warf Jim einen auffordernden Blick zu. »Seit ich wieder in Maple Creek bin, hatten wir noch keine Gelegenheit, uns in Ruhe zu unterhalten.«

»Du hättest keinen besseren Zeitpunkt wählen können. Nehmen wir die Barhocker da drüben, und du erzählst mir alles«, antwortete Jim.

Molly sah von einer Person zur anderen. Es war klar, was Pamela und Jim vorhatten. Sie wollten Nat und sie allein lassen. Obwohl sie das Verhalten der beiden reizend fand, wäre es ihr lieber gewesen, sie säße noch neben Pamela. Die widersprüchlichen Gefühle in Nats unmittelbarer Gegenwart machten sie nervös.

Nat schien im Gegensatz zu ihr nichts zu bemerken. Er nahm auf dem freien Barhocker Platz.

Eine Weile saßen sie schweigend nebeneinander.

»Ist Friedrich der Bauunternehmer?«, fragte Molly schließlich und fügte hinzu: »Den Namen hört man selten: Friedrich.« Auf die Schnelle war ihr nichts Besseres eingefallen. Je früher sie einen neutralen Umgang mit Nat versuchte, desto eher würde sich der Zustand normalisieren, zumindest nach außen hin.

»Seine Familie stammt ursprünglich aus Deutschland. Er hat mir einmal erzählt, dass alle männlichen Nachkommen seit Generationen Friedrich heißen.« Nat wischte das Thema mit einer Handbewegung fort. »Warum hast du mir nicht gesagt, dass du nach New York fliegst?«

»Ich habe es spontan am Freitag entschieden. Als der Flug gebucht war, habe ich dich sofort informiert.«

»Mit einer knappen Nachricht. Du hättest mich anrufen können. Ich wäre mit dir zum Flughafen gefahren und hätte dich auch wieder abgeholt.«

»Ich wollte dich nicht belasten. Du hast so schon genug um die Ohren.«

»Ich hätte es aber gern gemacht. Molly, wir sollten miteinander reden.«

Molly sah förmlich, wie schwer es ihm fiel, diesen Satz auszusprechen. Doch allein beim Gedanken daran, jetzt über Charlotte zu sprechen, verkrampfte sich alles in ihr. Sie war einfach noch nicht so weit. »Ich kann nicht.«

Nat lehnte sich zurück und verschränkte die Arme. Sein Gesicht erstarrte. »Morgen möchte ich mit dir eine Begehung im Hotel durchführen. Die Uhrzeit kannst du bestimmen. Dann erledigen wir die letzten Kleinigkeiten und räumen die Baustelle. In drei Tagen übergebe ich dir das fertige Haus.«

So schnell gab er also auf? Ein kurzes Aufwallen, und schon zog er sich wieder zurück. Molly musste erneut die Tränen zurückhalten. So wenig war sie ihm also wert. »Ich habe Kopfschmerzen.« Sie stand auf. »Es ist besser, ich gehe nach Hause und lege mich hin. Morgen um neun?«

Nat erhob sich ebenfalls. »Neun ist gut. Ich werde mich auch auf den Weg machen. Auf meinem Schreibtisch türmt sich die Arbeit. Soll ich dich fahren?«

»Nein danke. Die frische Luft wird mir guttun.«

In gebührendem Abstand gingen sie zu Pamela und Jim, um sich zu verabschieden.

Kapitel 36

Jim und Pamela sahen Molly und Nat erstaunt nach, wie sie die Tavern verließen, sagten jedoch nichts dazu.

Jim räusperte sich. »Hast du dieses Mal wirklich ernsthaft vor, hierzubleiben?«

»Glaubst du mir etwa auch nicht? Nat sieht mich mit demselben skeptischen Blick an wie du jetzt, wenn ich davon spreche.« Pamela seufzte. »Ich bin nicht mehr das junge Mädchen, das rastlos von einem Ort zum anderen zieht und dazwischen einen Stopp in der Heimat einlegt. Außerdem gab es immer gute Gründe für meine jeweiligen Abgänge, das kannst du mir glauben. Ich bin in Wahrheit gar nicht so rastlos, wie alle denken.« Noch einmal seufzte sie auf. »Weißt du, Jim, auch ich habe meinen Rucksack zu tragen, und ich kann dir versichern, er wiegt schwer. Aber zu deiner Frage: Ja, ich will hierbleiben. Ich werde mir eine kleine Wohnung suchen und einen ruhigen Job. Das Fairmont hat mich sehr viel Energie gekostet.«

»Bei deinem letzten Besuch warst du noch hellauf begeistert von deiner Arbeit. Ich kann mich gut daran erinnern. Was ist es diesmal gewesen?« Jim schüttelte den Kopf. »Entschuldige, so wollte ich die Frage nicht formulieren.«

»Ist schon gut. Ich verstehe euch ja, doch ich schwöre dir, Jim, in diesem Fall war es wirklich anders.«

»Willst du es mir erzählen?«

»Kurz habe ich vorhin mit Molly darüber gesprochen. Aber ich wollte nicht zu sehr ins Detail gehen und ihr den Kopf voll machen, wo ich sie kaum kenne. Sie scheint genug mit meinem Bruder zu tun zu haben.«

»Wie findest du sie?«

»Auf Anhieb sympathisch. Sie wäre meine Wahlschwägerin Nummer eins.«

Jim hob den Zeigefinger. »Zuerst erzählst du mir, warum du das Hotel verlassen hast, und dann sprechen wir über Molly und Nat. Dazu habe ich nämlich einiges zu sagen.«

Pamela nickte. »Kurz zusammengefasst: Ich hatte große Probleme mit dem neuen Direktor. Er ist ein Ausbeuter, und ich habe für die Rechte meiner Mädchen gekämpft. Ich hätte auch nicht aufgegeben, aber dann …«

»Was ist geschehen?«

»Eines der Zimmermädchen war schwanger, und sie hatte gesundheitliche Probleme. Ich wollte sie nach Hause schicken, der Direktor hat jedoch darauf bestanden, dass sie weiterarbeitet. Aus Angst, gekündigt zu werden, ist sie geblieben und hatte im Hotel vor meinen Augen eine Fehlgeburt.«

»O Pamela. Das tut mir leid.« Jim drückte ihre Hand.

»Verstehst du mich jetzt? Das war einfach zu viel für mich.«

Nachdenklich strich sich Jim über das Kinn. »Molly wird Gynnies Hotel vermieten. Vielleicht ergibt sich für dich da eine Möglichkeit.«

»Das wäre schön, aber das Haus ist zu klein für eine Hausdame. Außerdem kann ich nicht monatelang warten, bis sich ein

Mieter findet, der mich dann ohnehin nicht braucht.« Pamela senkte die Stimme. »Was läuft da zwischen Molly und meinem Bruder? Nat ist in keinem guten Zustand, und sie dürfte von ihm ziemlich enttäuscht sein. Sie hat mir von Charlotte erzählt. Doch das allein reicht nicht aus, um mir ein umfassendes Bild zu machen.«

Jim lächelte. »Ich wusste, das Schicksal zeigt mir einen Weg. Pamela, ich brauche deine Hilfe.«

»Schieß los. Womit kann ich dir helfen?«

»Molly und Nat sind ineinander verliebt und bringen es nicht fertig, dieses dumme Thema namens Charlotte aus der Welt zu schaffen. Meines Erachtens brauchen sie nur einen Schubs. Ich selbst bin drauf und dran, einzugreifen, stelle mich aber zu ungeschickt an. Du hingegen kannst so etwas bestimmt hervorragend und sitzt obendrein an der Quelle.«

»Mit ›Quelle‹ meinst du mein Bruderherz?«

»Du könntest ihm ein paar dezente Hinweise geben. Sowohl Nat als auch Molly leiden.«

»Als sie zuerst gemeinsam aufgestanden sind, dachte ich schon, sie hätten sich versöhnt. Aber beim Verabschieden habe ich in ihre Gesichter gesehen. Eine Versöhnung liegt meilenweit entfernt.«

»Nicht nur ihre Mienen. Nat hat dich mit Grabesstimme gefragt, ob du noch bleiben willst, und Molly war es wichtig, bei uns anzubringen, dass sie allein nach Hause geht.«

Pamela nickte eifrig. »Du hast recht. Ohne diesen Schubs sieht es schlecht aus für die beiden. Erzähl mir doch einmal alles, was du weißt. Bitte genau und von Anfang an. Ich finde schon eine gute Gelegenheit, um mit Nat zu reden. Für dezente Hinweise bin ich jedoch nicht die Richtige. Er glaubt immer, über alles erhaben zu sein und stets das Richtige zu tun. Ich werde ihm schon sagen, was Sache ist. Verlass dich darauf.«

Jim lachte auf. »Davon bin ich überzeugt.«

Kapitel 37

Während Pamela sich einen Tee zubereitete, betrachtete sie ihren Bruder, der grübelnd vor seinem Frühstückskaffee saß. Sie setzte sich zu ihm. »Wir haben viel über mich gesprochen. Nun wird es Zeit, dass du mir von deinen Sorgen erzählst. Mit dir stimmt etwas nicht.«

»Fällt es so sehr auf?«

»Ich weiß nicht, ob es allen auffällt, aber ich bin deine Schwester und kenne dich wie mich selbst.«

»In einer Stunde muss ich zur Begehung des Hotels. Das liegt mir schwer im Magen.«

»Die Arbeiten sind doch weitgehend abgeschlossen, oder?«

»Es gibt nur noch ein paar wenige Handgriffe zu tun, die ich mit Molly abklären möchte, und die Baustelle muss gesäubert und geräumt werden. Aber darum geht es nicht.«

»Und worum dann?«

»Es ist wegen Molly …«

»Ich wollte es nur von dir hören.« Pam blickte ihren Bruder herausfordernd an.

»Du weißt nicht, was in den letzten Wochen geschehen ist. Und ich möchte auch jetzt nicht darüber reden.«

»Ich weiß viel mehr, als du ahnst, lieber Bruder.«

Nats Kopf ruckte hoch. »Und was?«

»Ich wollte es dir eigentlich gestern schon erzählen, doch als ich heimgekommen bin, warst du bereits in deinem Schlafzimmer verschwunden und hast nicht auf mein Klopfen reagiert.«

»Ich war angespannt und müde zugleich.«

Pam tätschelte Nats Schulter. »Wie du gestern sicherlich bemerkt hast, habe ich sowohl mit Molly als auch mit Jim geredet und bin nun ziemlich gut über alles informiert, denke ich.« Sie tippte sich auf die Stirn. »Der Rest ist reine Kombinationsgabe.«

»Ich meine es nicht böse, Pam, aber was kannst du schon großartig erfahren haben?«

»Ich weiß zum Beispiel, warum Molly sich so ablehnend dir gegenüber verhält.«

Nat kniff die Augen zusammen. »Würdest du mich dann bitte nicht weiter auf die Folter spannen, sondern mir erzählen, was du weißt?« Toms Versuch, ihm etwas zu erzählen, kam ihm in den Sinn. Durch Pamelas überraschende Ankunft und Mollys gestrige Bekanntmachung war es komplett in den Hintergrund gerückt. Wie hatte er vergessen können, Tom darauf anzusprechen?

»Ich finde Molly übrigens total sympathisch, das habe ich auch zu Jim gesagt.«

»Das ist mir klar. Nicht nur du kennst mich in- und auswendig, ich dich auch. Aber lenk jetzt nicht vom Thema ab, sondern rede bitte endlich.«

Pamela verbarg ein zufriedenes Lächeln. Sie hatte ihren Bruder genau da, wo sie ihn haben wollte. »Molly ist bitter enttäuscht und schwer gekränkt.«

»Und warum?«

»Weil sie von deiner Geschichte mit Charlotte erfahren hat und offensichtlich denkt, du hättest nur mit ihr gespielt. Du hättest es ihr sagen müssen. Ganz nebenbei: Charlotte, ernsthaft?« Pamela verdrehte die Augen.

Einen Moment schloss Nat die Lider. Es ging also um Charlotte! »Verdammt. Dabei habe ich mit Charlotte längst Schluss gemacht, sogar noch am selben Tag, an dem Molly angereist ist. Ich wollte nicht …«

»Mit einer unwichtigen Affäre belastet sein, wenn Molly kommt? Vergiss nicht, ich weiß, dass du als Junge in sie verliebt gewesen bist. Ich habe zu der Zeit zwar nicht mehr in Maple Creek gewohnt, aber du hast es mir erzählt, als ich dich und Papa besucht habe.«

»Ich kann mich gut daran erinnern. Genau genommen hast du es aus mir herausgequetscht.« Kurz legte Nat die Hände vor das Gesicht. »Das mit Charlotte zu beenden war längst überfällig. Aber es kann durchaus sein, dass Mollys Aufenthalt den Anstoß gegeben hat. Ich war übrigens nie mit Charlotte zusammen. Und ich habe ihr von Anfang an gesagt, dass ich nicht … du weißt schon.«

»Charlotte ist unwichtig, über sie will ich kein weiteres Wort verlieren. Aber du musst rasch etwas wegen Molly unternehmen.«

»Und was?«

»Rede mit ihr. Du musst ihr alles erklären.«

»Warum ich? Sie ist doch, ohne ein Wort zu sagen, nach New York abgehauen und hat mich auf einmal wie einen Fremden behandelt. Wieso spricht sie mich nicht darauf an? Außerdem hat sie ihren Freund in New York. Ich habe keine Ahnung, was mit ihm ist.«

»Sie zieht nach Maple Creek, was soll schon mit ihm sein? Die Beziehung ist zu Ende, das ist doch klar. Und du musst das Gespräch beginnen, weil sie zutiefst verletzt ist und weil sie offenbar

Stolz besitzt. Außerdem ist sie verunsichert. Sie zweifelt an deinen aufrichtigen Gefühlen. Reicht das nicht aus?«

»Ich bin genauso verletzt und habe auch meinen Stolz.«

»Ach Quatsch. Dass sie mit der frischen Information über Charlotte nicht sofort zu dir gelaufen ist, beweist nur, dass sie eine toughe Person ist. Du magst doch Frauen, die dich nicht nur anhimmeln und dir ständig alles recht machen wollen. Soll ich dir ein paar Beispiele aufzählen?«

»Nein, um Himmels willen.« Abwehrend hob er die Hände. »Du hast ja mit allem recht, was du sagst.«

»Und wirst du nun etwas tun oder weiterhin deine dickköpfige Position einnehmen?«

»Ich werde mit Molly sprechen, gleich morgen nach der Begehung.«

»Du wirst aber gefälligst nichts davon sagen, dass ich dir alles erzählt habe. Ich möchte Molly zur Freundin, und das wäre ein schlechter Beginn. Selbst wenn ich es noch so gut meine.«

»Du kannst sie wirklich gut leiden?«

»O ja, und ich kann mir keine bessere Frau an der Seite meines Bruders vorstellen. Zumal er endlich richtig verliebt ist. Du musst mir erst gar nicht widersprechen, so habe ich dich noch nie gesehen.«

Kapitel 38

Molly hatte die Begehung wie in Trance durchlebt. Das Hotel war wunderschön geworden. Nat hatte sorgfältig gearbeitet und auf jedes Detail geachtet. Sie freute sich unbändig darüber, war im selben Augenblick aber zutiefst traurig. Diese Freude nicht mit Nat teilen zu können war einfach furchtbar. Wie sehr sie ihn tatsächlich vermisste, war während des Kontrollgangs mit einer Intensität über sie hereingebrochen, die sie kaum verkraften konnte.

Nat war während der ganzen Zeit auf Abstand geblieben und hatte kein privates Wort mit ihr gewechselt. Die Distanz zwischen ihnen und seine kühle Art hatten sie an den Rand der Verzweiflung gebracht. Aber sie hatte standgehalten und ihm nicht gezeigt, wie es ihr wirklich ging.

Als sie nach knapp zwei Stunden alles besprochen hatten, war Molly richtiggehend geflüchtet. Kaum hatte sie ihr Haus betreten, waren auch schon die Tränen geflossen.

Nun saß sie seit einer Stunde auf ihrem Platz in der Küche und starrte ins Leere. Sie wollte nicht einmal aus dem Fenster blicken. Sicherlich würde sie Nat beim Hotel sehen. Sie musste einen Weg finden, die Gefühle für ihn zu verbannen, sonst würde sie noch durchdrehen. Es tat einfach zu weh.

Ein Klopfen an der Haustür ließ Molly hochschrecken. Sie stand auf und machte zwei Schritte auf den Durchgang zur Diele zu, als Nat schon im Türrahmen erschien.

Sofort ging Molly auf Rückzug. Sie wollte ihn jetzt nicht sehen und nicht mit ihm sprechen. Konnte er sie nicht in Ruhe lassen? Aber sie musste sich beherrschen. Bestimmt ging es um das Hotel.

»Hast du etwas vergessen?«, presste sie zwischen den Lippen hervor.

»Nein. Wir haben alles besprochen, was das Maple Lake Inn betrifft.«

»Was willst du dann?«, fragte sie tonlos.

»Ich möchte mit dir reden.«

Molly war zu aufgewühlt, um die Sanftheit in seiner Stimme wirklich zu registrieren. Sie spürte nur ihre bodenlose Verzweiflung. »Wir haben nichts zu besprechen.«

»Doch, das haben wir. Weich mir nicht aus.«

»Nat, ich kann nicht. Bitte geh wieder.«

»Das werde ich nicht tun.« Seine Stimme wurde lauter. »Molly, es reicht.« Er zog die Brauen zusammen. »Du verschwindest einfach nach New York, kehrst zurück und bist völlig verändert. Du teilst allen freudig mit, dass du nach Maple Creek ziehst. Hätte ich nicht derjenige sein sollen, dem du es zuerst sagst?«

»Was hast du denn erwartet?« Nats plötzliche Heftigkeit verwandelte Mollys Verzweiflung augenblicklich in Wut.

Offensichtlich war Nat nicht weniger zornig. »Was ich erwartet habe? Fragst du mich das ernsthaft? Ich habe erwartet, dass du mit mir sprichst, wenn du ein Problem hast. Aber nein! Lieber steigst du wortlos ins Flugzeug. Und dann kommst du zurück und verhältst dich, als wäre nichts zwischen uns geschehen. Von deinen eiskalten Nachrichten will ich erst gar nicht reden. Du hast keine

Ahnung, was ich durchgestanden habe. Weißt du was, du hast völlig recht. Wir brauchen nicht zu reden, vergiss es einfach, vergiss alles.«

Nat wandte sich zum Gehen, als Molly endgültig platzte. »Du wunderst dich, warum ich mich so verhalten habe? Was bildest du dir eigentlich ein?«

Nat starrte sie an, sagte aber kein Wort.

Nun war Molly nicht mehr zu bremsen. »Was hattest du denn vor? Eine kurze Affäre für ein paar Tage, bis ich wieder nach New York zurückkehre? Ein kleiner Flirt für das Selbstwertgefühl? Nach dem Motto: Schaffe ich es, sie herumzubekommen? Oder hast du gar nichts gedacht und einfach nur die Gunst der Stunde ergriffen? Und gleich noch etwas: Hör deiner Schwester besser zu. Sie hat versucht, an ihrem Arbeitsplatz etwas Gutes zu bewirken, bis sie nicht mehr konnte. Deshalb ist sie gegangen, nicht weil sie keine Lust mehr hatte.«

Nat machte einen Schritt auf sie zu. »Molly, wovon sprichst du? Und was hat Pamela damit zu tun?«

»Ach, Pamela hat gar nichts damit zu tun. Sie ist mir nur gerade eingefallen, weil du so … so bist, wie du bist. Geh doch einfach.«

»Jetzt gehe ich bestimmt nicht. Als Erstes will ich sofort wissen, was mit meiner Schwester ist. Das würde ich gern in einem normalen Ton hören. Dann kommen wir auf deine wirren Aussagen zurück, und du kannst mich weiter anschreien. Ist das ein Deal?«

Molly nickte. So kannte sie sich nicht. Sie hatte keine Ahnung, was eben mit ihr geschehen war. Derartige Wutausbrüche waren ihr fremd. Noch nie zuvor war sie dermaßen in Rage geraten.

»Okay. Pamela hat der Job wirklich Spaß gemacht, bis ein neuer Direktor eingestellt worden ist, der den Angestellten das Leben zur Hölle gemacht hat. Sie hat sich für ihre Mitarbeiter eingesetzt und um deren Rechte gekämpft. Irgendwann einmal ist ihr jedoch die Kraft ausgegangen. Deshalb hat sie gekündigt und ist zurückgekommen. Ich denke, sie will Ruhe und Geborgenheit finden, keinen skeptischen Bruder, der ihr misstraut.«

»Es ist nicht das erste Mal. Sie hat ihre Jobs wie Unterwäsche gewechselt. Ich liebe meine Schwester, doch man kann sich nicht auf sie verlassen.«

»Sie braucht deine Unterstützung und dass du an sie glaubst.«

»Ich habe es zu oft erlebt. Sie ist eine rastlose Seele und wird nie ihre Ruhe finden. Aber ich werde sie unterstützen, wenn sie es ernst meint. Das verspreche ich dir. Jetzt zum Zweiten …«

Molly atmete tief durch. »Ich weiß nicht, was du von mir erwartest.«

»Dass du mir endlich die Wahrheit sagst!«

Unwillkürlich zuckte Molly zusammen. Ausgerechnet er verlangte die Wahrheit? Er, der ihr seine Affäre mit Charlotte bewusst vorenthalten hatte? Aber sie würde sich anders verhalten. Er sollte es ruhig erfahren.

»Bitte, du sollst es hören. Denkst du, es ist angenehm, dass mich jemand aus heiterem Himmel mit Blicken töten will und mich völlig negiert, als wäre ich der böseste Mensch auf der Welt? Dass Elisabeth mir auf niederträchtige Weise Informationen zuwirft, mit denen ich nichts anfangen kann? Dass ich vor lauter Verzweiflung daraufhin eine neue liebe Freundin mit Fragen piesacke, damit ich endlich mehr erfahre? Wo ich doch eigentlich alles von dir hätte hören sollen.«

»Wer hat dich mit Blicken töten wollen? Und warum solltest du der böseste Mensch auf der Welt sein? Was hat Elisabeth zu dir gesagt? Und wen musstest du piesacken? Ich verstehe gar nichts mehr.« Nat zuckte ratlos mit den Schultern.

»Es ist alles wegen … Charlotte«, sagte Molly leise.

Jeder Muskel in Nats Körper schien sich jäh anzuspannen, aber er wirkte nicht verwundert. Molly hatte mit einer völlig anderen Reaktion gerechnet.

»Molly, hör mir bitte gut zu. Ich hätte dir davon erzählt, irgendwann. Die Momente mit dir waren so wunderbar und einzigartig, dass ich nicht einen einzigen Gedanken daran verschwendet habe.«

»Es ändert nichts daran, dass du mit uns beiden …«

»Als du nach Maple Creek gekommen bist, hat sich alles verändert. Für mich hat es nur noch dich gegeben, auch wenn ich mir das nicht eingestehen wollte. Und als wir uns nähergekommen sind, war ich wohl der glücklichste Mann auf der Welt.«

»Dennoch war Charlotte da.«

»Nein, das stimmt nicht. Ich hätte dir früher von ihr erzählen sollen, aber es war vorbei, bevor wir … Ich kann an nichts anderes mehr denken als an dich. Es tut mir unendlich leid, dass ich dir damit wehgetan habe. Nichts liegt mir ferner, als dich zu verletzen. Bitte glaub mir.« Er machte einen großen Schritt auf Molly zu und blieb knapp vor ihr stehen. »Was ist mit Jackson?«

»Er liegt wie New York hinter mir. Wir haben uns getrennt.« Molly sah zu Nat hoch und schluchzte auf. »Ich muss schon wieder weinen.«

»Du musst nicht mehr weinen. Wenn es nach mir geht, nie wieder.« Er zog sie in seine Arme und hielt sie fest umschlungen.

Kurz versteifte sich Molly, dann schmiegte sie sich an ihn und bettete den Kopf an seine Brust. Die Tränen flossen ungebremst über ihre Wangen, und sie musste mehrmals aufschluchzen.

Nat streichelte ihr Haar und flüsterte ihr unaufhörlich etwas zu. Er sprach so leise, dass Molly nicht verstand, was er sagte, aber allein der Klang seiner Stimme beruhigte sie.

Als er sie schließlich hochhob und aus der Küche die Treppe hoch in ihre Kammer trug, vergrub Molly ihr Gesicht in seiner Halsbeuge.

Später würden sie über alles eingehend sprechen müssen, aber jetzt wollte sie weder reden noch nachdenken.

Sie ließ es zu, einfach nur zu fühlen und Nat zu vertrauen.

Kapitel 1

Versonnen blickte Molly auf den See hinaus. Die Morgensonne ließ die Wasseroberfläche funkeln. Es sah aus, als würden Tausende von kleinen Diamanten auf dem Wasser tanzen. Noch zeigte sich der See in einem dunklen Blau, aber schon bald würde seine Farbe zu dem intensiven Blaugrün wechseln, das sie so liebte.

Es erinnerte sie an Nats Augen.

Als hätte er geahnt, dass sie an ihn dachte, erschien Nat mit zwei Kaffeetassen in der Hand auf der Terrasse.

Er setzte sich zu ihr. »Seit wann bist du wach?«

Molly nahm einen Kaffee entgegen und nippte daran. »Ich habe nicht auf die Uhr gesehen. Vielleicht seit einer Stunde.«

»Vermisst du New York?«

Molly hörte die leise Unruhe in seiner Stimme. Seit sie sich entschlossen hatte, ihr Leben in den USA aufzugeben und nach Maple Creek zu ziehen, hatte Nat ihr diese Frage bereits einige Male gestellt. Noch standen sie am Anfang ihrer Beziehung, und Molly wertete seine Erkundigungen als Sorge, dass sie letzten Endes doch nicht restlos überzeugt war. Aber Molly trug keine Zweifel in sich. Sie hatte aus Überzeugung und einem tiefen Gefühl heraus gehandelt.

»Ich bin genau da, wo ich sein will und wo ich hingehöre.« Sie lächelte. »Bei dir und in Maple Creek. Ich bin überglücklich.«

Nat setzte zu einer Antwort an, wurde jedoch von Pamelas fröhlichem »Guten Morgen, meine Lieben« daran gehindert.

Er drehte sich seiner Schwester zu. »Sind die Frauen in meinem Haus plötzlich allesamt Frühaufsteherinnen? Normalerweise tauchst du doch nicht vor neun Uhr auf.«

»Ich habe ein Bewerbungsgespräch. In einem Hotel in Sankt Myersville suchen sie einen stellvertretenden Direktor. Als Hausdame bin ich zwar nicht hundertprozentig dafür qualifiziert, aber ich möchte es zumindest versuchen. Das Haus ist nicht allzu groß, also habe ich eine reelle Chance. Und danach sehe ich mir dort in der Nähe eine kleine Wohnung an. So schön du das Haus unserer Eltern renoviert und umgebaut hast, kann ich doch nicht ewig bei dir wohnen bleiben.« Pamelas Blick schwenkte zu Molly. »Ich muss dir mal Fotos von früher zeigen. Nat hat wirklich ein Wunder vollbracht. Allein der Wintergarten und die Terrasse sind ein Traum, finde ich.«

Molly nickte. Nats Haus und Garten zählten zu den schönsten Anwesen in Maple Creek. Sie erinnerte sich genau, wie überwältigt sie gewesen war, als er sie zum ersten Mal hierher gebracht hatte.

»Du bist so still? Ist alles okay?«, fragte Pamela.

»Ja, entschuldige«, antwortete Molly. »Ich bin in Gedanken nur gerade bei meinem Termin mit Morris. In einer Stunde muss ich in seinem Büro sein. Das liegt mir ein wenig im Magen.«

»Du wirst schon den richtigen Mieter für das Maple Lake Inn finden. Morris ist ein erfahrener Immobilienmakler und unterstützt dich, wo er kann. Sei froh, dass laufend Anfragen hereinkommen«, entgegnete Pamela. »So, ich muss jetzt los. Habt einen schönen Tag.« Sie drehte sich um und verließ die Terrasse.

»Ich teile selten eine Meinung mit meiner Schwester, aber was sie sagt, stimmt«, bemerkte Nat.

Molly seufzte. »Es fällt mir nur so schwer, Tante Gynnies Hotel in fremde Hände zu geben. Wenn jemand käme, der nicht alles verändern will, wäre es einfacher für mich.«

»Du wünschst dir einen Mieter, der das Hotel in Gynnies Andenken weiterführt. Das verstehe ich, du wirst gewisse Umgestaltungen jedoch akzeptieren müssen.«

»Tante Gynnie war wie eine Mutter für dich, würdest du denn damit leben können?« Nat hatte eine viel engere und vor allem dauerhafte Beziehung zu ihrer Tante gehabt. Sie selbst konnte nur auf Kindheits- und Jugenderinnerungen zurückschauen.

»Auch wenn du es mir nicht glaubst, haben mich die vergangenen Monate einiges gelehrt. Wir unterliegen einer ständigen Wandlung, und manche Dinge darf man durchaus zulassen. Außerdem muss man hin und wieder über seinen Schatten springen. Ich habe es getan – in so mancher Hinsicht.« Nat zwinkerte ihr zu.

Molly schmunzelte. »Wie lange werde ich noch von dir hören, dass du derjenige warst, der nach unserer Auseinandersetzung den ersten Schritt gemacht hat?«

»Bis in alle Ewigkeit, weil genauso lang werde ich dich festhalten.« Er warf einen Blick auf seine Armbanduhr und stand auf. »Ich muss in die Zimmerei. Sagst du mir dann Bescheid, wie der Termin bei Morris verlaufen ist?«

Molly erhob sich ebenfalls. »Ich sollte auch los. Keinesfalls möchte ich als Letzte in die Besprechung platzen. Sobald alles vorbei ist, rufe ich dich an.«

Nat trat einen Schritt auf Molly zu und zog sie in seine Arme. »Du hast nicht vergessen, dass ich heute erst später mit der Arbeit fertig sein werde?«

»Um achtzehn Uhr hast du ein Treffen mit dem Bauunternehmer.« Sie sah zu ihm hoch. »Je nachdem, wie flott ich mit dem Schreiben vorankomme, gehe ich abends eventuell in die Tavern.«

»Du *gehst?*«

Molly zuckte mit den Schultern. »Ich mag mein neues Auto, aber von Tante Gynnies Häuschen mit dem Wagen zur Tavern zu fahren, fände ich bei dem wunderbaren Wetter wirklich übertrieben. Obendrein laufe ich gern, wie du weißt.«

Augenblicklich machte sich ein wehmütiges Ziehen in ihr breit. Tante Gynnies Häuschen, in dem sie seit ihrem Umzug nach Kanada wohnte, gehörte zum Maple Lake Inn. Sie würde es mit der Vermietung des Hotels verlieren.

Als sie nach Maple Creek zurückgekehrt war, um für einen Monat die Renovierungsarbeiten am Maple Lake Inn zu überwachen, hatte sie in diesem Haus zum ersten Mal seit sie erwachsen war das wahre Gefühl von Geborgenheit verspürt. Sie erinnerte sich an all die Kleinigkeiten, die ihr wie von selbst in Fleisch und Blut übergegangen waren: ihr persönlicher Stuhl in der Küche, der feste Platz der Kaffeetasse auf der Tischplatte, ihre Spaziergänge, die sie immer weiter ausgedehnt hatte.

Erst da hatte sie gelernt, die Natur wirklich zu betrachten – sowohl in ihrer Gesamtheit als auch einzelne Elemente. Voller Staunen hatte sie am Waldrand gestanden, hochgeblickt und die riesigen Bäume wahrgenommen. Die Weite der naturbelassenen Wiesen war ihr so kraftschöpfend erschienen, und der Blick auf den See hatte ihr eine innere Ruhe beschert, wie sie sie kaum in Worte zu fassen vermochte.

Unwillkürlich musste sie lächeln. Vielleicht konnte sie nicht weiter in Tante Gynnies Häuschen wohnen, aber alles andere durfte sie jeden Tag hautnah erleben und in ihrem Herzen festhalten.

Kapitel 2

Molly parkte vor Morris' Immobilienmaklerbüro und stieg aus. Mittlerweile war sie mit dem Wagen eins, anfangs hatte es sie einige Überwindung gekostet, überhaupt mit ihm zu fahren. In New York hatte sie kein Auto gebraucht und war dementsprechend ungeübt gewesen. Außerdem hatte sie sich ein ganz anderes Modell vorgestellt.

Fast war sie schon so weit gewesen, sich einen Mini Cooper in der Cabrio-Ausführung zuzulegen, als Nat eingegriffen hatte. Sein knappes Argument – »Du lebst nicht in Kalifornien, sondern in Kanada« – war stichhaltig gewesen, und nun saß sie in einem fünf Jahre alten Jeep Wrangler, der zwar bestimmt den Schneemengen und dem Eis im Winter trotzte, aber mit einigen Macken aufwartete.

Bevor Molly die Eingangstür öffnen konnte, zog Morris sie bereits von innen auf. »Komm herein. Jim ist auch schon da. Und der Interessent wird jeden Moment eintreffen.«

Jim saß an dem kleinen Besprechungstisch und hatte einige Unterlagen ausgebreitet. Cicero lag zu seinen Füßen.

Molly beugte sich vor und streichelte Jims Hund. Mindestens einmal in der Woche begleitete sie die beiden bei ihren ausgedehnten Spaziergängen. Sie genoss die Gespräche mit Jim, und in Ciceros Augen war sie inzwischen zum Familienmitglied aufgestiegen. Als untrügliches Zeichen dafür apportierte er freudig jedes Stöckchen, das sie ihm warf. Normalerweise rührte er nur Gegenstände an, die Jim ihm vorgab.

Molly setzte sich neben Jim. »Ich bin schon richtig nervös. Danke dir, dass du mich nicht allein lässt.«

Er tätschelte ihre Hand und lächelte. »Ich bin immerhin dein Anwalt.«

Morris, der über seinen Schreibtisch gebeugt stand, drehte sich ihnen zu. »Und ich bin auch noch da. Vergiss mich nicht.«

Molly zwinkerte ihm zu. »Du musst …«

Er lachte und nahm ebenfalls Platz. »Danke für den kleinen Seitenhieb. Das höre ich von Elisabeth seit zwei Wochen ständig, sofern ihre Stimmbänder es zulassen: Du *musst* nachfragen, du *musst* besser zuhören, du *musst*, du *musst* …«

»Wie geht es Elisabeth eigentlich? Erholt sie sich langsam?«, erkundigte sich Jim. Der Hauch von Sarkasmus in seiner Stimme war nicht zu überhören.

Morris hob die Hände. »Meine Frau ist *der* Gerüchteumschlagplatz von Maple Creek. Was denkt ihr, wie sich eine handfeste Kehlkopfentzündung auf ihr Gemüt ausgewirkt hat? Ich halte ihre ständige Leidensmiene und das Gekrächze kaum noch aus. Bald werde ich irgendwelche Geschichten erfinden, nur um sie zufriedenzustellen.«

Molly sagte nichts dazu. Morris' Frau gehörte zur Gemeinschaft, und im Grunde konnte sie Elisabeth auch gut leiden. Aber sie würde ihr nie verzeihen, dass sie durch ihre Neugierde und ihr Geschwätz daran beteiligt gewesen war, dass Nat und sie beinahe kein Paar geworden wären.

Abrupt wurde das Gespräch durch die sich öffnende Tür unterbrochen. Zwei Männer traten ein.

Unwillkürlich lief Molly ein Schauer über den Rücken. Sie wünschte sich so sehr, dass jemand das Hotel übernehmen würde, der zumindest einen Funken Liebe und Herz für das Haus und seine Vergangenheit mitbrachte. Sie stellte sich vor, wie der neue Mieter mehr über Tante Gynnie erfahren wollte und daraufhin in ihrem Gedenken die Geschicke des Maple Lake Inn lenkte. Natürlich war ein solcher Wunsch illusorisch, aber zumindest sollte der Pächter zum Hotel und zu Maple Creek passen.

Diese beiden Männer jedoch verhandelten im Namen der Aria-Hotelkette. Nicht sie mussten zum Haus passen, sondern das Haus zu ihnen.

Molly dachte an Nats Worte. Er hatte recht, das Leben veränderte sich ständig, und sie musste diesen Traum loslassen, andernfalls würde sie nur enttäuscht werden. Das Maple Lake Inn so gewinnbringend wie möglich zu vermieten, hatte oberste Priorität – egal, wie sie es drehte und wendete.

Mit ihrem Umzug hatte sie auch ihre Festanstellung bei der *NY Woman* aufgeben müssen. Zwar schrieb sie für die New Yorker Frauenzeitschrift nach wie vor eine monatliche Kolumne, aber diese war zeitbegrenzt und brachte weitaus weniger Geld ein als ihr früherer Fulltime-Job.

Es galt, ihre Gefühle im Zaum zu halten und den wirtschaftlichen Aspekt in den Vordergrund zu rücken. Und hierfür war das Angebot der Aria Hotels von unschätzbarem Wert.

Seit der Erstbegehung des Hotels, die Morris mit den beiden Männern allein durchgeführt hatte, waren sie überaus interessiert. Diese Chance durfte sie wegen ihrer Empfindungen nicht in den Sand setzen.

Molly lächelte gezwungen und begrüßte Mister Rowling und Mister Greenwood mit aller gebührenden Höflichkeit.

Nachdem sie Platz genommen hatten, leitete Rowling sofort das Gespräch ein. Er beugte sich etwas vor und fixierte Molly. »Miss Jensen, wie wir Mister Morris bereits mitgeteilt haben, können wir uns das Maple Lake Inn sehr gut in unserem Programm vorstellen. Für unser neues Konzept Small Finest Arias suchen wir kleinere Hotels mit kanadischem Charme in der richtigen Umgebung, die dem Gast Komfort auf höchstem Niveau bieten.«

Molly neigte den Kopf. Small Finest Arias – das klang doch nicht schlecht, versuchte sie sich einzureden. »Ich habe das Maple Lake Inn von meiner Tante geerbt, die es lange Zeit mit Umsicht und Liebe geführt hat. Eine Generalsanierung wurde kürzlich von der hiesigen Zimmerei Nat Adams durchgeführt. Mister Adams hat darauf geachtet, das besondere Flair des Hotels zu erhalten.«

»Ja, die Arbeiten wurden absolut zufriedenstellend durchgeführt. Mister Morris …« Myers nickte Morris knapp zu. »… war so freundlich, uns die diesbezüglichen Unterlagen zu übermitteln. Bei der Besichtigung hat uns im Übrigen die Veranda ausnehmend gut gefallen, sehr gediegene Atmosphäre.«

Mollys Lächeln wurde ehrlich. »Das freut mich. Es wäre schade, das Gesamtbild zu zerstören.«

Greenwood strich sich über das Kinn. »Dennoch müssten wir einige Modifikationen durchführen, vor allem im Innenbereich. Das Exterieur bliebe weitgehend unverändert.«

Wieder übernahm Rowling. »Die Zimmer benötigen eine komplett neue Einrichtung, die Aufenthaltsräume ebenfalls. Einige Zimmer müssen zusammengelegt werden, wir brauchen Suiten. Bei Küche und Rezeption ist auch ein Umbau erforderlich.«

Jim richtete sich in seinem Stuhl auf. »Ich möchte darauf hinweisen, dass Miss Jensen keine weiteren Änderungen auf ihre Kosten durchführen wird. Die Vermietung erfolgt gemäß den aktuellen Gegebenheiten.«

Rowling winkte ab. »Dafür tragen wir die Verantwortung. Wir planen im Falle einer Einigung darüber hinaus den Steg auszubauen und am Ufer einen Liegeplatz einzurichten.«

Molly hörte den Ausführungen mit steigendem Interesse zu, und das bedrückende Gefühl in ihr schwand zusehends. Natürlich mussten die Zimmer und anderen Räume für das Vorhaben der Aria Hotels auf ein höheres Niveau gebracht werden. Tante Gynnie hatte das Hotel im Bereich der Mittelklasse gehalten.

»Das klingt sehr gut. Die Fläche vor dem Hotel eignet sich hervorragend für einen solchen Liegeplatz«, antwortete sie.

Greenwood setzte eine gewinnende Miene auf. »Das Hotel gefällt uns wirklich gut, und wir sehen großes Potenzial darin. Ich möchte hinzufügen, dass wir trotz der eben angesprochenen Investitionen auf eine Mietpreisreduktion verzichten.« Er faltete die Hände. »Dieses kleine Haus unweit des Hotels gehört zum Mietkomplex, wie Mister Morris uns erklärte und aus den Dokumenten ersichtlich ist.«

»Ja, meine Tante hat darin gelebt. Es ist für den Direktor sehr praktisch, nahe dem Hotel zu wohnen, und ich stelle es wie angegeben zur Verfügung.«

»Wir haben uns den Grundriss angesehen und sind zufrieden. Auf die Zimmeranzahl ausgerichtet reicht es hinlänglich für einen Massage- und Beautybereich. Umfassende bauliche Änderungen werden notwendig sein und ebenfalls von uns übernommen.«

Molly erstarrte. Es war Tante Gynnies Zuhause gewesen und jetzt ihres. Das Häuschen gehörte zum Hotel, und sie würde es aus diesem Grund bei Bedarf schweren Herzens für den neuen

Betreiber räumen – das war von Anfang an klar gewesen –, aber dort den Beauty-Bereich einzurichten, lag außerhalb ihrer Vorstellungskraft.

Was würde mit ihrem Lieblingsplatz in der Küche geschehen und mit der Kammer, in der sie schon als Kind während ihrer Besuche geschlafen hatte? Kein Raum in Tante Gynnies Haus könnte bestehen bleiben, wenn dieses Vorhaben durchgeführt werden würde. Alles wäre mit einem Schlag ausgelöscht.

Jim räusperte sich. »Ihr Angebot ist großzügig. Wir werden es prüfen und Ihnen unsere Entscheidung mitteilen.«

»Die Vorbereitung des Objekts wird eine gewisse Zeit in Anspruch nehmen. Wir benötigen einen baldigen Zuschlag. *Small Finest Arias* startet am ersten März des kommenden Jahres, zur Frühlingssaison«, erwiderte Rowling.

»Reicht Ihnen unsere Antwort bis Mittwoch nächste Woche?«, fragte Morris.

»Das ist für uns in Ordnung«, entgegnete Greenwood und lehnte sich sichtlich zufrieden zurück.

Jim nickte. »Dann wollen wir nun sämtliche Modalitäten in Ruhe durchsprechen und Miss Jensen näherbringen.«

Kapitel 3

Geistesabwesend zog Molly die Tür zur Sycamore Tavern auf. Seit sie Morris' Büro am Vormittag verlassen hatte, konnte sie keinen klaren Gedanken fassen. Genau genommen war sie schon während der Besprechung abgeglitten, und zwar genau zu dem Zeitpunkt, als Mister Greenwood die Umgestaltung von Tante Gynnies Häuschen zum Beauty-Center erwähnt hatte.

Das Angebot der Aria Hotels war mehr als großzügig, aber wenn sie darauf einstieg, würden Tante Gynnies Hotel und ihr Heim für immer und ewig verschwinden. Die Änderungen im Innenbereich des Maple Lake Inn hatte sie noch positiv aufgefasst, dann war ihr alles jedoch zu viel geworden. Selbst den Namen des Hotels wollten sie ändern: Dreamlake Aria sollte es heißen.

Das Hotel in der neuen Ausrichtung einer First-Class-Unterkunft würde für Maple Creek und viele Menschen hier auf jeden Fall einen gehörigen Aufschwung bedeuten. Sie brauchte nur an Laurie und Tom zu denken. Beide kamen ursprünglich aus der gehobenen Gastronomie und konnten es mit anspruchsvollen Gästen locker aufnehmen. Die Sycamore Tavern war stets gut besucht, aber zahlungsfreudige Hotelgäste brachten unweigerlich eine Konjunktur mit sich.

Durfte sie persönliche Gefühle über finanzielle Vorteile – sowohl ihre eigenen als auch die der anderen – stellen? Und würde sie überhaupt nochmals so ein Angebot bekommen?

Ihre Gedanken drehten sich im Kreis.

Bisherige Interessenten hatten ebenso ihre speziellen Vorstellungen und Forderungen gehabt bei einem weitaus schlechteren Angebot. Vielleicht musste sie sich einfach damit abfinden, dass das Maple Lake Inn der Geschichte angehörte.

Molly betrat die Tavern und entdeckte sogleich Jim, der wie beinahe jeden Abend an der Bar saß. Wo sollte er auch sonst seine Zeit verbringen? Seine Frau war vor vielen Jahren bei einem Verkehrsunfall ums Leben gekommen, und seine Arbeit als Anwalt hatte er bereits vor längerer Zeit auf die nähere Umgebung beschränkt.

Wie gewohnt steuerte sie auf ihn zu und erklomm den Barhocker neben ihm. »Hi, Jim.«

»Molly, meine Liebe …« Jim sah sich um. »Wo ist Nat?«

»Er hat noch eine Besprechung mit diesem Bauunternehmer, Friedrich.«

Jim nickte. »Langsam nimmt das Projekt endlich Gestalt an. Es wäre ein großer Schritt für Nat.«

»Denkst du, er wird ihn wagen, diesen großen Schritt?«

»Wenn Nat seine Zimmerei als eigenständiges Subunternehmen in die Baufirma integriert, ergeben sich für ihn viele Vorteile und Möglichkeiten. Es müssen nur die Bedingungen passen, und darum kümmere ich mich. Es kann also nichts schiefgehen.« Jim zwinkerte ihr zu. »Du brauchst dich um Nat nicht zu sorgen, er weiß genau, was er tut. Im Augenblick sollten wir uns eher Gedanken über das Maple Lake Inn machen.«

»Ich weiß.« Molly stöhnte auf. »Das Angebot ist toll, nicht wahr?«

»Sensationell, wenn du es genau wissen willst. Sie bringen das Hotel auf hohes Niveau und bezahlen den verlangten Mietpreis. Du erhältst sogar zusätzlich eine kleine Umsatzbeteiligung. Nachdem der befristete Pachtvertrag nach fünf Jahren abgelaufen ist, sichern sie sich das weitere Miet- sowie ein Vorkaufsrecht, das ist üblich. Besser geht es nicht.«

»Und Tante Gynnies Häuschen?«

»Ich habe deine Miene bei der Besprechung bemerkt, als das Thema aufgekommen ist. Hast du Angst, keine Wohnung zu finden? Eigentlich hatte ich gedacht, du würdest ohnehin früher oder später zu Nat ziehen. So wäre es möglicherweise ein wenig früher als geplant. Die Aria Hotels drängen auf eine rasche Entscheidung, wie du selbst gehört hast. Sobald sie deine Zusage auf dem Tisch haben, werden sie umgehend mit den Arbeiten beginnen.«

»Nat und ich haben noch nie über ein Zusammenleben gesprochen. An meiner Wohnsituation liegt es auch nicht …«

»Dann ist es wegen des Hauses selbst?«

»Ja. Dass aus Tante Gynnies Heim ein Beauty-Center werden soll, geht mir schlichtweg zu weit. Vom logischen Standpunkt aus ist es in Ordnung, es lässt sich nur nicht mit meinen Gefühlen und Wünschen vereinbaren.«

Jim tätschelte ihre Hand. »Ich weiß. Dir wäre es lieber, du würdest weniger Geld bekommen, dafür könnte alles beim Alten bleiben.«